Zorn

Tödliche Verbindung

GÜNTER ZORN, Chef der Region »Asien-Pazifik« einer deutschen Firma, lebt mit seiner Frau Elke in Tokyo, spricht Japanisch und treibt intensiv Aikido. Er wird den Abenteuern Jan Wolfs in Japan und Asien auf der Spur bleiben.

Günter Zorn

Tödliche Verbindung

Edition Chimaira

Das vorliegende Buch wurde aus der
Fairfield Antiqua aus der Linotype Library
(www.linotypelibrary.com)
in 10/13 pt gesetzt.
Die Schriftnamen sind Marken der
Heidelberger Druckmaschinen AG.

2. rev. u. korr. Auflage, Oktober 2000
Satz und Lektorat: Gerold Schipper-Hönicke
Druck: auf einer Heidelberg GTOZP der Firma
Spengler-Druck, Frankfurt am Main
Bindung: Buchbinderei Fehringer, 69502 Hemsbach

ISBN 3-930612-28-3

Für Elke, die meistens
die notwendige Geduld aufbrachte.

Verzeichnis der Personen

Jan Wolf	Präsident der Tochtergesellschaft eines deutschen Konzerns
Ikeda Yasunari	Präsident von Ikeda Industries
Ikeda Kazuo	Sohn von Ikeda Yasunari
Ikeda Sonoko	Frau von Ikeda Yasunari
Hosokawa Seicho	Vizepräsident von Ikeda Industries
Anna Wolf	Frau von Jan Wolf
Ikeda Mitsuko	Frau von Ikeda Kazuo
Ikeda Taeko	Tochter von Ikeda Kazuo und Ikeda Mitsuko
Ikeda Satoru	Sohn von Ikeda Kazuo und Ikeda Mitsuko
Sato Masahisa	Präsident von Kaneda Electronics
Yamada Kyoko	Besitzerin einer kleinen Bar
Iwata Akio	Hauptabteilungsleiter bei Ikeda Industries
Ando Shusaku	Hauptkommissar bei der Mordkommission der Tokyoter Polizei
Machida Yoko	Sekretärin von Ikeda Kazuo
Ito Mutsuko	Sekretärin von Hosokawa Seicho
Miyamoto Ineko	Callgirl
Der Spezialist	Vollstrecker der Yakuza
Takahashi Fujie	Sekretärin von Ikeda Yasunari
Hubertus von Hahn	Wirtschaftsattaché
Honda Kenjiro	Manager bei Sony

Handlung, Namen der Firmen sowie die meisten der Personen sind frei erfunden. Jede Ähnlichkeit mit tatsächlichen Geschehnissen ist rein zufällig. Fast alle genannten Restaurants kann ich allerdings aus eigener Erfahrung empfehlen.

KAPITEL I

Mein Rücken schmerzt, und meine Beine spüre ich schon seit einiger Zeit nicht mehr. Schon seit fast einer Stunde knien wir im Seiza, auf den Fersen sitzend. Meine Füße fühlen sich an wie unförmige Klumpen. Kleine Schweißperlen sammeln sich im Genick, und von Zeit zu Zeit rinnt plötzlich ein kleiner Bach die Wirbelsäule hinab. Die Frühlingssonne am makellos blauen Himmel ist schon ungewöhnlich kraftvoll, als wolle sie die Bedeutung dieses Tages unterstreichen. Es ist der neunundzwanzigste April, der Todestag von Ueshiba Morihei, Gründer einer ganz besonderen Form der japanischen Kampfkünste, des Aikido. Hunderte von Aikido-Lehrern und ihre Schüler aus dem In- und Ausland, an erster Stelle natürlich Ueshiba Kisshomaru, sein Sohn und heutiger Doshu des Aikido, haben sich wie in jedem Jahr im Aiki Jinja in Iwama in der Präfektur Ibaraki, etwa siebzig Kilometer nordöstlich von Tokyo, versammelt, im Gedenken an einen der großen Meister des Budo.

Auf einem Gelände, das Ueshiba Morihei Ende der dreißiger Jahre erworben hatte, steht heute ein kleiner, unscheinbarer, aber in seiner Schlichtheit anziehender Schrein, umgeben von Bäumen, die den Blick auf die umliegenden Berge nur hier und da freigeben. Heute ist der Schrein festlich geschmückt. Später wird die ernste, würdevolle Zeremonie der Shinto-Priester und der großen Aikido-Meister in einem ausgelassenen und feuchtfröhlichen Picknick enden.

Gerade hat der Hauptpriester in seinem traditionellen Gewand mit der typischen hohen schwarzen Kopfbedeckung seine langen und fast monoton klingenden Segnungen und Gebete beendet, und nun kommt der Augenblick, auf den die Aikido-Schüler am meisten gewartet haben: Doshu Ueshiba Kisshomaru legt seine Jacke, die er über dem weißen Aikido-Anzug mit dem schwarzen Hosenrock, dem Hakama, trägt, ab und erhebt sich langsam und bedächtig.

Vier seiner besten Schüler, selbst alle bereits hochrangige Meister, greifen ihn an, zunächst einzeln, dann alle zusammen. Mit schnellen, konzentrierten Bewegungen seines eher zierlich gebauten Körpers und kaum wahrnehmbaren Techniken mit Armen, Händen oder Hüften wehrt er scheinbar mühelos die Angriffe ab. Seine Gegner gehen zu Boden oder erstarren mit vor Schmerz verzerrten Gesichtern in einem der vielen Haltegriffe, die auch einen körperlich weit Überlegenen bewegungsunfähig machen. Doshu mit seinen immer harmonischen, kreisförmigen Bewegungen strahlt eine innere Kraft und Ruhe aus, die uns seine 78 Jahre vergessen lassen. Er führt uns vor, was es heißt, in Harmonie mit seinen Gegnern zu sein, die ihn jetzt mit dem Boken, einem Holzschwert, oder dem Jo, einer runden langen Holzstange, angreifen. Er wehrt alle mit Leichtigkeit ab und entwaffnet sie ohne Mühe.

Nur wenige Minuten dauert die Vorführung, vergessen sind der schmerzende Rücken und die gefühllosen Beine, die Hitze, das Warten. Es ist der Augenblick, in dem wohl den meisten Schülern durch den Kopf geht: »Wir sind und werden es immer sein, Anfänger, die noch einen weiten Weg zu gehen haben.« Den alten Meister zu sehen, erfüllt mich jedesmal mit ungeheurer Energie weiterzumachen.

Ikeda Yasunari schaut mich kurz an mit seinem für ihn so typischen, fast spöttischen Grinsen: »Wolf-san, ich sehe, ein Bier und ein paar Sushi täten uns beiden jetzt gut, lassen Sie uns dort drüben bei Meister Tada sitzen.« »Ihnen macht die Hitze wohl nichts aus?«, entgegne ich meinem Freund und Mentor. Ikeda ist 66 Jahre und Hauptanteilseigner der Ikeda Industries, einem mittelgroßen Elektronikkonzern mit Hauptsitz in Tokyo. Er und sein Freund aus den Tagen an der Tokyoter Keio-Universität, Hosokawa Seicho, bauten das Unternehmen einige Jahre nach dem Krieg praktisch aus dem Nichts auf. Die kleine Fabrik für elektrische Haushaltsgüter seiner Eltern war in den Flächenbränden, verursacht durch die massive Bombardierung amerikanischer Flugzeuge, fast dem Erdboden gleichgemacht worden. Nur wenig Brauchbares blieb erhalten, und die Ikedas schlugen sich durch mit Reparaturen von elektrischen Geräten hauptsächlich für die gut ausgestatteten Besatzungstruppen. Natürlich blieb dabei manches Teil versehentlich übrig, als Grundlage für einen improvisierten Elektrohandel. Ikeda und Hosokawa arbeiteten von Anfang an mit, um ihr Studium zu finanzieren.

Glück, enormer Wille zum Erfolg, aber auch eine Portion Rücksichtslosigkeit der beiden führten letztlich zum Ziel; und wenn man heutzutage die Zentrale von Ikeda Industries im Iidabashi-Bezirk Tokyos betritt, erinnert nur noch ein winziges Museum mit Geräten, Fotos und Gegenständen aus den Gründertagen an diese Zeit.

Ikeda greift meinen Arm, und wir schlendern langsam zu einem der Bäume, unter dem einer der bedeutendsten

Aikido-Meister, Tada Shihan, ein Träger des 9. Dan, umgeben von vielen seiner Schüler, sitzt. Ikeda und Tada haben beide vor über vierzig Jahren bei Ueshiba Morihei, dem O-Sensei, wie man respektvoll sagt, mit dem Aikido begonnen, und es verbindet sie immer noch diese gemeinsame Erfahrung und großer Respekt für einander. Beide haben sehr viel erreicht, der eine als Lehrer, der andere als Industrieller, beide sind geschätzt und geehrt in ihrer Heimat und in vielen Ländern jenseits der Grenzen Japans. Ich bin glücklich und sehr zufrieden, mit den beiden Männern zu sitzen und zu reden.

Vor über 10 Jahren lernte ich Ikeda kennen, als ich von meiner Firma, einem großen deutschen Konzern, nach Japan versetzt wurde. Vielleicht weil ich schon seit Kindheitstagen von den Abenteuern des sagenhaften Samurai Miyamoto Musashi fasziniert war, befaßte ich mich sehr intensiv mit Japan. Für mich ging ein Wunschtraum in Erfüllung, als ich in diesem Land leben durfte. Ursprünglich nur verantwortlich für einen Teilbereich der japanischen Tochtergesellschaft, wurde ich schon nach wenigen Jahren durch den Aufstieg meines damaligen Chefs – in die Konzernzentrale nach Deutschland – zum Präsidenten der Gesellschaft ernannt. Sehr ungewöhnlich, denn mit damals knapp 38 wurde ich einer der jüngsten Chefs in ganz Japan, der ein größeres Unternehmen mit immerhin fast 2000 Mitarbeitern leitete.

Ich erinnere mich noch an viele zweifelnde, erstaunte oder gar bösartige Kommentare. Wenn ich mich mit japanischen Chefs anderer Unternehmen zum ersten Mal traf, kam es nicht selten vor, daß einer meiner älteren Mitarbeiter als mein vermeintlicher Vorgesetzter zuerst und mit der tieferen Verbeugung begrüßt wurde.

Na ja, ich und mein Ego haben es überlebt, und jetzt wo ich die ersten grauen und spärlicher werdenden Haare habe und sich meine Falten im Gesicht nicht nur beim Lachen zeigen, werde ich allmählich ernst genommen. So ist das eben, in Japan wird Alter mit Erfahrung und Weisheit gleichgesetzt, vielleicht leben die Japaner deshalb auch länger als alle anderen Völker.

Beim alljährlichen Neujahrsempfang des Verbandes der japanischen Elektronikindustrie im Imperial Hotel in Tokyo tauschten wir traditionsgemäß unsere Visitenkarten aus, als wir vorgestellt wurden. Schon damals fiel mir sein herausforderndes Grinsen auf: »Freut mich, Sie kennenzulernen, Herr Wolf«, sagte er in tadellosem Deutsch, »wie lange sind Sie denn schon in unserem Lande?« Artig und in meinem besten Schuljapanisch erwiderte ich: »Erst seit vier Monaten, Herr Ikeda«, stolz, die Kanji-Zeichen auf seiner Karte entziffert zu haben. Wir setzten die höfliche Unterhaltung noch für einige Augenblicke fort, um uns dann beide anderen Empfangsteilnehmern zuzuwenden.

Ikeda hatte mir auf Anhieb gefallen: ein selbstbewußter, aber nicht arroganter Mann, mittelgroß und stämmig, mit kurzen grauen Haaren, dynamisch und körperlich sehr fit erscheinend. Unsere beiden Unternehmen waren recht eng miteinander verbunden, ich würde ihn sicher bald wieder treffen. Ich ahnte noch nicht, wie bald.

Ich nahm die Keio-Linie, um nach Hause zu fahren. Damals wohnte ich noch in einem der westlichen Bezirke Tokyos, und da der Abend noch jung war, gingen Anna, meine Frau, und ich ins Kaiseitei-Restaurant, in der Nähe des Shimotakaido-Bahnhofs. Kubota-san, der Besitzer, und seine quirlige Frau hatten uns schon als

Stammgäste akzeptiert. Wir kamen mindestens einmal wöchentlich. Während wir die Empfehlungen des Tages studierten, stellte er ungefragt zwei eiskalte, frisch gezapfte Biere auf den Tisch. Mit viel Vertrauen und noch mehr Beherztheit versuchten wir uns an einem seiner Experimente, wie meistens eine gelungene Neuschöpfung eines Gerichts aus traditionellen japanischen Zutaten, gemischt mit dem Mut zu neuen Kombinationen. Ich erwähnte Ikeda kurz, aber den Rest des Abends diskutierten Anna und ich Anschaffungen, notwendige und weniger notwendige, für unser Haus.

Wenn ich nicht gerade auf Reisen bin, gehe ich oft frühmorgens um halb sieben zum Aikido-Training in das Hombu-Dojo im Ortsteil Wakamatsucho, unweit von Shinjukus Wolkenkratzern und dem Vergnügungsviertel von Kabukicho. So auch zum ersten Mal an einem Montag vor gut 10 Jahren. Wenige Wochen vor unserem Umzug von Deutschland nach Japan hatte ich gerade meine Prüfung für den 1. Dan abgelegt und wollte nun endlich im »Mekka« des Aikido trainieren. Doshu selbst leitete den Unterricht, und ich betrat zögerlich, mit gemischten Gefühlen die Matte des riesigen Dojos. Vielleicht hundert Frauen und Männer jeden Alters, von achtzehn bis achtzig, fast alle mit mehr oder minder verschlissenen Anzügen und ausgebleichten schwarzen Gürteln, waren versammelt und wärmten sich auf. Es war Januar, wie üblich die Halle ohne Heizung, die Fenster alle weit auf, es herrschte eine schneidende Kälte. Vor Nervosität und vielleicht auch wegen eingefrorener Gliedmaßen stolperte ich über meinen Hakama, als ich nach der Begrüßung in traditioneller Verbeugung auf den Knien wieder aufstand. Beeindruckender Auftritt! Schnell kniete ich mich in die letzte Reihe und versuchte, natürlich zu wirken. Mein neuer schwarzer Gürtel glänzend und leuchtend wie eine Signallampe; »Achtung Neuling; mit Vorsicht behandeln!«

»Guten Morgen, Herr Wolf, das ist ja eine Überraschung!«, sagte eine Stimme neben mir. Ich drehte den Kopf, es war Ikeda-san. Gelassen, fit, der schwarze Hakama schon arg verschlissen, der Gürtel schon fast wieder weiß. Die Unterarme, die aus seiner schweren, weißen Jacke hervorschauten, sehnig, stark und muskulös, mit breiten Handgelenken, zeugten von täglichem harten Training. Noch immer erstaunt, stotterte ich: »Ah, guten Morgen, Herr Ikeda, äh, ich wußte gar nicht...«
»Doch, schon seit längerer Zeit, wollen Sie heute mit mir trainieren?«

Ich muß wohl rot geworden sein, und ich hatte plötzlich Schmetterlinge im Bauch, wie beim ersten Date oder besser, wie vor einer Mathematikprüfung in der Schule. »Ja, bitte«, war alles, was ich rausbrachte.

Die nächste Stunde sollte dann ein Lehrgang in Bescheidenheit werden. Fast nichts, von dem ich glaubte, es zu können, funktionierte bei Ikeda, der umgekehrt auf alle meine Angriffe ruhig, schnell und sehr entschlossen reagierte. Am Ende war ich froh, daß es vorbei war. Mein Körper schmerzte an Stellen, die ich noch gar nicht gekannt hatte, und trotz der Kälte war mein Dogi schweißgetränkt. Ikeda, ohne das geringste Zeichen von Erschöpfung, grüßte freundlich ab, bedankte sich für die gute Übung verbunden mit dem Wunsch, es bald zu wiederholen. Ich hatte kaum Luft, angemessen zu antworten.

Später, unter der eiskalten Dusche, die sinnigerweise im Sommer lauwarm ist, klopfte er mir ermunternd auf die Schulter: »Na, Wolf-san, gar nicht schlecht, immer schön entspannen und aus dem Bauch heraus arbeiten. Sie sind noch zu stark und versuchen noch alles mit Kraft, das kostet Luft.« Ich konnte nicht antworten, weil meine Zähne zu schnell klapperten. Also nickte ich nur und verschwand schnell in den Umkleideräumen.

Dieser erste Tag im Mekka des Aikido erschien mir eher wie mein Waterloo. Aber es war auch der Anfang meiner Beziehung zu Ikeda, der die Rolle meines Senpai nicht nur beim Aikido übernahm, sondern mir auch über die vielen Klippen des japanischen Lebens, über die ein Ausländer stürzen kann, sicher hinweghalf. Ikeda wurde mein erster echter Freund in Japan, fast wie ein älterer Bruder.

Schon bald nach unserer ersten Begegnung entdeckten Ikeda und ich mehr Gemeinsamkeiten als nur Aikido. Er lud Anna und mich zu einem Empfang in seinem Haus in Ichibancho, im Zentrum Tokyos unweit der vielen Gebäude des Dai Nippon Printing Konzerns, ein. Ich hatte die Firma schon mehrmals besucht, aber nicht geahnt, daß inmitten von soviel Beton hinter einer hohen Steinmauer ein wunderschönes, großes altes Haus, umgeben von einem kleinen Park liegen könnte.

Als Anna und ich mit dem Taxi vorfuhren und ich den schweren Klopfer am großen massiven Holztor betätigte, öffnete sich schnell eine schmale Tür, die ins Tor eingelassen war, und eine alte Frau in einem schlichten Kimono bat uns herein. Wir traten über die hohe Schwelle in einen kleinen Innenhof, bedeckt mit Kies und Steinplatten. Ich wandte den Kopf, um dieses mindestens 300 Jahre alte Tor, ein richtiges Mon, zu bewundern. Der Innenhof mündete in einen Gang zwischen hohem, dicht wachsendem Bambus, und nach wenigen Schritten standen wir vor der Eingangstür des Hauses. Was für ein Haus: zwei Stockwerke mit einem Dach aus schweren Tonziegeln, an allen Ecken verziert mit Fratzen, um die bösen Geister abzuhalten. Die Schiebetüren und -fenster, die Shoji, beklebt mit Japanpapier, Washi genannt, das aus einer Pflanze gewonnen wird, die die Japaner Mitsumata nennen. Rund um das Haus lief eine Art Balkon mit einem Holzgeländer, auf das im Winter Außenfenster zum Schutz gegen Kälte gesetzt werden. Dieses Haus ist ein exzellentes Beispiel für die Baukultur der Japaner im 18. Jahrhundert. Die alte Frau schob das Shoji zur Seite, und wir traten in den Genkan ein, dem Eingang mit der Stufe vor dem eigentlichen Wohnbereich, wo wir uns der Schuhe ungefragt entledigten. Wie üblich waren mir die angebotenen Slipper fünf Nummern zu klein. Ich floppte peinlich berührt ins Haus.

Im Innern des Hauses herrschte Stille. Die Abendsonne schimmerte durch die mit Washi beklebten Fenster und tauchte die Räume in ein weiches regelmäßiges Licht. Glatt polierter dunkler Holzboden wechselte sich in einigen Räumen ab mit Tatami-Matten. Alles war nur spärlich, aber elegant eingerichtet.

Als gute Deutsche waren wir natürlich überpünktlich, so dachten wir zumindest, und keiner der anderen Gäste war bisher eingetroffen. Aber dies war eines der vielen Vorurteile, die ich mitgebracht hatte. Was ich damals noch nicht wußte, die Japaner sind, was Pünktlichkeit angeht, noch preußischer als wir: Tatsächlich waren in, dank unseres fürsorglichen Fahrers, Yoshida, »nur« eine halbe Stunde früher eingetroffen, als in der Einladung angegeben. »Wolf-san, herzlich Willkommen«, Ikeda trat zusammen mit seiner Frau aus einem der Räume. Beide verbeugten sich, und wir verbeugten uns noch etwas tiefer. »Herzlichen Dank für die Einladung, wir machen Ihnen viele Umstände«, antwortete ich in formellem Japanisch. Beide trugen traditionelle, sehr schlichte, aber wunderschöne Kimonos. Frau Ikedas Obi, der breite Gürtel, war ein Kunstwerk aus Seide in Dunkelgrün mit Silber.

Die alte Haushälterin nahm uns die Blumen ab, die wir mitgebracht hatten, und dekorierte sie in einer grauen, ungleichmäßig geformten Tonvase, die in ihrer Einfachheit die Schönheit der Blumen unterstrich.

Ikeda führte uns durch sein Haus, vorbei an einem winzigen Steingarten mit einem vollkommen glatten Findling im Zentrum. Als seien sie von diesem Stein ausgelöst, waren regelmäßige Wellen, in den feinen Kies geharkt, zentrisch nach außen fließend zu sehen. Ein perfektes Bild der Harmonie. Die Wände an dieser Stelle nur mit wenigen alten Rollbildern dekoriert, die, der Jahreszeit entsprechend, Frühlingsmotive wiedergaben. Der dunkle Holzfußboden kontrastierte scharf mit dem Steingarten und den Wänden und gab dem sonst lichten Raum einen soliden Schwerpunkt.

Ich entdeckte zwei wertvolle Holzschnitte von Munakata Shiko, einen bunten Karpfen und eine fröhliche, nackte Frauengestalt mit prallen Rundungen, kräftige einfache Linien und Strukturen, die schon eher indisch anmuten. Man sagt, daß Munakata, der trotz seiner starken Brille mit extrem dicken Gläsern fast blind war, immer die Gestalt seiner eigenen Frau vor dem geistigen Auge hatte. Seine Frauenbilder strahlen unbändige Lebensfreude und Leidenschaft aus.

Anna, die viele Interessen mit mir teilt, zog mich in eine andere Ecke des großen Raumes, wo mehr als ein Dutzend sehr alter Holzschnitte großer Meister des 17. und 18. Jahrhunderts hingen. Ich erkannte zwei Korin Ogata mit den typischen, einfach gehaltenen, aber humorvollen Szenen, einen Hiroshige Utagawa, mehrere Drucke, die ich Utamaro Kitagawa zurechnete und zu meiner Überraschung jenes Bild von Hokusai Katsushika, die große blaue Woge, die wohl zu den meist verbreiteten Motiven japanischer Holzschnittkunst in der Welt zählt. Bei Ikedas Druck handelte es sich aber nicht um eine Reproduktion, sondern um ein uraltes Original vom ursprünglichen Druckstock, von dem nur noch wenige existieren. Eine umfangreichere Sammlung dieser Künstler hatten Anna und ich bisher nur in Giverny bei Paris, im Hause Claude Monets gesehen.

Ikeda bemerkte unser starkes Interesse und war zugleich erstaunt, daß Ausländer überhaupt erkannten, welche Kunstwerke sich ihnen darboten. Wir erklärten ihm, daß wir bereits seit Jahren von einem eigenen Munakata träumen und besonders glücklich über einen winzigen Korin in unserem Haus sind, den wir vor einiger Zeit bei einem Tokyoter Antiquitätenhändler erstanden hatten. Es freute Ikeda zu hören, daß wir schon während des Studiums begonnen hatten, uns für japanische Kultur, wie Malerei, Töpferei und Musik zu interessieren.

In den letzten zwei bis drei Jahren haben wir Unmengen an zeitgenössischer japanischer Literatur verschlungen, besonders seit wir die Bücher in der Originalsprache lesen können. Endo Shusaku, Inoue Yasushi oder Abe Kobo gehören mit ihrem ungewöhnlichen, oft surrealistisch anmutenden Stil zu unseren Favoriten. Ikeda, der ältere japanische Literatur bevorzugt, aber auch ein großer Freund der deutschen Literatur von Thomas Mann bis Hermann Hesse ist, strahlte über das ganze Gesicht. Spätestens an diesem Abend hatte er uns fest in sein Herz geschlossen.

Wir setzten unseren Rundgang fort. Ich blickte kurz in einen Raum, dessen Schiebetür nur einen Spalt aufstand. Ich konnte mir ein Grinsen nicht verkneifen. »Herr Ikeda, spielen Sie vielleicht Golf ?« fragte ich harmlos. Ikedas Augen leuchteten auf, und er fragte hoffnungsfroh: »Ja, Sie etwa auch?« In dem kleinen Raum standen mehrere Golfsäcke, und Dutzende von Schlägern aller Größen aus Holz und Metall waren aufgereiht. Golf, Japans große Leidenschaft, dachte ich. Seine Frau, die uns schweigend gefolgt war, warf ein: »Nächste Woche fahre ich für 10 Tage zu meiner Freundin Yasuko nach Scottsdale in Arizona zum Golfspielen. Mein Mann und ich lieben Golf, obwohl er mit seinem Aikido und seiner Firma enger verheiratet ist als mit mir«, fuhr sie spöttisch und nicht ohne vorwurfsvollen Unterton fort.

Endlich betraten wir den Garten oder, besser gesagt, einen kleinen Park. Vor uns sahen wir einen Mikrokosmos der japanischen Natur. Aus einer Ansammlung von Felsen, etwa 2–3 Meter hoch, fiel Wasser in einen kleinen Teich, in dem Dutzende von Zierkarpfen lebhaft schwammen; rote, blauweiße wie Delfter Kacheln, Jinmengyo, deren Zeichnung der Schuppen deutlich an ein Katzengesicht erinnert. Leuchtend gelbe Koi, wie die Zierkarpfen hier heißen, und alle Schattierungen von Weiß bis Schwarz. Die größten, fast 70 cm lang, mußten wohl mehr als 25 Jahre alt sein.

Der Teich ergoß sich in einen kleinen Bachlauf, das Wasser floß klar und schnell. Eine rot lackierte Holzbrücke spannte sich in einem halbrunden Bogen über den Bach, große Steine dienten als Tritte, über die man im Park spazieren konnte. Steingärten lösten sich mit dichter, niedriger Vegetation ab. Die Bäume waren kunstvoll beschnitten und wirkten doch natürlich in ihrer Schlichtheit und ihren klaren Strukturen. Im äußersten Winkel konnte ich eine kleine, relativ hohe Halle sehen, deren Schiebetüren im Sommer alle herausgenommen wurden. Ikeda erklärte mir, daß dies sein Dojo sei, in dem er mehrmals in der Woche mit alten Freunden trainierte, wie Ichihashi Sensei, dessen Senpai er war, oder Masuda Sensei, mit dem ihn nicht nur Aikido, sondern auch die Leidenschaft zum Golf verband.

»Vielleicht machen Sie mal bei uns mit, Herr Wolf«, sprach er mich an und knuffte mir dabei freundlich in die Rippen. »Um Gottes Willen«, antwortete ich, »da muß ich noch mindestens 20 Jahre üben«. »Nein, nein, wir freuen uns über jeden, der Aikido wirklich ernsthaft betreibt und sich bemüht, den Weg zu beschreiten.«

Die Haushälterin kam mit einem Lacktablett mit schlanken hohen Gläsern, die frisch gemachten eiskalten Oulong-Tee enthielten. Dankbar nahmen wir die Erfrischung entgegen. Bald trafen andere Gäste ein, unter anderem Ikedas einziger Sohn Kazuo, der im Konzern seines Vaters arbeitete, und seine Frau Mitsuko. Schon damals spürte ich eine nur mühsam unterdrückte Spannung zwischen Vater und Sohn, die ich erst später richtig verstehen sollte. Wir unterhielten uns nur kurz mit den beiden, obwohl Anna und Mitsuko sich wohl auf Anhieb mochten und sich für den nächsten Tag zum

Tennis verabredeten. Unser erster Abend im Hause Ikedas wurde ein voller Erfolg und hinterließ eine jener Erinnerungen, die man nie vergißt.

Übrigens, ich heiße mit vollem Namen Jan Wolf und denke, daß ich für meine 43 Jahre noch ganz fit bin, wenn es auch hier und da schon knirscht. Ich will Sie nicht mit zu vielen Details meiner Arbeit oder meines täglichen Daseins langweilen, ich nehme an, Sie haben auch Ihre Last damit. Ich bin von Natur aus neugierig, was mich von Zeit zu Zeit in die Bredouille bringt. Davon abgesehen halte ich mich für einen guten Ehemann, was meine Frau Anna mir mindestens einmal jährlich auch bestätigt, besonders dann, wenn ich meiner Leidenschaft nachgehe. Nein, nicht das..., ich bin seit früher Jugend ein Hobbykoch, und wie manche sagen, ein guter. Es war wahrscheinlich meine Kochkunst, die Anna überzeugte, sich auf mich einzulassen, und ich hatte reichlich Gelegenheit, mich zu beweisen. Lamm in Bordeaux mariniert mit frischen Kräutern, Apfel, Chicorée mit gewürztem Hackfleisch, die beste Bolognese-Soße für Spaghetti weit und breit oder mein »Weltklasse-Schweinefilet« in einem knusprigen Mantel aus vielen frisch gehackten Kräutern mit Senf, rosa gebraten und saftig, mmh. In Tokyo habe ich es mit meinen Kochkünsten zu einer gewissen Popularität bei Freunden und Bekannten gebracht.

Meine Arbeit macht mir ebenfalls viel Spaß, auch wenn sie mir kaum genug Zeit läßt für die anderen Seiten meines kargen Lebens. Unser Konzern mit Aktivitäten im Elektronikbereich, im Flugzeugbau, Verkehrssystemen, Medizintechnik und in unzähligen anderen

Geschäftsfeldern ist weltweit tätig, und meine Aufgabe bringt es mit sich, daß ich sehr viel in Japan und Asien reise, um Verhandlungen mit anderen Konzernen, aber auch Regierungen und Behörden zu führen.

Es ist jetzt schon über 10 Jahre her, daß wir nach Tokyo gezogen sind. Ich weiß noch wie heute, als mein Chef in Deutschland mich eines Tages, nachdem ich von einer Dienstreise aus Japan zurückkam, unerwartet fragte: »Herr Wolf, wie gefällt Ihnen denn Japan so?« Ermuntert und nichtsahnend legte ich los und schwärmte ihm von diesem Land vor. »Ja, dann ist ja alles klar«, unterbrach er meinen Enthusiasmus endlich, »ich möchte nämlich, daß Sie in unserer Tochtergesellschaft in Tokyo als Leiter des Elektronikbereiches anfangen, und zwar sofort.«

Er wartete gar nicht meine Antwort ab, die konnte er wohl meinem Gesicht ablesen, sondern fuhr fort: »Reden Sie mit Ihrer Frau, und geben Sie mir in ein paar Tagen Bescheid.« Acht Wochen später wohnten Anna und ich im Hilton in Tokyos Stadtteil Shinjuku, das für fast drei Monate unser Heim sein sollte, bis die Möbel aus Deutschland eintrafen und wir in unser erstes Haus im ruhigen Außenviertel von Shimotakaido einziehen konnten. Wir wollten unter Japanern leben und nicht in German Town oder einem der anderen Gaijin-Viertel, um schnell und gründlich in die Kultur eintauchen zu können, die Sprache besser zu verstehen, die wir nur aus Kursen in Deutschland kannten, und hoffentlich auch bald einheimische Freunde und Bekannte zu gewinnen.

Letzteres sollte uns besonders schnell gelingen, dank einer zufälligen Bekanntschaft mit Yamada Yoshie, eine sehr begabten Töpferin, die eine unserer besten Freundinnen werden sollte. Sie führte uns nicht nur in ihren riesigen Freundeskreis ein, sondern diente uns auf vielen gemeinsamen Reisen durch Japan als kompetente Reiseführerin. Die besten Onsen, die Badeorte mit heißen Quellen, lernten wir durch Yoshie kennen.

Einige Jahre später und eine Spur weiser fanden Anna und ich ein wunderschönes Haus in Mejiro, einem der alten, vornehmen Stadtteile Tokyos. Unweit der renommierten Gakushuin-Universität, wo schon zahlreiche Mitglieder der kaiserlichen Familie studiert haben, nur wenige Minuten zu Fuß vom Mejiro-Bahnhof der Yamanote-Linie, steht dieses Haus, erbaut halb in westlichem, halb in japanischem Stil. Gleich dahinter hatte Frank Lloyd Wright schon 1916 eine Schule in seinem unverkennbaren Design errichtet, etwa zur gleichen Zeit wie auch das berühmte Imperial Hotel am Kaiserpalast.

Das zweistöckige Holzhaus mit seinen ungewöhnlich großen Fenstern und lichtdurchfluteten Räumen und der Garten sind umgeben von großen, alten, herrlichen japanischen Kirschbäumen, die im April eine Mauer aus weißrosa Blüten zu bilden scheinen. Ahornbäume, mit zartgrünen Blättern im Frühjahr, lodern tiefrot im Herbst, und dichte Azaleenbüsche blühen in vielen Farben zu fast allen Zeiten. Eine Palme erinnert daran, daß Tokyo etwa auf dem gleichen Breitengrad wie Sizilien liegt.

Aus allen Räumen im Erdgeschoß blickt man auf den Garten, den wir im japanischen Stil angelegt haben: Kies bedeckt mit Trittsteinen, die auf eine alte Steinlaterne zuführen, die wir auf einer der Rundreisen erwerben konnten. Aus einem dicken Bambusrohr, das aus einigen aufgehäuften Felsbrocken ragt, fließt Wasser in ein zweites Bambusrohr, das auf einer Wippe befestigt ist. Je mehr es sich füllt, desto mehr bekommt es ein Übergewicht, um dann schließlich mit einem lauten »Tock« auf einen muldenförmigen Felsen aufzuschlagen, in den es sich entleert, um sofort wieder in die Ausgangsposition zurückzukehren. Ein ewiges Spiel. Dieses Shishi-Odoshi, wie dieses Wasserspiel heißt, diente in früheren Jahren dazu, Tiere, besonders Wildschweine, die oft auf der Futtersuche bis in die Gärten eindrangen, abzuschrecken. Bei uns bringt dieses Ding nicht mal die fetten schwarzen Krähen auf den Bäumen aus der Ruhe. Diese Biester sind wahrscheinlich schon zivilisationsgeschädigt oder einfach schlauer als Wildschweine.

Im Inneren des Hauses ist der Einfluß von Anna in jedem Raum zu spüren, die modernen Möbel aus Deutschland harmonieren mit den alten japanischen Tansu, wie man Schränke oder Kommoden nennt. Die vielen modernen japanischen und westlichen Gemälde werden durch einige wenige alte Bilder geradezu herausgehoben. Wir sind leidenschaftliche Sammler. Nicht nur renommierte japanische Maler wie Kusuda Kyoko oder Shinoda Toko sind in unserer Galerie zu finden, sondern es macht uns besonderen Spaß, neue Talente zu entdecken. Der junge Kanadier Greg Angus, dessen großformatige Enkaustiken aus Öl und Wachs, die zur Zeit einige unserer Räume mit ihren kräftigen und dichten Farben und oft spiralförmig verlaufenden Formen dominieren, ist eines der besten Beispiele. Seine zeitgenössische Interpretation der schon bei den alten Ägyptern für Mumienbilder verwandten Maltechnik vermittelt die Dynamik einer gewaltigen Großstadt wie Tokyo, in der um wenige Ruhepole herum, alles in rasender Bewegung zu sein scheint. Ich kenne ihn ziemlich gut und weiß, daß sich auch seine Seele und seine Konflikte in den Bildern spiegeln.

Beispiele japanischer Keramikkunst stehen in freundlichem Wettbewerb mit Tausenden von kleinen Erinnerungsstücken und Kitsch aus Deutschland oder von unseren vielen Reisen in Japan und in Asien. Es ist eine lebendige, sehr interessante und abwechslungsreiche Behausung, die wir uns geschaffen haben; allerdings habe ich immer einen riesigen Horror davor, daß eines Tages »the big one«, ein großes Erdbeben, alles in Schutt und Asche legen könnte.

Es ist einer der Vorteile unseres Hauses, daß es sehr günstig zur Firma, aber ebenso nahe zu unserem Aikido-Dojo liegt. Das erlaubt mir, morgens um halb sieben eine Stunde zu trainieren, bevor ich mit der Arbeit beginne. Meine Sekretärin kann nur den Kopf schütteln über so viel Eifer am frühen Morgen. Und obwohl sie Zweifel an meinem Verstand zu haben scheint, schenkte Sie mir vor einigen Jahren, als ich die Prüfung für den 4. Dan bestanden hatte, ein wunderschönes Buch über Ueshiba Sensei. Na ja, vielleicht denkt sie, schlimmer als die Macken der golfverrückten Chefs, die sie vor mir hatte, kann meine Passion ja auch nicht sein.

Meine Frau Anna bestärkt mich in meiner Leidenschaft. Als wir uns vor ziemlich genau zwanzig Jahren kennenlernten, war Sie mit 21 Jahren gerade zum zweiten Mal Deutsche Meisterin im Judo geworden. In der Tradition der Ambergs, ihrer Eltern, studierte sie Innenarchitektur, und ich hatte sie zufällig auf einer Party an der gleichen Universität, an der ich studierte, kennengelernt.

In den darauffolgenden Wochen intensiven Kennenlernens machte ich nicht nur Bekanntschaft mit den angenehmen Seiten Annas, sondern oft auch mit dem allzu harten Boden meines Zimmers, wenn ich den Mund mal wieder zu voll genommen hatte und über die Wirksamkeit aller dieser Kungfu-Sachen spottete. Ich begann darauf hin auch mit Judo, gewissermaßen zur Selbstverteidigung.

Heute ist Anna reifer und ich bin einigermaßen sicher vor ihr. Vielleicht hat auch die philosophische Seite des Aikido-Trainings, das wir beide zusammen begannen, ihre Einstellung zum richtigen Umgang mit ihrem Ehemann zum Positiven verändert. Ich bin jedenfalls recht zufrieden.

In Tokyo ist Anna freiberuflich tätig als Beraterin für Firmen, die sich neu einrichten. Judo hat sie vor Jahren aufgegeben, aus Altersgründen, wie sie sagte. Dafür betreibt sie um so intensiver Aikido. Anna liebt ihre Bücher und muß die weltweit umfangreichste Sammlung von Obis, den Kimonoschärpen, haben. Unser Haus ist an allen Ecken und Enden damit dekoriert. Sie ist eng befreundet mit Ikeda Mitsuko, der Schwiegertochter meines Freundes Ikeda. Anna und Mitsuko spielen oft zusammen Tennis und treffen sich regelmäßig zum Erfahrungsaustausch von… ich möchte nicht wissen was.

In letzter Zeit hat Anna noch etwas entdeckt, was sie der umfangreichen Palette ihrer Tätigkeiten hinzufügen kann, seit mehreren Monaten studiert sie nebenbei chinesische Medizin. Wir haben selten Streit, und wahrscheinlich hängt es damit zusammen, daß wir beide sehr beschäftigt sind. Mir scheint das ein gutes Rezept für eine glückliche Beziehung.

KAPITEL II

Es ist Goldene Woche in Japan, jene Zeit der Anhäufung von Feiertagen Anfang Mai, bei der halb Japan in Urlaub ist. Einer der wenigen Momente, in denen Tokyo zu einer beschaulichen Stadt wird und man sogar ungehindert von Staus innerhalb der Stadt herumfahren kann, aber eben nur innerhalb. Alle Autobahnen außerhalb sind dafür verstopfter denn je.

Ikeda ist einer der wenigen, die trotzdem im Büro sind. Eine Woche Urlaub am Stück, das hält ja keiner aus, dachte er noch am Morgen, als er losfuhr. Er ist erstaunt und zunächst erfreut, als er Kazuo, seinen Sohn, ebenfalls in der Firma antrifft. Aber schon wenige Minuten nachdem sie ihre Unterhaltung begonnen haben, endet sie wie fast immer in letzter Zeit. »Kazuo, ich habe es Dir schon oft gesagt, bevor wir darüber sprechen, ob wir Deine amerikanischen Methoden bei Ikeda Industries einführen, mußt Du noch viel lernen. Unser Unternehmen hat viele Facetten, und Du kennst erst wenige. Ich habe keine Lust, weiter über das Thema zu reden«, belehrt Ikeda seinen Sohn irritiert und beendet ihr Gespräch abrupt.

Kazuo hat gerade wieder ohne Erfolg versucht, seinen Vater für seine Zukunftspläne, die er mit der Firma hat, zu interessieren und wie jedesmal endet es mehr oder weniger im Streit. Innerlich kocht er vor Wut, aber er dreht sich abrupt um und verläßt wortlos Ikedas Büro, indem er die Tür hinter sich leise schließt. Takahashi-san, die Sekretärin Ikedas, schaut ihn mit schmerzlich verzogener Miene an. Sie kann Kazuo ansehen, daß es mal wieder schiefgelaufen ist zwischen den beiden. Kazuo hat genug, es ist schon fünf Uhr, er beschließt, den miserablen Tag zu beenden, und fährt nach Hause.

Seit seiner Heirat mit Mitsuko wohnen sie im Stadtteil Hiroo, direkt am Arisugawa-Park und in der Nähe des Tokyo Lawn Tennis Club, fast neben dem Gebäude der deutschen Botschaft und nicht weit zum National Azabu Supermarket, dem Einkaufsparadies für unter Heimweh leidende Ausländer, die nach heimischer Nahrung lechzen. Ihre Eigentumswohnung ist für Tokyoter Verhältnisse groß und sehr modern eingerichtet, fast unpersönlich, würden nicht Mitsuko und die Kinder hier und da eigene Akzente setzen.

Er ist zwar nicht in die Fußstapfen seines budobesessenen Vaters getreten, aber Kazuo ist stolz darauf, körperlich fit zu sein. Er treibt viel Sport, in erster Linie Tennis, und er besucht jede Woche ein Fitness-Studio in der Nähe, in dem er Gewichte stemmt und ab und zu einige Runden zu einem kleinen Boxkampf in den Ring steigt. Eine hervorragende Art, Spannungen und Frustrationen abzubauen.

Seit ein paar Jahren hat sich die Beziehung zu seinem Vater mehr und mehr verschlechtert. Mittlerweile haßt er ihn regelrecht, weil er ihm in der Firma im Wege steht. Sein Vater behandelt ihn ungerecht, wie ein kleines Kind, und verweigert ihm eine tragende Rolle im Unternehmen. Er hat Kazuo nur mit der Rolle des Einkaufschefs betraut, ihn aber nicht an der Geschäftsleitung beteiligt, obwohl sein Sohn 10% der Aktien hält und bereits 41 ist.

»Mein Vater ist erzkonservativ in jeder Beziehung, vor allem in geschäftlichen Angelegenheiten«, denkt er verbittert. »Wozu habe ich in den USA studiert und moderne Ideen mitgebracht? Ich möchte Ikeda Industries zu einem Weltunternehmen formen, während mein Vater nur daran interessiert ist, daß das Unternehmen stabil und profitabel ist und eine Art Familie für Tausende von Mitarbeitern bleibt.«

Vor einiger Zeit hatte Kazuo Sato Masahisa, den Chef eines Unternehmens namens Kaneda Electronics aus Osaka, von dem Ikeda Industries elektronische Bauteile bezieht, persönlich kennengelernt. Es stellte sich heraus, daß dieser Sato auch in den USA studiert hatte. Obwohl elf Jahre älter als Kazuo, haben sich beide auf Anhieb gut verstanden. Im Laufe der Zeit ist ihre Beziehung enger und enger geworden, persönlich wie geschäftlich. Sato, erfahren, erfolgreich, intelligent, reich und weltmännisch, ist Kazuos Vorbild. So wie Sato möchte auch er eines Tages werden. Sato hat in letzter Zeit viel Einfluß über den eher charakterschwachen Kazuo gewonnen und ihm nach einiger Zeit diskret Ideen zu einer engen Zusammenarbeit der beiden Unternehmen als dessen eigene eingepflanzt.

Kazuo braucht Geld, viel Geld. Seine Eigentumswohnung, die teure Einrichtung, der BMW, Tennis im Tokyo Lawn Tennis Club, wo auch der frühere Kronprinz und heutige Kaiser ab und zu spielte, und natürlich seine Familie verschlingen mehr, als sein Gehalt und seine Dividende hergeben. Aber besonders seine Freundin Ineko, der er ein kleines Appartement eingerichtet hat, kostet viel Geld. Er ist ihr völlig verfallen und denkt, daß auch sie ihn liebt.

Mitsuko, seine Frau, ist ihm mittlerweile gleichgültig, obwohl sie ursprünglich sehr glücklich miteinander waren. Ihre Interessen sind zu verschieden. Aber er hängt sehr an seinen beiden Kindern, für die er alles tun würde.

Früher war alles ganz anders. Kazuo und Mitsuko hatten sich schon an der Universität kennengelernt, genauer gesagt an einem dritten November, in Japan ein Feiertag, der Kulturtag. An den Universitäten ist an diesem Tag die Hölle los. Jede Kunst- oder Sportgruppe organisiert irgendetwas fürs Publikum, und je verrückter, desto besser, scheint es. Früher war das natürlich anders, aber die Zeiten ändern sich. Kazuo war als Mitglied des Tennisclubs vollauf beschäftigt, das hereinströmende Publikum zu begrüßen, als ihm die hübsche kleine mit dem Superminirock und dem schicken Schlapphut auffiel. Das ist doch Mitsuko, die Tochter von Hosokawa, dem Partner seines Vaters. »Donnerwetter«, dachte Kazuo. Er hatte sie schon seit längerem nicht mehr gesehen, und aus dem etwas dicklichen, pickeligen Schulmädchen war eine echte Schönheit mit einer Superfigur geworden. Studierte Sie etwa schon? Und dann auch noch hier? Sein Interesse war augenblicklich geweckt, und er behielt sie genau im Auge. Als endlich alle auf ihren Plätzen saßen, näherte er sich ihr unauffällig, und wie zufällig setzte er sich neben sie. Mitsuko war der gutaussehende Kazuo natürlich auch ins Auge gefallen, und es war ihr nicht unangenehm, daß er sich neben sie pflanzte. Schon früher hatte sie von ihm geschwärmt, obwohl er an ihr kein Interesse zeigte. Sie begrüßten sich ausführlich, und im Gegensatz zu früher zeigte sich Kazuo sehr gesprächig, beinahe geschwätzig. Mitsuko fand aber alles, was er so von sich gab, sehr beeindruckend. Es war fast wie in einem Roman: Liebe auf den ersten, oder zumindest auf den zweiten Blick.

Kazuo, ganz Experte, erklärte jeden Ballwechsel im Detail und Mitsuko, selbst eine sehr gute Tennisspielerin, schien es, als erfahre sie nie Gehörtes aus Kazuos Mund. Hin und wieder verfingen sich ihre Blicke ineinander. Es war, als ob die beiden sich zum ersten Mal begegnet seien. Am Ende des Matchs nahm Kazuo dann auch seinen ganzen Mut zusammen und fragte, ob sie ihn noch zu einem der vielen Imbiß- und Getränkebuden auf dem Campus begleiten würde. Mitsuko hatte schon befürchtet, mit dem Matchball wäre die äußerst angenehme Begegnung vorbei und hatte Mühe, nicht zu schnell und selbstverständlich »ja« zu sagen. »Schließlich soll man es den Jungs ja nicht zu leicht machen, die bilden sich sonst noch was ein«, dachte sie, während gleichzeitig Ihr Kopf wie von selbst zustimmend nickte. Kazuo und Mitsuko schlenderten an den vielen Buden vorbei, bis sie bei einer angelangt waren, die Yakitori anbot. Das sind kleine Fleisch- und Gemüsestückchen auf Holzspießchen gegrillt, die am besten mit Bier schmecken. Das fanden die beiden auch, und so verschwand Yakitori auf Yakitori und ein Bier nach dem anderen. Beide waren am Ende des Tages leicht angetrunken und ausgelassen, er brachte sie noch bis zur U-Bahn, und sie winkten sich zu, bis ihm die Arme fast abfielen. Von diesem Novembertag an waren sie unzertrennlich. Die Eltern Kazuos und Mitsukos waren natürlich, wenn auch nicht nur aus uneigennützigen Gründen, begeistert. Hier tat sich eine riesige Chance auf, Ikeda Industries gewissermaßen in der Familie zu halten. Es stand für Ikeda von Anfang an fest, daß Kazuo eines Tages das Ruder übernehmen würde, und wenn Kazuo die Tochter seines Partners vielleicht heiraten würde, wäre es das Tüpfelchen auf dem »i«, dachte er damals vorausblickend. Aber vor einer Heirat der beiden stand noch das Examen, und dann hatte Ikeda seinen Sohn gedrängt, erst ein MBA-Studium in den USA anzuschließen. Kazuo war nicht begeistert von der Idee, seine Mitsuko für immerhin zwei Jahre in Japan alleine zu lassen, oder zumindest nur selten zu sehen. Aber Mitsuko, die keinerlei Zweifel an der Ernsthaftigkeit und dem Bestand ihrer Beziehung hatte, ermunterte ihn, so daß er schließlich einwilligte und in die Vereinigten Staaten ging. E-mail gab es zu dieser Zeit noch nicht, und so schrieben sich beide die Finger wund. Die Väter kamen freiwillig für die exorbitanten Telefonrechnungen auf, und Mitsuko durfte Kazuo einmal in Amerika besuchen. Den Eltern beider war zwar klar, daß dies nicht ganz schicklich war, aber man drückte ein Auge zu und nahm an, daß Mitsuko immer in ihrem Hotelzimmer übernachten würde. Das tat sie auch, denn in Kazuos Zimmer im Studentenwohnheim, das er sich mit einem Kommilitonen teilte, hätten sie sich kaum lieben können. Mitsuko kam glücklich nach Tokyo zurück, Kazuo bestand seine Prüfung mit Auszeichnung, und der Hochzeit der beiden stand nichts mehr im Weg.

Das war vor vielen Jahren, und Kazuo hatte sich langsam, aber sicher geändert. Angefangen hatte es mit Diskussionen, die er mit seinem Vater führte, wie ein modernes Unternehmen in der Zukunft auszusehen habe. Seine amerikanisch beeinflußte Ausbildung machte sich bemerkbar. Ikeda, der es nicht gewohnt war, daß ihm jemand beibringen wollte, wie man eine Firma leitet, reagierte zunehmend unwirsch, obwohl es sich um seinen Sohn handelte. Er begann an Kazuo herumzunörgeln; fand Schwächen an ihm, die er vorher ignoriert hatte. Das Verhältnis der beiden verschlechterte sich zusehends. Sonoko, Kazuos Mutter, versuchte zu vermitteln, saß aber letztlich nur zwischen allen Stühlen. Auch Mitsuko und ihr Vater, der, seitdem er Witwer geworden war, Kazuo noch enger ins Herz geschlossen hatte, versuchten ihr Bestes, zwischen Vater und Sohn Brücken zu bauen. Aber Ikeda und sein Sohn waren beide dickköpfig, und jeder der beiden glaubte, im Recht zu sein. Kazuo verlor mehr und mehr das Interesse an der Firma, bei der er mittlerweile im kaufmännischen Bereich arbeitete, und begann statt dessen, sich für andere Dinge zu interessieren. Zuerst spielte er Karten oder verbrachte viel Zeit beim Tennis, dann verlor er sein Interesse an Mitsuko. Sie versuchten, es zu übertünchen mit dem Kauf einer neuen, größeren Wohnung im selben Komplex, mit Auslandsreisen, aber selbst das zweite Kind änderte nichts daran, Kazuos Wesen war ein anderes geworden. Es war wie vorgezeichnet, daß er den Fängen Satos nicht entgehen konnte, auch wenn das noch einige Jahre dauern sollte. Wenn man es recht bedenkt, hatte Ikeda selbst erheblich dazu beigetragen, daß Kazuo schon von seiner Kindheit an unter Minderwertigkeitsgefühlen litt. Ikeda war tief enttäuscht, als Kazuo nach anfänglichen Versuchen, zu denen sein Vater ihn gedrängt hatte, weder Aikido noch Kendo noch irgendeine andere der traditionellen japanischen Kampfkünste ernsthaft aufnahm. Für seinen Vater war dies ebenso unverständlich wie unverzeihlich. Er ließ Kazuo oft in seiner verletzenden Art, die er mit gesundem Humor verwechselte, spüren, daß er ihn für einen Weichling hielt. Ikeda akzeptierte zwar nach einigen Jahren widerwillig, daß die neue Generation lieber Tennis oder Baseball spielte und die Disco dem Dojo vorzog, aber der Schaden in Kazuos Psyche war irreparabel. Kazuo war schon damals bewußt, er würde niemals die überzogenen Ansprüche seines Vaters erfüllen können.

Kazuos Ziel ist es, möglichst bald Chef der Firma zu werden, damit er genug Geld hat, seine Ideen für eine moderne Firma verwirklichen und seine Machtbedürfnisse befriedigen zu können. Er ist ungeduldig und befürchtet, daß, was in Japan nicht ungewöhnlich ist, sein Vater – bei seiner eisernen Konstitution – selbst mit achtzig Jahren noch das Unternehmen führen wird. »Manchmal wünschte ich, der Alte würde einfach umfallen«, denkt er immer noch wütend. Er grübelt den ganzen Abend. »Ich muß endlich etwas unternehmen«, denkt er resignierend.

Es sind kaum zwei Wochen nach dem Fest in Iwama und der Goldenen Woche vergangen. Japan ist zur Normalität zurückgekehrt. Ikeda hat gerade angerufen, und wir haben uns zum Essen verabredet. Es geht um ein Projekt in seiner Firma, bei dem er mich um meine Meinung bitten möchte. Aber wir werden sicher auch wieder über unsere gemeinsamen Leidenschaften sprechen.

Ikeda und ich treffen uns im GenAn in Shinjuku. Es ist eines unserer Lieblingsrestaurants. Nur schwer für Uneingeweihte zu finden, tritt man durch eine gewöhnliche Haustür, steigt eine enge, steile Treppe hoch und hinter einem Noren, wie die halblangen Vorhänge vor Eingängen heißen, befindet sich ein großer Raum, der aber fast ganz von einer halbkreisförmigen Theke eingenommen wird. Vor der Theke sitzen auf schweren alten

Holzstühlen etwa 20 Gäste, wie üblich fast alle Stammkunden. Unsere zwei Stühle sind noch frei, und die sehr hübsche, junge Bedienung führt uns hin. Hinter der Theke, vor den ebenfalls halbkreisförmig angebrachten heißen Platten, auf denen im Teppanyaki-Stil gekocht wird, steht Ono-san, der Koch, und nickt uns freundlich zu. Er weiß genau, was wir bestellen wollen, unsere kurze Unterhaltung konzentriert sich daher auf die wichtigen Dinge des Lebens: das Wetter und die Politik.

Schnell stehen zwei gut gekühlte Flaschen Kirin-Bier vor uns. Ikeda und ich schenken uns gegenseitig, wie es üblich ist, die kleinen Gläser voll. »Kampai, Sie müssen müde sein«, sagen wir förmlich, und das kleine Glas ist mit dem ersten tiefen Zug leer. Ono stellt ein winziges Gericht nach dem anderen vor uns hin, alles frische Spezialitäten, hergestellt aus Gemüsen und Fischen, die je nach Saison zu haben sind. Alle Gänge sind leicht, mit delikatem Geschmack und kleine Kunstwerke auf hübschen Tellern oder in kleinen verzierten Schälchen angerichtet.

Während wir essen und über belanglose Ereignisse des Tages sprechen – Ikeda mag beim Essen nicht über wichtige Themen diskutieren –, bereitet Ono die Hauptgänge vor. Wie immer teilen wir eine frische Abalone-Muschel und ein großes Kobe-Steak. »Tokyo Surf und Turf« sozusagen. Zuerst setzt er die Muschel, die etwa die Größe einer Männerfaust hat, noch in ihrer unteren Schale auf die heiße Platte. Ein vielleicht etwas grausiges Spiel beginnt, wenn es der noch lebenden Muschel zu heiß wird. Sie bewegt sich und zieht sich zusammen. In manchen Augenblicken schließt sich die Muschel so zusammen, daß man unwillkürlich an eine gewisse

Partie der weiblichen Anatomie erinnert wird. Ikeda grinst mich vielsagend an, er weiß, was ich gerade denke. Ono greift die Schale und löst die Muschel mit einem scharfen Messer mit einem einzigen geübten und sicheren Schnitt heraus. In Sekunden hat er die Leber der Muschel entfernt und das Fleisch in kleine Streifen geschnitten. Die grünliche Leber zerhackt er in kleine Würfel, die er extra serviert. Er würzt die Abalone, dämpft sie noch kurz mit Weißwein unter einer Kupferhaube, und schon haben wir das köstliche Gericht auf dem Teller. Während wir uns der Abalone widmen, nimmt Ono das fein marmorierte Steak, schneidet den dicken Fettrand ab, den er zur Seite legt, und zerteilt das Steak in gleichmäßige, zwei Zentimeter starke Würfel. Das extrem zarte, saftige und würzige Fleisch schmeckt am besten »rare«, also nur kurz angebraten. Wir essen mit großem Appetit und tauchen das Steak mal in Sesamsauce, mal in Sojasauce mit frischem Schnittlauch ein. Zum Fleisch gibt es geröstete Knoblauchscheiben. Kobe-Steak ist so zart, daß man es leicht mit den Holzstäbchen zerteilen kann.

Vor dem abschließenden Reis mit Miso-Suppe und sauer eingelegtem Gemüse verarbeitet Ono noch den Fettrand, den er vorher abgeschnitten hatte. Er hackt ihn in kleine Würfel und preßt immer wieder das ausgebackene Fett heraus. Was bleibt sind krosse Würfel, die gut gewürzt auf einer kleinen Toastscheibe serviert werden, einfach köstlich.

Wir erheben uns und steigen hinauf in einen kleinen gemütlichen Raum im nächsten Stockwerk. Hier serviert uns die junge Frau ein Dessert aus frischen Pflaumen und einen aromatischen Kaffee. Zufrieden verlassen wir das GenAn kurze Zeit später. Ono und die Bedienung verbeugen sich tief am Ausgang und wünschen uns noch einen schönen Abend.

»Wolf-san, lassen Sie uns zu Yamada gehen«, entscheidet Ikeda. Yamada Mie ist eine attraktive Mittvierzigerin, die eine kleine, gemütliche und intime Bar in Aoyama leitet. Ikeda ist schon seit 15 Jahren regelmäßiger Gast und Frau Yamada vielleicht nicht nur seine charmante Gastgeberin. Die beiden sind sehr vertraut miteinander. Ikeda hatte mich vor einigen Jahren in der Bar eingeführt und mich mit ihr bekannt gemacht. Seitdem treffen wir uns regelmäßig bei ihr, wenn wir etwas ungestört besprechen wollen. Es sind selten mehr als 4 oder 5 Gäste da, um die sich zwei junge Hostessen bemühen, während Frau Yamada sich fast nur um Ikeda zu kümmern scheint.

Die Bar ist halbdunkel, die anderen Gäste sitzen an niedrigen Tischen in kleinen Nischen. Die Musik ist gedämpft. Anders ist es nur, wenn einer der Gäste singen möchte. Wie fast überall, gibt es eine perfekte Karaoke-Anlage mit Hunderten von Musiktiteln, deren Texte langsam über einen Bildschirm laufen, während die Sänger mehr oder minder erfolgreich ihre Interpretation der bekannten Songs schmettern. Jeder darf, und alle werden beklatscht. Der gute Vorsatz zählt, Mitmachen heißt die Devise. Auch Ikeda und ich sind leidenschaftliche Sänger. Meine Version von »Yesterday« ist Weltklasse, denke ich jedenfalls.

Heute singen wir nicht, und Frau Yamada, die zuerst nahe bei Ikeda sitzt und ihm in vertrauter Weise die Hände streichelt, füllt unsere Gläser mit Mizuwari, halb Whisky, halb Wasser, und entfernt sich. Sie weiß, wir wollen heute ungestört sprechen. Sie ist eine sehr einfühlsame, aufmerksame Frau. Auch ich spüre, daß Ikeda heute nicht so entspannt ist wie sonst, etwas bedrückt ihn.

»Wolf-san, wir kennen uns schon lange, fast zehn Jahre, denke ich. Ich schätze Sie und Ihre Frau sehr. Wir haben viele gemeinsame Interessen, und obwohl ich Ihr Vater sein könnte, betrachte ich Sie mehr als meinen Freund«, fängt er bedächtig an. Ich nicke nur, ohne etwas zu entgegnen, Worte wären überflüssig. »Unsere Geschäftsbeziehung ist ebenfalls hervorragend«, fährt er fort, »ich schätze Sie als erfahrenen und besonnenen Geschäftsmann, der die besonderen Eigenarten der japanischen Geschäftsmentalität bestens versteht.«

Er zögert kurz und blickt mich direkt an. »Ich vertraue Ihnen, Wolf-san, persönlich und geschäftlich«, bringt er endlich heraus. Es ist mir nicht peinlich, was er sagt, sondern es ehrt mich sehr. Ich empfinde genauso für ihn, meinen Mentor, Senpai und väterlichen Freund. »Ikeda-san, ich danke Ihnen, daß Sie so denken, und ich hoffe, daß ich Sie nie enttäuschen werde. Sie haben mir so oft wertvollen Rat gegeben, daß ich es nie mehr wettmachen kann. Mein Verständnis für das Leben und das Arbeiten in Japan ist durch Sie geformt worden.« Er winkt nur kurz und bescheiden ab. »Kampai, auf unser Wohl«, sagt er und erhebt sein Glas.

Sofort ist Frau Yamada zur Stelle und füllt unsere Gläser nach. Sie zieht sich zurück, und Ikeda beginnt mir sein Herz auszuschütten. Ich höre nur zu. Von Zeit zu Zeit werfe ich ein »mmh« oder »so« ein, wie es in Japan üblich ist, um dem Gesprächspartner zu signalisieren, daß man aufmerksam folgt, auch wenn man nicht ständig etwas erwidert.

Es wird spät an diesem Abend, Ikeda hat viel zu sagen, und ich bin bedrückt über das, was ich erfahre.

»Wolf-san, mein Freund«, beginnt er unvermittelt. »Sie wissen, Ikeda Industries wird in den nächsten Jahren einen neuen Präsidenten brauchen, ich werde zu alt für diese Herausforderung, und ich möchte auch Platz machen für eine jüngere Generation.« Ohne es zu sagen, denke ich: wenn alle Manager seines Alters so viel Energie, Dynamik und Führungskraft aufzuweisen hätten wie Ikeda, hätten die potentiellen Nachfolger arge Probleme. Ich brauche ihm aber keine Komplimente zu machen und weiß, er erwartet auch keine, sondern er meint genau, was er sagt. »Außer meiner Familie ist die Firma das Wichtigste, was ich habe. Ich fühle mich persönlich verantwortlich für jeden meiner Mitarbeiter und ihre Zukunft. Ich könnte es nicht ertragen, mit anzusehen, falls das Unternehmen in irgendeiner Form Schaden erleiden würde. Um mich persönlich mache ich mir keine Sorgen, ich bin wohlhabend und habe viele Interessen, denen ich endlich mehr nachgehen kann. Sonoko und ich möchten zum Beispiel eine lange Reise nach Indien unternehmen, auf den Spuren Darumas, vielleicht um zu erkennen, was ihn dazu getrieben hat, nach Japan zu kommen.«

»Wenn es die Zeit endlich erlaubt, kann ich täglich mein Aikido oder Kendo verbessern und vielleicht dem Geheimnis des Ki auf die Spur kommen, oder zumindest mit jungen Hüpfern wie Ihnen, Wolf-san, ordentlich die Matte im Dojo ausklopfen«, ergänzt er, wobei ihm der Schalk aus den Augen blitzt. Ich muß für einen Augenblick lachen, Ikeda, ein Meister des Aikido, braucht zum Ausklopfen sicherlich keine weitere Übungszeit, ich leide ein- bis zweimal im Monat unter seiner Reinigungswut. Trotz seiner 66 Jahre ist er bärenstark, schnell und kerngesund.

»Kazuo glaubt nicht, daß ich bald freiwillig Platz machen will, er denkt, ich bin wie viele japanische Firmenpatriarchen, die man auf der Bahre aus ihrem Unternehmen tragen muß, ehe sie die Verantwortung an Jüngere übergeben. Aber das eigentliche Problem ist ein ganz anderes. Ich weiß nicht, ob Kazuo in der Lage sein wird, Ikeda zu führen und unseren Erfolg fortzusetzen.« Ich blicke ihn jetzt noch aufmerksamer an, es wird sehr persönlich, und ich bin unsicher, ob ich der richtige Gesprächspartner für so etwas bin. Er scheint meine Gedanken zu lesen: »Wolf-san, ich vertraue Ihnen mehr als den meisten anderen, und ich lege Wert auf Ihre Meinung, gerade in dieser wichtigen Angelegenheit. Sie sind im gleichen Alter wie Kazuo, leiten mit viel Erfolg eine große Firma und genießen menschlich wie fachlich hohes Ansehen bei Ihren Mitarbeitern, bei Kunden wie uns und sogar bei Ihrer Konkurrenz. Glauben Sie mir, man trägt mir vieles zu«, erklärt er mit einem Augenzwinkern.

»Kazuo macht seine Arbeit als Einkaufsleiter ganz gut, obwohl speziell ältere Mitarbeiter oft über seinen Ton und seine amerikanischen Methoden klagen. Ich weiß aber nicht, wieviel davon berechtigt ist und ob seine Methoden nicht vielleicht die besseren für die Zukunft der Firma sind? Ich habe ihn ja schließlich selbst in die USA zum Studium geschickt. Wir brauchen frische Ideen und ich weiß, viele der Kachos hassen Veränderungen und bieten Widerstand. Aber Kazuo ist sehr ehrgeizig und möchte die ganze Firma umkrempeln. Seit

Monaten bedrängt er mich mit einem Vorschlag, der nach seiner Ansicht Ikeda Industries zu einem international bedeutenden Unternehmen machen würde. Wie Sony oder Matsushita sollen wir werden, wenn es nach ihm geht. Nicht nur in Japan und Asien sollen wir arbeiten, sondern auch in USA und Europa Fabriken aufbauen. Dabei kann kaum einer unserer Leute Englisch.

Allerdings, wie gesagt, ich bin alt, und vielleicht hat er ja recht mit seiner Idee. Ich kann die Folgen nicht überblicken, und ich möchte Ihren Rat. Aber es muß alles unter uns bleiben, sowohl die geschäftliche als auch die persönliche Seite. Ich weiß, ich bürde Ihnen eine große Verantwortung auf, aber ich vertraue Ihnen, und ich empfinde für Sie wie für einen Sohn.«

Es ist mir jetzt doch etwas unwohl zumute, mein Freund will mehr als nur sein Herz ausschütten. Es geht hier um wichtige Weichenstellungen für Ikeda Industries und vielleicht auch für Kazuos Zukunft. Ich kenne Kazuo nur von gelegentlichen Treffen im Rahmen unserer Geschäftsbeziehungen als Lieferant für Ikeda und sehe ihn von Zeit zu Zeit privat, meist wenn Anna und seine Frau Mitsuko sich mit uns gemeinsam treffen wollen.

Unsere Beziehung ist, im Gegensatz zu der mit seinem Vater, eher oberflächlich. Anna, die eng mit Mitsuko befreundet ist, erzählt ab und zu, daß Mitsuko nicht immer ganz glücklich mit Kazuo ist, ohne auf Einzelheiten einzugehen, Geheimnisse zwischen Frauen, denke ich. Mein eigener Eindruck von Kazuo ist, daß er nicht das Format seines Vaters hat, aber wer hat das schon, sage ich mir. Wenn es etwas wirklich Negatives zu sagen gibt, dann ist es, was mir meine Mitarbeiter über Treffen mit Kazuo berichtet haben, er sei arrogant und jähzornig, stelle oft unerfüllbare Forderungen und würde seine eigenen Mitarbeiter vor den Besuchern aus nichtigen Anlässen zur Schnecke machen. Selbst wenn manches übertrieben sein mag, wirft es trotzdem kein gutes Licht auf ihn.

Doch ehe ich etwas einwenden kann, fährt Ikeda fort: »Einer unserer wichtigen Zulieferer ist Kaneda Electronics in Osaka. Sie kennen die Firma, ja?« Ich nicke nur. »Kazuo kauft in erheblichem Umfang elektronische Bauteile für unsere Fertigung bei Kaneda ein, und die Beziehung ist seit einiger Zeit enger und enger geworden. Kazuo kennt den Chef, Sato, sehr gut und schwärmt oft von dessen modernen Management-Methoden. Es ist kein Wunder, daß die beiden sich gut verstehen, beide haben in den USA studiert und wohl ähnliche Ideen. Kaneda macht bereits umfangreiche Geschäfte in den USA und hat sogar ein kleines Werk in Kalifornien. Die Firma ist zwar nur weniger als halb so groß wie Ikeda, aber ohne Zweifel stärker international orientiert.«

»Ich denke, daran bin zum größten Teil ich schuld, ich bin halt zu sehr in Japan verwurzelt, und das Ausland ist mir zu fremd und ungeheuer«, lacht er spöttisch. Ich weiß, er liebt Europa und seine Kultur, aber im Geschäftsleben fühlt er sich nur in Japan so richtig wohl.

»Um auf den Punkt zu kommen, Wolf-san, Kazuo schlägt vor, daß wir mit Kaneda fusionieren sollen, um endlich ein internationales Unternehmen zu werden. Er hat mir alle Vorteile eindringlich geschildert. Es gibt bereits einen ersten Wirtschaftsplan, den er und Sato wohl ausgearbeitet haben. Zusammen würden wir in Japan mit fast dreißig Prozent Marktanteil führender Anbieter noch vor Hitachis Tochtergesellschaft Kurusato Electronics werden und etwa 5% des Weltmarkts beherrschen. Alles klingt ganz logisch und positiv. »Beide Unternehmen können nur gewinnen«, sagt Kazuo, und Sato sei auch einverstanden, nur als Vizepräsident der neuen Gesellschaft zu dienen mit mir als Präsident. Es klingt alles verlockend, und trotzdem habe ich bisher abgelehnt, die Idee auch nur ernsthaft zu prüfen oder mich gar mit Sato zu treffen.«

Er trinkt einen Schluck aus dem Glas, in dem zwischenzeitlich das Eis bereits geschmolzen ist. Yamada kommt, ohne etwas zu sagen, für einen Augenblick, erneuert unsere Getränke und zieht sich genauso unauffällig wieder zurück. Sie liest von unseren Gesichtern ab, daß wir heute nicht zur Entspannung hier sind.

»Ich bin nicht grundsätzlich gegen die Idee«, fährt er fort, sich kurz über sein Gesicht reibend, »Aber ich bin mir nicht darüber im Klaren, was die Folgen sein können, falls nicht alles so reibungslos geht, wie Kazuo es darstellt. Ich weiß auch nicht, ob ich noch so etwas wagen soll oder ob Kazuo nicht vielleicht besser als mein Nachfolger in einigen Jahren die Verantwortung für diesen gewaltigen Schritt tragen soll. Es ist ja schließlich seine Idee, für die er dann kämpfen und geradestehen kann. Aber natürlich ist diese Chance mit Kaneda dann vielleicht vorüber, oder es ist überhaupt zu spät für Ikeda, noch zu expandieren, und die Konkurrenz ist uns schon davongezogen.

Wir haben uns vor einigen Tagen in meinem Büro fürchterlich gestritten, er warf mir vor, mit meinen konservativen Ansichten die Zukunft Ikedas und unserer Familie zu gefährden und verlangte unmißverständlich, daß ich zumindest ernsthafte Gespräche mit Sato von Kaneda führen solle. Es wurde sehr häßlich und verletzend, weil wir uns gegenseitig unsere Schwächen vorhielten. Ich habe ihm gesagt, daß er es zu eilig habe, meinen Stuhl zu übernehmen und er erst beweisen müsse, daß er dazu in der Lage sei. Und als mir in meiner Erregung entfuhr, daß er erst einmal sein Privatleben ordentlich managen solle, ehe ich ihm die Verantwortung für Ikeda überlassen würde, wurde er vor Wut ganz bleich und beschimpfte mich als verknöcherten alten Tyrann, der nur noch der alten Samurai-Welt nachhänge und von Idealen träume, die heute im Geschäftsleben keinen mehr interessierten.

Ich weiß seit einigen Monaten, daß er eine Freundin hat und Mitsuko darunter leidet, aber das geht nur die beiden etwas an, und es tat mir leid, daß ich diese Sache als Argument in unserem Streit vorgebracht habe. Er hatte bisher nicht geahnt, daß ich von seiner Beziehung wußte, und es war wohl dieser Schock und die Wut, die ihn veranlaßten, mir die Krätze an den Hals zu wünschen. Er ist aus meinem Büro gestürmt, und seitdem haben wir kaum miteinander gesprochen.« Er nimmt einen besonders tiefen Schluck aus seinem Glas und hält für einen kurzen Moment inne. »Ich weiß, daß ich kein einfacher Mensch bin, als Manager und als Vater. Ich bin oft zu hart und stelle zu hohe Anforderungen. Mein größter Fehler ist vielleicht, daß ich anderen, und speziell meinem eigenen Sohn, nicht ohne weiteres zutraue, eine gute Arbeit zu machen. Es wird sicher Zeit, daß ich abtrete, aber ich habe Angst davor, was mit Ikeda geschehen wird, wenn ich die Zügel aus der Hand gebe. Sie sehen, Wolf-san, ich bin eben der typische alte Firmenpatriarch«, erklärt er resignierend.

»Ich verstehe Sie gut, aber auch Ihren Sohn, Ikeda-san«, antworte ich endlich. »Meine Situation ist ganz anders, aber ich kann mich gut in seine Lage hineinversetzen. Sie sollten vielleicht versuchen, wieder mit ihm zu sprechen, nicht im Büro, vielleicht irgendwo, wo Vater und Sohn eine Aussprache führen können. Nach allem, was ich weiß, ist der Streit um die Fusion nicht der Auslöser, sondern nur eine Folge ihrer gespannten Beziehung mit Kazuo«, bemerke ich sehr direkt und ernsthaft. Ich weiß, es ist fast ungeheuer, sich so zu äußern, aber erstens ist es nun mal meine Art, oft zu direkt zu sein, und zweitens kenne ich Ikeda gut genug, um zu wissen, daß er es schätzt, wenn ich nicht um den heißen Brei herumrede.

»Sie haben ja vollkommen Recht, ich weiß, ich muß mit Kazuo ins Reine kommen, wir müssen viele Probleme zwischen uns ausräumen. Ich wünsche mir nichts mehr, als mit Kazuo ein sehr gutes Verhältnis zu haben und ihm unsere Firma mit einem guten Gefühl übergeben zu können. Ich werde es versuchen«, pflichtet er mir bei.

»Aber es gibt auch mit der Fusion ein Problem. Selbst wenn Kazuos Überlegungen alle richtig sind, so weiß ich nicht, ob Kaneda der richtige Partner für uns ist. Sie wissen, mein Partner Hosokawa, der nichts von Kazuos Idee weiß, glaube ich, hat viele Beziehungen in Osaka, und er hat mir vor einigen Monaten, als wir zufällig über Kaneda sprachen, erzählt, daß es Gerüchte gibt, Kaneda und Sato hätten enge Beziehungen zur Yamaguchi-Gumi; allerdings gibt es keine Beweise.

Ich schaue ihn erstaunt an. »Die Yakuza?«, frage ich ihn ungläubig. »Ja, man sagt, Kaneda sei eine Fassade der Yakuza, und Sie wissen es vielleicht nicht, aber ich habe in den Gründertagen unserer Firma nach dem Krieg viel Ärger mit dieser Mafia gehabt, die Schutzgelder von uns erpressen wollte. Es hat regelrechte Schlachten gegeben, und ich habe mich meiner Haut oft brutal zur Wehr setzen müssen. Fragen Sie mal gelegentlich Sasaki Sensei, wie wir die Gangster auseinandergenommen haben. Wir waren schlau wie die Füchse, und die Yakuza ließen erst uns in Ruhe, als sie erkannten, daß der erwartete Gewinn den Ärger nicht wert war; außerdem hatten sie Respekt vor uns, weil wir in ihren Augen den Mut und die Kämpferqualitäten der Samurai hatten. Ich hasse die Yakuza und alles, wofür sie stehen. Trotz des ganzen Ehrenkodex-Gehabes sind sie nichts weiter als gewöhnliche, brutale und äußerst gefährliche, allerdings sehr intelligente und bestens organisierte Verbrecher. Nach all den Jahren dann doch in ihre Fänge zu geraten, wäre ein trauriger Witz der Geschichte und eine Katastrophe für Ikeda Industries und unsere Leute.« In seinem Gesicht spiegelt sich jetzt die enorme Wut und die abgrundtiefe Verachtung wider, die er diesen Gangstern gegenüber empfindet. »Ich kenne ihre Methoden und habe Erfahrung, aber ich habe eine Heidenangst, daß Kazuo in die Machenschaften der Yakuza verwickelt werden könnte. Mit seinem Hang zum Luxus könnte er leicht ein Ziel darstellen. Menschenkenntnis und eine gesunde Portion Mißtrauen sind nicht seine Stärke«, flüstert er jetzt fast.

»Ich möchte Kazuo zeigen, daß ich nicht der sture Besserwisser bin, den er glaubt vor sich zu haben, und ihm eine faire Chance geben, seine Ideen zu verwirklichen. Und ich weiß natürlich nicht, ob das mit Kaneda und Sato wahr ist, aber ich muß hundertprozentig sicher gehen, ehe ich bereit bin, mich mit Sato zu treffen.« Er schaut mich fragend an.

Ich brauche etwas Zeit, um zu verdauen, was er mir gerade alles aufgetischt hat. Ich entschuldige mich für einen Augenblick und gehe zur Toilette. Ich weiß nicht, wo ich anfangen soll; wirtschaftlich könnte eine Fusion zwischen Ikeda und Kaneda durchaus sinnvoll sein, ich kenne beide Unternehmen und sehe auf Anhieb viele Synergien im Produktprogramm, in den Vertriebskanälen oder im Verwaltungsbereich. Auch für unseren Konzern wäre eine fusionierte Gesellschaft ein noch interessanterer Partner. Aber ich darf meinem Freund nicht zu unserem Nutzen raten. Dieser Aspekt muß voll und ganz außen vor bleiben – vor allem darf ich mit niemandem über diese Pläne reden.

Was ist mit Kazuo, kann er wirklich ein Unternehmen dieser Größe leiten, selbst wenn sein Vater noch für einige Jahre zur Verfügung steht? Und was ist mit dem alten Ikeda: ein Fuchs wenn es ums Geschäft geht, ist er aber auch in der Lage, sich auf dem Weltmarkt zu behaupten? Kommt er noch zurecht mit neuen Bedingungen, die wenig mit seinem Erfahrungsschatz und seinen Wertvorstellungen zu tun haben? Und vor allem, wer ist dieser Sato wirklich, steckt die Yakuza hinter Kaneda? Nicht auszudenken, welche Folgen dies hätte für Ikeda und auch für mein Unternehmen. Was weiß ich wirklich über Kaneda? Mit all diesen Gedanken, die meinen Kopf fast zu sprengen drohen, kehre ich an den Tisch zurück. Yamada wartet schon mit einem heißen, weißen Frotteetuch für meine Hände. Sie hat auch unsere Getränke erneuert und kleine Käsehappen und Senbei, delikates Reisgebäck, hingestellt.

Ikeda schaut mich nur an, ohne etwas zu sagen, er spürt, was in mir vorgeht. Ich hole kurz Luft, bevor ich ihm endlich auf seine Fragen antworte: »Ikeda-san, ich glaube, Sie werden schon selber entscheiden können, ob Kazuos Pläne richtig sind und ob er in der Lage ist, sie auch durchzuführen. Hören Sie ganz auf Ihre innere Stimme und vertrauen Sie Ihrer Erfahrung. Sprechen Sie doch selbst mit Sato, es wird Ihnen helfen, ihn einzuschätzen. Aber ich stimme Ihnen zu, es muß absolut sichergestellt sein, daß mit Kaneda und Sato nichts faul ist und es sich um ein sauberes und solides Unternehmen handelt. Ich kann Ihnen nicht bei Ihrer Beziehung zu Kazuo helfen, das können nur Sie selbst, aber ich kann mich über gute Informationskanäle nach den Hintergründen und der Situation bei Kaneda und Sato erkundigen.«

Ich denke dabei an verschiedene Quellen wie meinen Freund Yoshida von der Osaka Handelskammer oder Keller in Kobe, dessen deutsches Handelshaus schon seit über 50 Jahren mit Kaneda arbeitet. Aber die wichtigsten Informationen wird mir Ando von der Tokyo Metropolitan Polizei geben. Ich habe ihm schon öfter bei der Lösung von Fällen mit den umfangreichen Hilfsmitteln unseres technischen Labors geholfen, und außerdem ist er mein Freund. Wenn einer herausfinden kann, ob Sato etwas mit der Yamaguchi-Gumi oder anderen Yakuza-Organisationen zu tun hat, ist er es. Ich werde ihn nächste Woche nach dem Kendo-Training um Hilfe bitten.

Ich sage Ikeda aber nichts von diesen Details, noch werde ich einer der potentiellen Quellen sagen, worauf meine Fragen abzielen. Die Sache muß vertraulich bleiben. Zu viel hängt davon ab, menschliche Schicksale, die

Zukunft eines Traditions-Unternehmens und nicht zuletzt Freundschaften, die mir eine Menge bedeuten.

»Ikeda-san, ich melde mich sofort, wenn ich etwas herausgefunden habe«, verspreche ich ihm. Wir trinken noch ein letztes Glas Mizuwari, und Yamada-san, die uns heimlich beobachtet hat, streichelt Ikeda über Arm und Rücken, als wolle sie ihn trösten. Wir brechen bald auf, jeder von uns beiden in ernste Gedanken versunken.

KAPITEL III

Es ist Montag Morgen, Kazuo legt langsam den Telefonhörer auf, noch immer überrascht. Er kann es noch gar nicht recht begreifen. Sein Vater hat ihn gerade angerufen und ihm knapp, aber nicht unfreundlich mitgeteilt, daß er zu einem Treffen zwischen ihm, Kazuo und Sato von Kaneda bereit ist, vollkommen unverbindlich natürlich. »Ich möchte mir anhören, was ihr beiden euch vorstellt, ehe ich mich entscheide, ob wir ernsthaft über Dein Projekt sprechen sollen«, hat er gesagt. Sie einigen sich auf Mittwoch Nachmittag um fünf Uhr in der Lobby des neuen Hyatt Hotels am Shinjuku Park. Kazuo soll Sato anrufen, um das Treffen zu bestätigen.

»Sato?« platzt Kazuo aufgeregt heraus, »ich bin es, Ikeda, stell Dir vor, mein Vater hat gerade einem Treffen mit Dir zugestimmt. Er will hören, was wir geplant haben und dann entscheiden, ob wir in Verhandlungen treten können.« »Klingt nicht schlecht«, antwortet Sato zögerlich, »ich hoffe, wir können ihn überzeugen.« Er weiß, daß der alte Ikeda bisher jeden Vorstoß seines Sohnes sofort abgeschmettert hat und jegliche Diskussion der beiden immer in erbittertem Streit endete. »Warum dieser plötzliche Sinneswandel«, fragt er sich mißtrauisch. Aber der erste Schritt ist getan. Er stimmt Termin und Treffpunkt zu und hängt auf, sein Gehirn arbeitet auf Hochtouren. Er muß bis Mittwoch noch viel vorbereiten, das erste Treffen mit Ikeda und Kazuo wird vorentscheidend sein. »Ich darf ihn nicht scheu machen«, denkt Sato.

Mittwoch, fünf Uhr, trotz des strömenden Regens ist es warm. Tokyo ist in ein gleichmäßiges, ödes Grau getaucht. Es ist Juni, Regenzeit, die Zeit der Gummiüberschuhe und der durchsichtigen 500-Yen-Schirme. Die schwere, silbergraue Nissan-President-Limousine rollt gerade die Rampe zur Garage des Hyatt hinunter. Ikeda fährt heute selbst, er hat seinem Fahrer freigegeben, er weiß nicht, wie lange das Gespräch dauern wird.

Vorsichtig bugsiert er den großen Wagen in eine der engen Parktaschen. Ikeda liebt seinen President, zweiundzwanzig Jahre alt ist er und noch wie neu. »Solche Autos werden heute nicht mehr gebaut«, denkt er. Kazuo zieht ihn immer mit seiner »Antiquität« auf und drängt ihn, ein neues Auto zu kaufen, am besten einen dieser ausländischen, einen Mercedes oder »Bentsu«, wie die Japaner sagen.

Geräuschlos schließt sich die Tür des Aufzuges, und in Sekunden erreicht Ikeda die Lobby des Hotels im dreiundvierzigsten Stockwerk. Die Tür gleitet auf, und er steht in der riesigen Halle mit ihrem spektakulären, hochmodernen Design. Eine schwerelos wirkende Konstruktion aus Glas und Leichtmetall gibt den Blick über Tokyo in alle vier Himmelsrichtungen ungehindert frei. Das gläserne Dach steigt von den Ecken der Halle steil auf, um mehr als zehn Meter über dem Boden pyramidenförmig zusammenzulaufen. Ein kleiner, dichter Bambuswald bildet das Zentrum, und rundherum an den Fenstern sind Tische und Stühle aufgestellt, die in Farbe und Form mit dem Design der Halle harmonieren. Philippe Starck läßt grüßen.

An schönen Tagen hat man von hier eine Aussicht wie sonst nur vom Tokyo Tower, dem Eiffelturm Japans.

Speziell im Winter, wenn die trockene Luft klar ist, kann man Japans nationales Wahrzeichen, den Fujiyama mit seiner schneebedeckten Kappe, sehr deutlich sehen, und es gibt kaum etwas Romantischeres als diesen Blick im Licht der untergehenden Sonne. Die Tische an der dem Fuji zugewandten Seite sind deshalb auch immer besetzt, die Schlange wartender Gäste reicht meist bis zum Aufzug.

Heute aber ist es so diesig, daß man kaum die gegenüberliegenden, riesigen, zweihundertsiebzig Meter aufragenden Doppeltürme der Stadtverwaltung sehen kann, alles andere als Fuji-Romantik.

Ikeda blickt sich um und sieht seinen Sohn, der schon heftig winkt. Sato und Kazuo haben sich schon vorher getroffen, um ihre Taktik für das Gespräch mit Ikeda abzustimmen. Beide erheben sich und verbeugen sich äußerst förmlich, als Ikeda sich ihrem Tisch nähert. Er ist ebenso förmlich, und nachdem die Begrüßungsformeln gesagt sind, setzten sich alle drei hin. Ein Kellner eilt heran, und Ikeda bestellt sich einen Darjeeling-Tee mit Gebäck.

Unauffällig betrachtet er Sato, eine nicht unsympathische Erscheinung, eine reife, gelassene Persönlichkeit, die Gesichtszüge etwas hart, die kurzen Haare schon leicht grau. Sato trägt einen dunkelgrauen Anzug, ein weißes Hemd und eine gedeckt rote Krawatte. »Ganz Geschäftsmann«, denkt Ikeda. Er vergleicht ihn mit seinem Sohn, der wie immer sehr schick gekleidet ist, aussieht wie ein Bild aus einem Modejournal. Kazuo zappelt nervös auf seinem Stuhl herum, als ob er nicht länger warten könne, seine Pläne auszubreiten. Es wird Ikeda schmerzlich bewußt, wie unreif sein Sohn ist, und es gibt für ihn keinen Zweifel mehr, daß Sato die treibende Kraft hinter Kazuo ist. Im Inneren Ikedas leuchten alle Warnsignale auf, er denkt an das Gespräch mit Wolf und an die vielen kleinen Informationen, die er erhalten hat.

Für einige Minuten tauschen sie allgemeine Floskeln über das Wetter, die Geschäfte und über Tokyo aus. Keiner möchte das eigentliche Thema zur Sprache bringen. Allmählich versandet das Gespräch, und Kazuo kann sich nicht länger zurückhalten. »Vater, Sato-san und ich möchten Dir unsere Idee erklären, wie aus Ikeda Industries und Kaneda Electronics ein starkes internationales Unternehmen werden kann und wir langfristig unsere Zukunft sichern können. Ich habe es Dir ja schon erklärt, aber ich glaube, es ist wichtig, daß Sato-san aus seiner Sicht die Vorteile des Plans schildert«, wirft Kazuo unvermittelt ein.

Sato ist leicht irritiert, er weiß, es ist noch zu früh, um bei dem alten Fuchs Ikeda mit der Tür ins Haus zu fallen. Kazuo muß noch viel lernen, vor allem Geduld. Aber er lächelt Ikeda an, bis dieser nickt und damit sein Einverständnis signalisiert. Sato weiß, er kann nicht zu schnell vorgehen und ignoriert das eigentliche Thema erst einmal. Er beginnt mit einer allgemeinen Beschreibung Kanedas, der Geschäftsfelder, nationale und internationale Tätigkeiten, wesentliche Umsatz- und Gewinnzahlen der letzten Jahre, kurz- und mittelfristige Aussichten, Wachstumsbereiche und Risiken.

Er hat alle Fakten und Zahlen im Kopf und verzichtet darauf, Ikeda mit förmlichen Präsentationsunterlagen zu beeindrucken. Er weiß, bei einem ersten Orientierungsgespräch wäre das eher störend und würde zu verbindlich wirken. Auch Ikeda, aus dessen Gesicht Sato wie bei einer undurchdringlichen Maske keine Regung, weder positiver noch negativer Art, ablesen kann, macht sich keinerlei Notizen. Die wichtigen Fakten behält er im Kopf. Für ihn ist heute der erste Eindruck wichtiger, als sich mit Details zu beschäftigen. Falls es zu weiteren Gesprächen kommen sollte, werden seine Spezialisten Kaneda ohnehin auf Herz und Nieren prüfen müssen. Hier sitzen sich zwei erfahrene Unterhändler gegenüber, die beide ihre Karten verdeckt halten. Es ist fast so, als ob Kazuo gar nicht am Tisch säße.

Ikeda unterbricht Sato nur selten, um hier und da etwas zu fragen, die meiste Zeit hört er sehr konzentriert zu, und man hört nur sein regelmäßiges »mmh« oder »so« als Zeichen seiner Aufmerksamkeit. Kazuo beobachtet die beiden, und zum ersten Mal steigt Hoffnung in ihm auf, daß sein Freund Sato es schaffen könnte, seinen halsstarrigen Vater zum Umdenken zu bewegen. Je länger das Gespräch dauert, desto mehr steigt sein Hochgefühl, heute abend wird er noch bei Ineko vorbeischauen und diesen Erfolg mit ihr teilen. Bei diesem erfreulichen Gedanken beginnt er einen Moment zu träumen und hört Satos Ausführungen kaum noch zu. Schließlich kennt er ja schon alles bis ins Kleinste.

Ohne von Ikeda unterbrochen zu werden, beginnt Sato mit der Schilderung seiner Sicht von Ikeda Industries, den Stärken, aber auch den Schwächen im internationalen Bereich, um schließlich vorsichtig auf das eigentliche Thema zu kommen. Dies ist der kritische Punkt und er weiß, jetzt sind der richtige Ton und das richtige Timing angesagt. »Ikeda-shacho«, möchten Sie vielleicht etwas anderes trinken?«, erkundigt er sich zunächst, um Zeit zu gewinnen, damit das vorher Gesagte bei Ikeda einsinken kann. »Ja, danke, ich nehme einen Gin Tonic mit Limone. Kazuo, und was möchtest Du?«, antwortet Ikeda.

Kazuo wird unerwartet aus seinen Gedanken gerissen. »Eh, ja, eh, ich nehme ein Bier«, stottert er. Sato winkt den Kellner heran und bestellt zwei Gin Tonic für Ikeda und sich selbst, für Kazuo ein Bier. Als die Gläser vor ihnen stehen, toastet er Ikeda zu und beginnt mit der Schilderung der möglichen Vorteile, die aus einer engeren Zusammenarbeit beider Firmen entstehen könnten. Das Wort Verschmelzung nimmt er zu keinem Zeitpunkt in den Mund. Dafür ist es noch viel zu früh. Er spricht von Synergien bei den Produktlinien, möglichen gemeinsamen Vertriebskanälen, insbesondere im Ausland, über Kostenreduktion durch gemeinsame Entwicklungsprojekte und von einer stärkeren Position gegenüber den Hauptwettbewerbern auf dem japanischen und auf dem Weltmarkt.

Ikeda, der bei diesen Themen sehr viel gespannter zuhört, ist beeindruckt von Satos geschickter Art, dieses delikate Thema langsam und ohne Hast anzugehen. Alles klingt positiv, keinerlei Druck, etwas beantworten zu müssen, jegliche Optionen für unterschiedliche Lösungsansätze von einfacher Kooperation bis zu weitergehender Zusammenarbeit offen lassend. »Einfach professionell«, denkt er. »Wolf hatte recht, als er sagte, ich solle mich direkt mit Sato unterhalten.« Aber die Gerüchte gehen ihm nicht aus dem Kopf. Sato ist ein Geschäftsmann allerersten Ranges, aber das heißt nicht, daß er nicht doch Verbindungen zur Unterwelt haben könnte. Sato gefällt ihm ganz gut, aber Ikeda muß vorsichtig sein. Jeder noch so kleine Zweifel muß ausgeräumt sein, bevor er sich auf weitere Gespräche einlassen kann.

Sato spürt, daß er den richtigen Ton getroffen hat und wird jetzt etwas direkter, vielleicht zu direkt. »Natürlich kann Kaneda erhebliche finanzielle Mittel einbringen, wir haben ausgezeichnete Banker, die uns sehr flexibel unterstützen, wenn wir es brauchen. Am Geld wird eine Partnerschaft zwischen Ikeda und Kaneda nicht scheitern«, stellt er fast beiläufig fest.

Ein Fehler! Ikeda ist plötzlich wieder hellwach. Sato ist zu erfahren, um ein Thema wie Finanzierung großer Vorhaben, speziell in dieser Zeit der andauernden Rezession in Japan, so leicht zu nehmen. Nicht umsonst ist das neue japanische Wort »Creditcrunchi« entstanden. Alle Banken Japans sind zur Zeit äußerst zurückhaltend bei der Kreditvergabe, um ihre notleidenden Bilanzen aufzupäppeln. Ikeda fällt wieder die Yakuza ein. Diese Gangster haben ihre eigenen Banken mit eigenen Spielregeln für den Geldverleih.

Er schaut Sato genauer an und empfindet dessen Gesicht nicht nur als hart, sondern er entdeckt brutale Züge in den Augen des anderen. Sato stockt, er weiß, er ist zu weit gegangen, irgendetwas hat Ikeda irritiert, er kann es seinem Gesicht deutlich ansehen. Rasch leitet er auf ein anderes Thema über, eine Neuentwicklung bei der Herstellung besonders kompakter Leiterplatten, die seine Firma gerade zur Marktreife bringt.

Nur Kazuo bemerkt nichts vom Stimmungswechsel zwischen den beiden, er hört nur die präzisen Ausführungen Satos und sieht seinen Vater zustimmend nicken. Es läuft gut, der erste Schritt ist getan. »Vielleicht habe ich den Alten doch falsch eingeschätzt?«, denkt er.

Fast abrupt schaut Ikeda auf die Uhr und murmelt etwas von dringender Verabredung. Sato begreift, daß für heute nicht mehr drin ist. Im Gegenteil, bei einem zweiten Gespräch muß er noch vorsichtiger sein. Was war es wohl, was er gesagt hat, das Ikeda in den falschen Hals gekriegt hat? »Vielleicht weiß er doch mehr, als ich denke«, grübelt er. »Vielleicht wird mir Kazuo später einen Hinweis geben können. Na trotzdem, für einen ersten Schritt ging es ganz gut«, beruhigt er sich.

Ikeda besteht darauf zu zahlen und verläßt nach kurzem Abschied, ohne Kommentare zum Gehörten oder einen weiteren Termin zu vereinbaren den Tisch und geht mit der Rechnung zur Kasse. Ohne sich umzublicken, verschwindet er wenige Augenblicke später im Aufzug. »Na, was sagst Du nun, der Alte hat angebissen«, verkennt Kazuo vollkommen die Situation. »Ich weiß nicht, er ist interessiert, aber irgendetwas hat ihn gestört, ganz plötzlich schlug die Stimmung Deines Vaters um«, warnt Sato. »Wenn Du mit ihm sprichst, versuche herauszufinden, was er denkt, aber vorsichtig.« »Ach, mein Vater ist eben launisch, wahrscheinlich paßt es ihm nicht, daß es nicht seine Idee ist, mit Kaneda zusammenzugehen«, versucht ihn Kazuo, immer noch sehr zufrieden, zu beruhigen.

Beide bleiben noch einen Moment zusammen, um den nächsten Schritt zu besprechen, ein formelles Treffen, bei dem Kazuo und Sato detaillierte Pläne für eine Verschmelzung der beiden Unternehmen vorlegen wollen, um Ikeda endgültig zu überzeugen. Sato nimmt an diesem Abend noch den Zug zurück nach Osaka, er ist weniger optimistisch als Kazuo. »Was denkt der alte Ikeda wirklich?«, fragt er sich nachdenklich und besorgt.

Kazuo, immer noch bester Laune, fährt zu seiner Geliebten Ineko, er hat etwas Entspannung verdient.

Wenige Minuten später sitzt er in seinem neuen BMW. Die mehr als zweihundert PS unter der Haube verleihen Kazuo ein Gefühl von Kraft, Überlegenheit und Macht. Der schwere Wagen schießt mit so viel Schwung aus der Hotelgarage, daß dem Parkwächter fast die Mütze vom Kopf gefegt wird. Auf dem Beifahrersitz liegt eine kleine, elegant eingepackte Schachtel, »Wako Ginza« steht auf dem Papier. Die Kette, Platin mit einem großen klar-blauen Topas, war sündhaft teuer. Ineko hatte seit Wochen in ihrer unnachahmlichen Art ihr Interesse an diesem Schmuckstück bekundet, indem sie wie zufällig ihr ELLE-Magazin just an der richtigen Stelle aufgeschlagen auf dem Couchtisch liegen gelassen hat.

Wenn alles klappt, kann ich es mir bald leisten, Ineko eine Freude zu machen, ohne mir jedesmal was von Sato leihen zu müssen, geht es ihm durch den Kopf, einerseits mit Vorfreude, aber auch beschämt, immer wieder bei seinem Freund in der Kreide zu stehen. Wenn mein Vater nicht so knauserig wäre..., denkt er mit aufflammender Bitterkeit. Aber der bloße Gedanke an den weiteren Verlauf des Abends mit Ineko, mit nichts als der Kette bekleidet, läßt seine Stimmung sofort wieder steigen, und zwischen Sitz und Lenkrad wird es spürbar enger.

Zeitgleich mit diesem Schlüsselgespräch zwischen Ikeda, Sato und Kazuo, treffen Ando, mein Freund von der Polizei, und ich uns beim Kendo-Training. Wie ich Ikeda versprochen habe, will ich Ando wegen Sato befragen.

Mit einem schrillen Kampfschrei stürzt die vermummte Person auf mich zu. Barfuß, in schwarzem Hakama, über der dicken weißen Baumwolljacke ein dunkler Brustpanzer aus Bambus mit delikaten Verzierungen. Die Hände und Unterarme von langen, dick gefütterten und steif vernähten Baumwollhandschuhen geschützt. Kopf und Schultern von einer helmartigen Haube aus ebenfalls bretthartem, mehrlagigem Baumwollstoff mit eingelassener Gitterverstrebung aus Metall vor dem Gesicht und breiten gepolsterten Schulterklappen, die vor Verletzungen schützen sollen.

Ando Shusaku, der Mann in der Rüstung, hat sein Shinai, das vierteilige Bambusschwert der Kendoka, lokker in beiden Händen hoch über seinem Kopf erhoben. Ehe ich reagieren kann, greift er fest zu, das Shinai saust blitzschnell herunter, und bevor ich parieren kann, kracht es mitten auf meinen Helm. Ich höre die Glocken des Jenseits läuten und meine Zähne rütteln im Takt. Wäre dies jetzt ein scharfes Schwert gewesen, sähe man wohl wie weiland bei Kaiser Barbarossa zur Rechten und zur Linken einen halben Jan heruntersinken.

Ich ärgere mich, Shusaku ist jedesmal schneller, entschlossener, ich kann ihn einfach nicht beim Kendo schlagen. Er bindet die Schnüre seines Helmes auf, nimmt ihn vom Kopf und wischt sich mit dem um die Stirn gebundenen dünnen Tuch den reichlich fließenden Schweiß ab. Ich tue es ihm nach, froh, dieses unbequeme Folterinstrument abzunehmen, unter dem es unerträglich heiß ist und man fast nichts hört oder sieht.

»Jan-san, das Shinai muß früher hochkommen zum Parieren, Du läßt Dich immer noch von meinem Schrei ablenken«, belehrt er mich mit einem Ausdruck des

Triumphs, wohl wissend, daß ich es ihm nicht verübele. Schließlich hat Shusaku den sechsten Dan im Kendo und ist mehrfacher Nationaler Meister. Wir sind nicht nur Freunde, sondern er ist auch mein Lehrer. Er ist mittelgroß, hat ein freundliches rundliches Gesicht, auf das schon mancher reingefallen ist, eher kräftig gebaut, sein Körper hart und durchtrainiert, und er verfügt über ausgezeichnete schnelle Reflexe, wie ich schon oft erfahren mußte.

»Ich werde gleich beim Bier parieren, mal sehen wer dann schneller ist«, antwortete ich scheinbar indigniert. Nach der schnellen, kalten Dusche ziehen wir uns um und packen Rüstung und Shinai weg. Die Anzüge bleiben zum Trocknen und Auslüften an langen Haken im Dojo hängen. Wir verlassen die ehrwürdige alte Budo-Halle der Gakushuin-Universität im Stadtteil Mejiro, nicht weit von unserem Haus.

Wir kommen am Übungsplatz der japanischen Bogenschützen vorbei, den Kyudokas. Welch ein Gegensatz zur Hektik und zum Lärm des Kendo. Lautlos, hoch konzentriert stehen Männer und Frauen, in schwarzem Hakama und weißer Baumwolljacke gekleidet, den langen, asymmetrisch geteilten traditionellen Bogen weit gespannt. Erst wenn der Augenblick richtig erscheint, lassen sie die Sehne los, und die wunderschönen Pfeile schießen auf ihr Ziel zu, dicke Scheiben aus Stroh mit roten Markierungen.

Eines Tages werde ich mich im Kyudo versuchen, habe ich schon vor Jahren beschlossen, seitdem ich ein Standardwerk des Zen las, Eugen Herrigels »Zen und die Kunst des Bogenschießens«. Im Gegensatz zu vielen Büchern über dieses Thema ist dieses Werk des deutschen

Philosophen, der lange in Japan gelebt hat, leicht lesbar und humorvoll. »Wenn Du willst, stelle ich Dich dem alten Sensei vor«, bietet Shusaku mir zum x-ten Male an, er weiß, ich bin sehr interessiert, aber man braucht viel Zeit, wenn man ernsthaft damit anfangen will. Und die habe ich nicht.

Es sind nur ein paar hundert Meter bis zur großen roten Papierlaterne, die den Eingang zu unserer Stammkneipe, dem Tori-hachi markiert. Ein typisches Izakaya, wie die einfachen, meist winzigen traditionellen Restaurants genannt werden. Nur eine Theke mit etwa zehn kleinen Holzstühlen und ein einziger massiver Holztisch mit eingelassener Feuerstelle in der Mitte, rundherum Hocker, die auch etwa acht Gästen Platz bieten, stellen die Einrichtung dar. An der dunklen, verrauchten Decke hängen tausend Andenken, und die angebotenen Menüs sind in Kanji-Zeichen geschrieben, auf vergilbten Blättern an die Wände geheftet. O-ne-san, die Wirtin und der Koch begrüßen uns freundlich und laut, wie es üblich ist.

Auch die meisten der Gäste kennen wir gut. Der Koch von der Uni-Mensa, der Chef einer kleinen Softwarefirma, der immer noch eine Ehefrau sucht, die junge Frau, die nach der Arbeit Bodybuilding betreibt und anschließend im Tori-hachi ausspannt, der kleine Arbeiter aus der Zuckerfabrik gegenüber, der Anna liebt. Jedesmal bringt er uns einen Beutel Kurusato, ein leckeres Gebäck aus schwarzem Zucker, von der Arbeit mit. Alle sind jeden Abend da, ohne Ausnahme und immer bester Laune.

Wir bestellen zwei eiskalte Biere und verschiedene kleine Gerichte, auf dem offenen Feuer gebratene Spießchen, Yakitori, mit Fleisch oder Gemüse, kalten Tofu und frisches Sashimi von verschiedenen Fischen. Das Bier schmeckt nach dem Training, besonders im Sommer sehr gut, es verdampft geradezu aus den Gläsern, aber die Wirtin sorgt für Nachschub, und auch an Speisen herrscht kein Mangel.

Ich denke an das Gespräch mit Ikeda und mein Versprechen, Erkundigungen über Kaneda und Sato einzuholen. Ando Shusaku ist Hauptkommissar bei der Mordkommission der Tokyo Metropolitan Police Force. Wir sind seit Jahren eng befreundet. Angefangen hatte es mit dem Kendo, wo mir der heute Achtundvierzigjährige gehörig die müden Knochen ausgeklopft hat und es immer noch tut.

Im Laufe der Zeit konnte ich Shusaku gelegentlich bei der Auflösung komplizierter Kriminalfälle helfen, indem ich ihm die umfangreiche technische Ausrüstung unserer Firma für forensische Experimente zur Verfügung gestellt habe. Shusaku ist jedesmal sehr dankbar, weil er ständig mit den Tücken einer großen Behörde wie dem Tokyo Metropolitan Police Office zu kämpfen hat. Diese ist nicht nur zum Teil noch vorsintflutlich ausgestattet, sondern es dauert auch ewig, bis Resultate vorliegen. Mir macht es Spaß, weil ich meiner heimlichen Neigung zum Detektivspielen nachgehen kann, ohne daß Anna, die Shusaku auch gut kennt und schätzt, mich damit aufzieht. Schon als Kind hatte ich einen Hang zum Experimentieren. Ich weiß noch wie heute, als ich in unserem Keller, wo ich mir ein umfangreiches Chemielabor aus den bescheidenen Anfängen eines Spielzeugchemiekastens für den kleinen Chemiker aufgebaut hatte, bei einem Versuch schweflige Säure herstellte. Leider vergaß ich, meine selbstgebaute Abzugshaube, deren Schlauch in unseren Garten führte, anzuschalten und ging statt dessen für einige Zeit aus dem Haus. Es dauerte natürlich nicht lange, bis nach faulen Eiern stinkende Gase bis in den letzten Winkel unseres Hauses drangen und meine Eltern die Flucht ergriffen. Drei Tage dauerte es, bis der Gestank verschwunden war, und eine Woche Laborverbot gab es. Oder ein andermal, als ein Freund und ich am Rheinufer auf einer Mauer eine Mischung aus Unkraut-EX und Zucker, gemischt in meinem Labor, über mehrere Meter Länge ausstreuten und anzündeten. So eine Art Rhein in Flammen sollte das werden. Statt dessen stiegen nur dichte weiße Qualmwolken auf, so stark, daß die Rheinfähre den Betrieb wegen zu geringer Sicht kurzzeitig einstellen mußte, als die Wolken das Schiff regelrecht einhüllten. An diesem Nachmittag sind wir nur noch auf die Fahrräder gesprungen und haben das Weite gesucht. Nicht erwischt, kein Laborverbot. Im Vergleich dazu sind die Versuche die wir für Ando machten, natürlich auf einem höheren Niveau, zumal man mich persönlich eh nicht dran läßt, es scheint, mein Ruf als Chemiker hat sich herumgesprochen.

»Ich weiß, es ist nicht Dein Bezirk, aber was weißt Du über eine Firma Kaneda Electronics in Osaka und ihren Shacho Sato?«, beginne ich vorsichtig das Gespräch. Er schaut mich überraschend scharf an. »Warum fragst Du, was ist mit dieser Firma?«, erwidert er ausweichend.

»Bingo«, denke ich, »er kennt die Namen.«

»Ach, reine Routine, wir wollen eventuell ein Kooperationsabkommen zur Herstellung spezieller Leiterplatten abschließen und möchten sicher gehen, daß die Firma in jeder Beziehung solide ist. Die finanzielle Auskunft ist sehr gut, aber wir werden einige unserer speziellen Produktionsverfahren offenlegen, und ich möchte nicht, daß die sich plötzlich in den falschen Händen befinden. Falls es da mal Probleme gab, möchte ich das wissen«, tische ich ihm meine kleine Notlüge auf.

»Jan, Osaka ist in der Tat nicht mein Gebiet, und ich kann Dir nicht viel zu Kaneda und Sato sagen, und eigentlich darf ich nicht einmal erwähnen, was ich weiß. Aber ich kann mich auf Deine Verschwiegenheit verlassen, und Du hast mir schon so oft bei meiner Arbeit geholfen, daß ich Dir das schuldig bin«, beginnt er zögerlich. Es ist mir peinlich, meinem Freund keinen ganz reinen Wein eingeschenkt zu haben, aber ich habe Ikeda versprochen, daß niemand von seiner Beziehung zu Kaneda erfahren wird.

»Die Osaka Polizei arbeitet seit mehr als zwei Jahren zusammen mit der Nationalen Polizeibehörde an einer verdeckten Untersuchung über bestimmte Gruppen des organisierten Verbrechens. Wir sind am Rande auch damit beschäftigt, weil es auch gewisse Beziehungen in die Tokyoter Unterwelt gibt. Ich kann Dir nichts Genaues sagen, aber Kaneda und Sato insbesondere tauchen immer wieder in den Berichten auf, ohne daß man bisher den geringsten Beweis für eine Beziehung mit den Syndikaten hat. Es gibt aber Vermutungen, daß Sato mehr ist als nur Chef einer Elektronikfirma.«

Er schaut mich eindringlich an, »Jan, ich kann Dir wirklich nicht mehr sagen, aber ich rate Dir, die Finger von dieser Firma zu lassen, zumindest vorläufig.« Ich spüre, er wird nicht mehr sagen. »Danke für Deine Offenheit, ich werde Deinen Rat sicher befolgen«, schließe ich das Thema ab, und wir wechseln schnell zu weniger verfänglichen Dingen, wie die sehr ansehnlichen, langen Beine, die aus dem knappen Minirock der jungen Frau ragen, die gerade mit ihrem Freund das Tori-hachi betreten hat. Shusaku und ich haben viele gemeinsame Interessen.

Freitag Morgen, Kazuo ist gerade von seinem Vater in dessen Büro gerufen worden. »Ich verstehe Dich nicht. Du warst doch interessiert, warum änderst Du jetzt plötzlich Deine Meinung?«, fragt Kazuo enttäuscht und verzweifelt. Sein Vater hatte es gerade strikt abgelehnt, sich nochmals mit Sato zu treffen, um das Gespräch vom letzten Mittwoch fortzusetzen. Nicht einmal eine Erklärung hatte er gegeben, nur einfach gesagt: »Ich glaube, daß Kaneda nicht der richtige Partner für uns ist. Und Du solltest Dich vielleicht auch etwas mehr fernhalten von Sato.« Zum ersten Mal bemerkt Kazuo, daß sein Vater nicht nur gegen den Plan, sondern auch gegen Sato eingestellt ist, merkwürdig. Kazuo argumentiert leidenschaftlich, vergebens, er kann seinen Vater nicht umstimmen.

Der alte Ikeda hat lange über die Begegnung mit Sato nachgedacht, hin und her schwankend und wohl wissend, daß Kazuo ihm einen Fehlschlag seiner Idee übel anrechnen würde, als erneuter Ausdruck der Geringschätzung für die Geschäftstüchtigkeit seines Sohnes.

Aber gestern abend hatte ich Ikeda gebeten, mich zum Abendessen zu treffen. Ich hatte nur angedeutet, Information zu Kaneda zu haben. Wir hatten uns für acht Uhr im El Castellano auf der Aoyama-Dori im Stadtteil Shibuya verabredet. Ich hatte Ikeda schon vor Jahren bei Vincente, dem Besitzer, eingeführt, der dieses gemütliche und authentische spanische Lokal vor über zwanzig Jahren eröffnet hat, nachdem er überhastet seine Stelle als Barchef in einem der berühmten Steakhäuser in der Ginza aufgeben mußte, weil er sich als stolzer Kastilier weigerte, dem damaligen japanischen Premierminister das Glas teuren Bordeaux' mit Eiswürfeln zu servieren.

Vincente hat sich nicht geändert, sein Lieblingssport ist auch noch heute der Widerstand gegen alles, was Bürokratie heißt, wie einst Don Quichote im Kampf gegen Windmühlenflügel, obwohl er äußerlich mehr an Sancho Pansa erinnert. Wagt es ein potentieller Gast, ohne Reservierung bei ihm um einen Tisch nachzufragen, kommt es auf seine Laune und auf die Nase desjenigen an, ob er Platz hat oder nicht, selbst wenn das halbe Lokal leer ist. Wenn es ihm nicht paßt, schickt er die Gäste mit einer Visitenkarte für das nächste Mal wieder weg, Disziplin muß eben sein.

Dafür macht Vincente aber nach eigener Aussage die beste Gazpacho der Welt, und auch sonst ist das Essen hervorragend, simple und deftige Eintöpfe, selbstgeräucherter Schinken oder Krabben in Knoblauch. Wenn er Gäste besonders mag, wie uns, gibt er gerne Tips zu allen Lebenslagen. »Meine Großmutter pflegte zu sagen…«, beginnt er jeden seiner Ratschläge.

Nach den ersten kleinen Tapas und einem Glas schweren roten Rioja hatte ich unvermittelt begonnen. »Ikeda-san, wie versprochen, habe ich mich bei meinen Kontakten in Osaka aber auch in Tokyo über Kaneda und Sato erkundigt.« Ikeda schaute mich gespannt und fragend an, ohne zu unterbrechen. »Obwohl Kaneda eine große Firma ist, gibt es erstaunlich wenig an offiziellen

Informationen, abgesehen von den üblichen Finanzveröffentlichungen. Bei der Osaka Industrie- und Handelskammer bin ich aber doch zufällig fündig geworden. Mein Bekannter dort hat mir erzählt, daß er vor einigen Monaten bei einer der Kammerveranstaltungen am gleichen Tisch mit einem der Senior Direktoren von Sharp saß, der ihn freundlicherweise über den einen oder anderen Gast an den übrigen Tischen informierte. Einige Tische weiter sah er Sato von Kaneda, und als er sich beim Sharp Direktor nach Satos Geschäft erkundigen wollte, hat dieser abrupt das Thema gewechselt, aber vorher doch noch mit Verachtung etwas ausgesprochen, das meinem Freund im Gedächtnis haften blieb. »Sato, seien Sie bloß vorsichtig, der spielt sein eigenes Spiel, ein gefährlicher Mann, der über Leichen geht.« Mein Freund hatte die Bemerkung mehr im Sinne von scharfer Konkurrenz verstanden und nur gedacht: »So viel zur Japan Inc.« Ikeda nickte nur und trank langsam einen Schluck Wein. Seine Befürchtungen schienen sich zu verdichten.

»Sie wissen, ich habe einen Freund bei der Polizei in Tokyo und ich habe ihn auch nach Sato und Kaneda befragt.« Ikeda blickte von seinem Glas auf, besorgt, daß ich Dritte in diese vertrauliche Angelegenheit herein ziehen würde. »Keine Sorge, Ikeda-san, ich bin sehr vorsichtig gewesen«, beruhigte ich ihn, als ich seinen Blick bemerkte. »Ich habe ihm gesagt, daß meine Firma eventuell Geschäftsbeziehungen zu einer Reihe von neuen Partnern aufnehmen möchte, außer Kaneda und Sato, habe ich noch ein halbes Dutzend anderer Firmen und Personen genannt. Er hatte nichts zu den anderen zu sagen, aber bei Kaneda unterbrach er mich sofort: ›Du meinst Kaneda aus Osaka? Elektronik, Niederlassungen in Asien und Amerika?‹ Ich bestätigte, daß es sich um genau diese Firma handelte. Die Reaktion meines Freundes war sehr seltsam. ›Ich kann Dir nichts zu Kaneda und ihrem Chef Sato sagen, aber sei vorsichtig. Es gibt laufende streng vertrauliche Untersuchungen über die Firma und einige ihrer Geschäftsbeziehungen. Am besten läßt Du die Finger von dieser Firma‹, warnte er mich nur.

Das ist alles, was ich herausfinden konnte, die offiziellen Informationen sind alle sauber, und es gibt keinerlei Anlaß, an der Solidität Kanedas zu zweifeln. Aber wenn Ihre Befürchtungen stimmen, ist das auch kein Wunder. Ikeda-san, ich rate Ihnen, vorsichtig zu sein«, beendete ich meinen Bericht. Ikeda hatte an diesem Abend keinen großen Appetit mehr, und wir verließen das Lokal ungewöhnlich früh, einen verdutzten Vincente zurücklassend.

In dieser Nacht, kurz vor zwei Uhr morgens, erschütterte ein leichtes Erdbeben die Kanto-Region und weckte alle unsanft auf. Ikeda, der ohnehin nicht schlafen konnte, war für einen Moment besorgt, alles Bewegliche im Haus wackelte und vereinte sich zu einer Kakophonie aus Klappern und Knirschen. Sonoko griff nach seiner Hand, und er drückte sie fest. Ein Ausdruck der festen Beziehung, die so leicht nichts erschüttern konnte. Das Beben dauerte nur Sekunden, das alte Haus schwang noch einige Augenblicke nach, und es war vorüber. Ikeda hatte in dieser Nacht eine Vorahnung, und das Beben schien Vorbote der Tragödie zu sein, die sich bald abspielen sollte.

Das Essen mit mir, die wichtigen Informationen und seine eigenen Vorahnungen gehen Ikeda durch den Kopf, als er Kazuo von seinem Entschluß in Kenntnis setzt. Dieser gerät allmählich in Wut. Es ist immer das gleiche, sein Vater weiß alles besser und traut ihm nichts zu. Der Alte wird ihm nie freiwillig das Ruder überlassen. Seine Argumente bewirken nichts, Ikeda hat seinen Entschluß gefaßt. Die Auseinandersetzung wird hitziger, Kazuo verliert komplett die Fassung und beschimpft seinen Vater. Ikeda ist zwischen seinen Gefühlen hin- und hergerissen. Einerseits versteht er die Enttäuschung Kazuos, andererseits ist er empört über dessen Respektlosigkeit und das Fehlen jeglicher Selbstkontrolle. Takahashi, Ikedas Sekretärin, die den Streit durch die dünnen Wände mitbekommt, ist besorgt. Die beiden streiten sich oft, aber so erbittert ist es noch selten gewesen. Sie fragt sich, wann Ikeda seinen Sohn aus der Firma rauswerfen wird.

Sie kennt beide gut und mag sie gerne, jeden auf seine Art, und sie weiß, es ist nicht Kazuo, der an den Streitereien Schuld hat. Ikeda ist viel zu stur und auf seine eigenen Methoden bedacht, wenig offen für neue Wege. Kein einfacher Chef, aber sie hat sich im Laufe der über zwanzig Jahre, die sie für ihn arbeitet, an seine Art gewöhnt. Abgesehen davon, liebt sie ihn noch immer, seit sie zwei Jahre nach ihrem Start eine kurze, aber heftige Affäre mit ihm hatte. Sie war damals gerade dreiundzwanzig und Ikeda Mitte Vierzig, sehr attraktiv...! Es war bald wieder vorbei, und ihre Beziehung entwickelte sich statt dessen zu einer vertrauensvollen Zusammenarbeit, bei der beide sich auf den jeweils anderen hundertprozentig verlassen können. Sie sprachen nie mehr von der Geschichte, wohl wissend, daß man manches besser nicht mehr anrührt.

Plötzlich fliegt die Tür auf, und Kazuo schießt mit

hochrotem Kopf aus Ikeda Büro. »Verdammt, Du wirst es nie kapieren«, flucht er über seine Schulter, und ohne Takahashi anzuschauen, verläßt er ihr Büro, und schlägt die Tür hinter sich zu. Ikeda kommt aus seinem Büro, ebenfalls mit gerötetem Gesicht. Er blickt sie entschuldigend an und schließt langsam seine Tür, er muß jetzt alleine sein. Takahashi kennt ihn und wird ihm alle Störungen vom Halse halten.

»Ich habe die Nase voll, der Alte wird mich nie dran lassen, solange er lebt. Alles was ich mache, kritisiert er. Er gibt mir nur Hilfsarbeiten, und unseren Plan lehnt er nur ab, weil er nicht von ihm ist. Sato, wir müssen was tun, Du mußt mir helfen«, dringt Kazuo auf den nachdenklichen Sato ein. Sie haben sich in ihrem üblichen Restaurant, dem Yasube in Kamakura am Meer, südlich von Tokyo, getroffen, und Kazuo berichtet von dem Desaster mit seinem Vater.

Es ist nicht das erste Gespräch zu diesem Thema und jedesmal, wenn es großen Streit zwischen den beiden gibt, schüttet Kazuo seinem Freund Sato das Herz aus. Geschickt und unauffällig hat Sato im Laufe der Zeit die Wut Kazuos angeheizt, aber nie geht er zu weit. Es ist wie mit einer guten Suppe: heiß muß sie werden, aber nicht kochen. Schon ein paar mal hat Kazuo, erhitzt von seinem Haß und zuviel Whisky, davon gesprochen, daß es besser wäre, wenn sein Vater weg wäre. Aber er wagte es nie auszusprechen, was er wirklich damit meinte. Nach dem Streit heute ist es soweit, Kazuo will handeln. Sein Haß auf seinen Vater ist so groß, er hat alle Hemmungen verloren, das Schreckliche auszusprechen. Er vertraut Sato hundertprozentig, und er weiß, sein Freund kann ihm helfen.

Kazuo hat schon oft heimlich darüber nachgedacht, wie er seinen Vater beseitigen könnte, ohne daß es wie ein Verbrechen aussähe. Er hat schon seit langem eine Idee, die ihm immer wieder in den Kopf kommt, wenn er gerade mal wieder mit seinem Vater gestritten hat, was in letzter Zeit immer häufiger geschieht und immer bitterer endet.

Wenn er endlich ans Ruder kommen will, muß sein Vater in Pension gehen, und zwar bald und für immer, denkt er haßerfüllt. »Ich werde dann 50% der Anteile meines Vaters erben, den Rest erhält meine Mutter. Damit wird mein Anteil von 10% auf über 35,5% steigen. Meine Mutter wird mir nie im Wege stehen. Ihre Anteile, die dann 45,5% betragen, sind eine sichere Bank, und Hosokawa, mit seinen restlichen Prozenten, kann mich nicht stoppen«, überlegt er zufrieden.

An diesem Abend wird es spät, und Kazuo breitet Sato seinen Plan aus, wie er seinen Vater endgültig aus dem Weg schaffen möchte. Sato unterbricht ihn nur selten, aber er ist fasziniert von der Raffinesse des Plans und stimmt schließlich zu, Kazuo zu helfen. Vielleicht hat er Kazuo doch unterschätzt, er wird dies für später in Erinnerung behalten müssen, denkt er etwas beunruhigt.

Was Kazuo nicht weiß und nie erfahren wird ist, daß Sato auch seine vielen Informationsquellen angezapft hat, die er gut dafür bezahlt, ihm jegliche wichtigen Neuigkeiten zukommen zu lassen. Sato ist zwar brutal und nimmt keine Rücksicht auf andere, wenn sie seinen Zielen im Wege stehen, dennoch kommt Mord nur in extremen Fällen, wenn seine eigene Sicherheit gefährdet ist, in Frage. Aber eine seiner Quellen berichtete ihm, daß Ikeda bei einigen Firmenchefs in Osaka Erkundigungen nach Kaneda eingezogen hat und dabei immer wieder wissen wollte, ob Kaneda irgendwelche Beziehungen zu einer der Yakuza-Organisationen hat. Einer dieser Firmenchefs ist Sato äußerst eng verbunden, weil er ihn regelmäßig mit frischen jungen Knaben versorgt, kostenlos und diskret natürlich.

Aber viel beunruhigender war der Anruf eines Abgeordneten, der seinen Entschluß, Kazuo zu helfen, auslöste. Dieser Abgeordnete repräsentiert den Bezirk, in dem Kaneda seinen Sitz hat, im Parlament in Tokyo. Sato hatte ihm vor Jahren aus einer finanziellen Klemme geholfen und ist auch heute einer seiner großzügigsten Förderer bei jedem Wahlkampf. Nebenbei ist er, dank Sato, auch einer der Nutznießer der Wohltaten Inekos, wenn sie nicht gerade Kazuos treue Geliebte spielt.

Der Abgeordnete, den Ikeda gut vom Kendo-Training kennt und dem er vertraut, berichtete Sato, daß Ikeda ganz konkret nachgefragt habe, ob er etwas wisse über die Gerüchte, daß Sato eine Schlüsselfigur der Yamaguchi-Gumi sei. Er hatte Ikeda versprochen, Erkundigungen einzuziehen, aber statt dessen sofort Sato informiert. »So, der alte Fuchs weiß mehr, als gut für ihn ist«, denkt Sato. Er ist immer sorgfältig darauf bedacht, daß seine wahre Rolle unsichtbar bleibt, aber offensichtlich hat doch jemand Ikeda einen Hinweis gegeben. »Der Alte ist zu nahe an der Wahrheit. Kazuo hat recht, er muß weg.«

Von all dem weiß Kazuo nichts, als er Sato seinen Plan ausbreitet. Sie trennen sich kurz nach Mitternacht, Kazuo fährt nach Hause. Sato, für den es zu spät ist, nach Osaka zurückzukehren, hat zwar ein Hotelzimmer in Kamakura genommen, aber kaum ist Kazuo weg, greift er zum Telefonhörer. »Ineko, ich bin es, Masahisa, mir ist es noch zu früh zum Schlafen, wenn Du erlaubst, bin ich in einer Stunde bei Dir.« Ineko weiß, daß Sato trotz des freundlichen, höflichen Tons keinen Widerspruch duldet, und außerdem ist er ein guter Liebhaber, ausdauernder und phantasievoller als Kazuo. »Ich warte und lasse schon mal ein heißes Bad ein«, stimmt sie zu. »Viel zu gut für Kazuo«, denkt Sato auf dem Weg nach Tokyo zu Inekos Wohnung in Shibuya, ein breites Grinsen der Vorfreude auf dem Gesicht.

Dienstag der folgenden Woche: »Mitsuko hat gerade angerufen, sie möchte uns für heute abend bei sich zum Essen einladen, ich habe zugesagt, aber ich habe sie überredet, bei uns zu kochen, weil die Kinder dann im Garten spielen können. Sie sind schließlich schon lange nicht mehr hier gewesen«, erklärt Ikedas Frau Sonoko mit ihrer keinen Widerspruch duldenden und diesmal etwas vorwurfsvoll klingenden Stimme. Eher mürrisch und unwillig stimmt Ikeda zu. Er liebt die Kinder und Mitsuko, aber er hat wenig Lust, womöglich wieder mit Kazuo über Kaneda zu streiten. Der letzte Besuch bei den beiden war aus diesem Grund sehr unharmonisch verlaufen. Aber vielleicht läßt sich das Thema ja ganz vermeiden.

Kazuo hatte die Idee für ein Abendessen mit seinen Eltern eher beiläufig aufgebracht und Mitsuko, die sehr an ihren Schwiegereltern hängt, nahm den Hinweis bereitwillig auf. Sie hatte schon befürchtet, daß es wegen der ewigen Streitereien zwischen Kazuo und ihrem Schwiegervater nicht mehr zu solchen Begegnungen kommen würde. Sie hatte gleich bei Kazuos Mutter angerufen, die, ebenso erfreut, sofort zusagte, ohne ihren Mann zu befragen. Erfahrene Ehefrauen schaffen eben Tatsachen, um ihre Männer zu lenken.

Der Abend verläuft sehr gut, Mitsukos Kinder sind ganz aus dem Häuschen, ihren Großvater zu sehen. Für den siebenjährigen Satoru ist Ikeda die Verkörperung aller seiner Samurai-Phantasien, er hat seinen Großvater schon oft zum Kendo-Training begleitet, und jedes Jahr beim großen Embukai des Aikido-Dojos bewundert er, wie Ikeda zwei, drei ja manchmal vier seiner Gegner auf der Matte lässig außer Gefecht setzt. Taeko, die schon neun ist, findet mehr Gefallen an seiner anderen Seite: Großvater läßt sie helfen, wenn er die komplizierte Miniaturlandschaft seines Gartens bearbeitet. Sie liebt die vielen Blumen und kleinen Büsche, die Bäumchen, die alle delikater Pflege bedürfen.

So lange es noch hell ist, kämpft Satoru auf der kleinen Brücke gegen tausend unsichtbare Gegner, er erledigt alle mit den bloßen Händen und Karate-Tritten. Als er endlich ins Haus kommt, ist er naßgeschwitzt und in Siegerlaune. Taeko hat ihren Bruder nur mit Kopfschütteln beobachtet und statt dessen mit Erlaubnis ihres Großvaters verwelkte Blüten von den Büschen abgezwackt und eingesammelt. Beide Kinder haben jetzt einen Bärenhunger.

Mitsuko hat Sashimi, rohen Fisch und dünne Soba, Buchweizennudeln, vorbereitet, die nach kurzem Garen in eiskaltem Wasser, in dem frisch geschnittene Kräuter schwimmen, abgeschreckt und sofort gegessen werden, eine Sommerdelikatesse. Danach gibt es verschiedene Gemüse und frische große Garnelen, alles in Mehlteig gewälzt und in Öl gebraten. Tempura ist Mitsukos Spezialität, und sie weiß, ihr Schwiegervater kann dieser knusprigen, aromatischen Versuchung nicht widerstehen. Süße Amanatto, Zuckerbohnen, runden das Mahl ab, es fließt mehr Bier und kalter Sake als üblich, alle sind gut gelaunt, und selbst zwischen Kazuo und seinem Vater geht es ungezwungen zu.

Ikeda ist stolz auf seine neueste Errungenschaft, einen fast sechzig Zentimeter langen Karpfen, blauweiß gezeichnet, ein Vermögen hat er gekostet, und jetzt schwimmt er majestätisch in Ikedas Teich. »Hast Du Kazuo schon Deinen neuen Fisch gezeigt?«, zieht Sonoko ihren Mann übermütig auf. Der braucht keine weitere Aufforderung und zerrt Kazuo in den Garten.

Dieser bevorzugt zwar alles Westliche, aber der Garten seines Vaters ist auch für ihn ein besonderer Ort. Er bewundert ausführlich den Karpfen, der sie aus dem Wasser zu beobachten scheint. Die wulstigen Lippen des riesigen Mauls schmatzen geradezu unanständig, wenn er von Zeit zur Zeit an die Wasseroberfläche kommt und seinen Kopf heraussteckt. »Er kennt mich schon und will was zu essen«, freut sich Ikeda und bückt sich nach einem kleinen Topf, in dem Futter aufbewahrt wird.

Die Gelegenheit ist günstig für Kazuo. Es kommt jetzt auf den richtigen Ton an. »Vater, ich bin sehr froh, daß wir heute abend zusammengekommen sind. Es ist wunderschön, wie früher. Mitsuko und die Kinder habe ich schon lange nicht mehr so ausgelassen gesehen.« Er macht eine Pause, bückt sich zum Teich runter und taucht eine Hand ins Wasser, um das vorher Gesagte nachwirken zu lassen. »Es tut mir sehr leid, daß wir beide in letzter Zeit so oft gestritten haben, ich habe darüber nachgedacht und ich glaube, ich muß noch viel lernen«, beginnt er vorsichtig. Ikeda sagt nichts, hört aber aufmerksam zu, er hat sofort gespürt, daß Kazuo etwas Wichtiges sagen will, und er möchte ihn nicht unterbrechen.

»Ich gehe im Augenblick wohl durch eine etwas schwierige Phase meines Lebens, und ich reagiere auf alles ziemlich empfindlich. Eigentlich bin ich noch zu jung für meine Midlife Crisis«, erklärt er lachend und fährt mit leiser Stimme fort: »Deshalb fahre ich jedesmal sofort aus der Haut, wenn Du mir nicht sofort zustimmst, wenn ich etwas vorschlage. Bitte verzeih mir Vater, ich benehme mich in letzter Zeit wie ein Idiot. Das ist mir jetzt endlich nach unserem letzten Streit klar geworden, aber ich gebe mir mehr Mühe, und ich hoffe, Du wirst mir helfen, so zu werden wie Du.« Er schaut seinen Vater jetzt an und richtet sich wieder auf.

Ikeda senkt den Blick, er ist gerührt, aber gleichzeitig verspürt er auch einen Stich im Herz. »So werden wie ich, besser nicht«, denkt er. »Nein, nein, Kazuo«, ergreift er nun das Wort, »so ist es nicht, ich bin ebenso schuldig an unseren Auseinandersetzungen. Im Gegensatz zu Dir bin ich schon alt und werde unflexibel. Ich reagiere automatisch ablehnend auf alle Neuerungen, wahrscheinlich weil ich Angst habe, es könnte etwas schiefgehen.« Er schaut seinen Sohn aus warmen Augen an und fährt fort: »Werde bloß nicht wie ich, ein verknöcherter Patriarch, nach dessen Pfeife alle tanzen müssen. Ich hoffe, Du übernimmst nur meine guten Seiten.« Beide sind überrascht und fast peinlich berührt über die gegenseitige Offenheit. So etwas ist noch nie vorgekommen. Kazuo weiß, jetzt oder nie.

»Vater, die Geschichte mit Kaneda, es tut mir leid, daß ich so stark reagiert habe, aber ich hatte wenigstens gehofft, daß wir Dir die Details förmlich vorstellen können, ehe Du eine Entscheidung triffst.« Ikeda, mild gestimmt vom Verlauf des Abends, nickt nur wohlwollend, sagt aber nichts. Kazuo fährt schmeichelnd fort: »Ich weiß, die ganze Sache hat viele Risiken, und ich verstehe Deine Bedenken. Mir fehlt die Erfahrung, und ich bitte Dich, mir zu helfen. Ich glaube, wir müssen noch vieles über Kaneda und Sato herausfinden, ehe wir eventuell weitere Schritte tun könnten.«

Kazuo spielt jetzt geschickt seine Karten aus. »Ich kenne Sato nur von den gelegentlichen Verhandlungen, die wir mit Kaneda führen, aber als mir die Idee kam, daß Ikeda Industries internationaler werden muß, fiel mir Kaneda als möglicher Partner ein. Ich wollte Dich nicht mit einer unreifen Idee belästigen und habe daher mit Sato in den letzten Monaten konkrete Pläne entwickelt. Du weißt, wir haben beide in den USA studiert und vielleicht deswegen viele gemeinsame Ansichten zum Thema Business.«

»Das klingt schon ganz anders«, denkt Ikeda, »Kazuo scheint zu begreifen, daß man solche wichtigen Entscheidungen nicht übers Knie brechen kann. Offensichtlich weiß er auch nicht, daß sich um Sato einige Gerüchte ranken. Woher auch, Kazuo hat bei weitem noch nicht meine Erfahrung und die Beziehungen, und vielleicht ist ja auch alles nur Zufall und Geschwätz, was man so hört. Ich sollte ihm die Chance geben, selber festzustellen, ob die Idee gut oder schlecht ist. Ich kann ja jederzeit nein sagen, wenn sich meine Informationen als richtig herausstellen«, wägt Ikeda nachdenklich ab.

»Vater, wenn Du einverstanden bist, dann treffen wir Sato noch einmal. Wir werden den Plan in allen Einzelheiten diskutieren, aber Sato klar machen, daß dies nur zu einer ernsthaften Prüfung dient und es keinerlei Vorentscheidung bedeutet, eine Fusion einzuleiten. Alles bleibt streng vertraulich, und wenn Du danach entscheidest, daß Kaneda nicht der richtige Partner ist, werde ich es natürlich akzeptieren, dann hatte ich wenigstens die Gelegenheit, alles richtig zu erklären und verstehe sicher auch Deine Einstellung besser«, schlägt er hoffnungsfroh vor.

Obwohl es gegen seine eigentliche Einstellung geht, kann Ikeda nicht anders als zustimmen. »Gut, ich bin einverstanden, aber es muß sehr vertraulich bleiben, und wir sollten uns nicht wieder in aller Öffentlichkeit treffen, Du weißt, ich bin zu bekannt und ich möchte nicht, daß irgendwelche Gerüchte die Runde machen. Kazuo, eigentlich bin ich froh, daß Du beharrlich bist, wenn Du an eine Idee glaubst, ich glaube, das hast Du von Deinem Vater«, antwortet er, zufrieden schmunzelnd.

Kazuo kann nur mit Mühe sein Triumphgefühl verbergen, er hat den sentimentalen Alten an der richtigen Stelle erwischt. Es läuft, der Rest ist nur noch eine Sache guter Vorbereitung. »Ich werde mit Sato sprechen und einen geeigneten Treffpunkt ausmachen«, verspricht er. Als letzten geschickten Zug macht er eine sehr tiefe und respektvolle Verbeugung vor Ikeda, der von dieser traditionellen Geste auch entsprechend angetan ist. Beide kehren langsam ins Haus zurück.

Kazuo und Sato haben sorgfältig gewählt. Obwohl es für Ikeda eine weite Reise bedeutet, kann er nicht widerstehen zuzusagen. Kazuo weiß genau, wie begeistert sein Vater ist von der Möglichkeit, auf dem Weg zu ihrem Treffpunkt Uji, eine der schönsten und berühmtesten Tempelanlagen Japans, zu besuchen. Kazuo und Sato haben ein kleines Ryokan, abgelegen in den Bergen um Kyoto, ausgesucht, fast eine Stunde von Uji, schlecht zu erreichen, sehr diskret und von erlesener Qualität.

Hierhin ziehen sich von Zeit zu Zeit die Politiker und Geschäftsleute aus Kyoto und Osaka zu vertraulichen Gesprächen oder auch mit ihren Mätressen zurück. Es scheinen erstaunlich viele allein erziehende Väter in diesem Hotel abzusteigen. Die Besitzerin, viele Jahre als Geisha im Gion-Viertel von Kyoto, bevor ihr ein wohlhabender Gönner das Ryokan gekauft hatte, ist eine Frau mit viel Verständnis für die individuellen Bedürfnisse ihrer Gäste, insbesondere nach Diskretion.

Ikeda wäre es lieber gewesen, sich in Tokyo zu treffen, aber der Gedanke, endlich Uji einen Besuch abzustatten, ist zu verlockend. Kazuo hatte ihn richtig eingeschätzt. Bei diesem Gedanken muß Ikeda lächeln. Der Apfel fällt nicht weit vom Baum, freut er sich, wie geschickt Kazuo das Treffen vorbereitet hat, ein Treffpunkt, der seinem Vater zusagen würde, ein Dinner zum gegenseitigen Kennenlernen in einer guten Atmosphäre, und das eigentliche Gespräch erst am nächsten Tag, so würde auch er vorgegangen sein. »Ich glaube, ich habe Kazuo unterschätzt«, denkt er wohlwollend.

Ikeda bricht schon am frühen Donnerstag Morgen von Tokyo nach Kyoto auf. Von dort nimmt er die Keihan-Bahn nach Uji, an der alten Verbindungsstraße zwischen den ehemaligen Kaiserstädten Nara und Kyoto. Sein Weg führt ihn vom Bahnhof direkt zum Byodo-in mit seiner berühmten Phönix-Halle, die seit fast tausend Jahren Schlachten und Naturkatastrophen überlebt hat. Jeder Japaner kennt sie, allerdings die meisten nur als Prägung auf den 10-Yen-Münzen.

Viele verbinden Uji und seine Geschichte in erster Linie mit den Beschreibungen der Hofdame Murasaki, die mit ihren Geschichten des Prinzen Genji schon vor knapp tausend Jahren den wohl ersten »Bestseller« der Weltliteratur geschrieben hat.

Langsam wandert er durch die enorme Anlage von Halle zu Halle, von Tempelchen zu Tempelchen, bewundert die reichen Gemälde, die vielen Skulpturen und die Kunstlandschaft des »reinen Paradieses« des Amida Buddha. Obwohl die Juni-Regenzeit voll eingesetzt hat, ist der Wettergott gnädig und verwöhnt Ikeda mit strahlend blauem Himmel und angenehm warmen Temperaturen. Er überquert den Uji-Fluß über die Steinbrücke aus dem siebten Jahrhundert, und im ältesten Schrein Japans, dem Ujigami Jinja, läßt er sich für einen Moment nieder, um sich auszuruhen. Er ist hoch zufrieden, und dennoch beunruhigt ihn der Gedanke an die kommende Begegnung. Er erhebt sich, geht zu einer der aufgestellten Holzboxen, in die Besucher Geldspenden werfen, bevor sie ein Gebet sprechen und die alte Glocke mit Hilfe eines langen Bandes aus vielfarbigen Stoffstreifen erklingen lassen.

Ikeda öffnet die Geldbörse, entnimmt einen Tausend-Yen-Schein, faltet ihn sorgfältig und schiebt ihn durch eine der engen Spalten zwischen den Holzstangen, die den Kasten abdecken. Er legt die Innenflächen seiner Hände flach aneinander und verbeugt sich tief vor dem Schreininneren. Sein Gebet, eher ein Wunsch, schließt Kazuo und die gute Zukunft ihrer Firma ein. Er verharrt ungewöhnlich lange in seiner demütigen Haltung. Als er sich schließlich aufrichtet, stehen ihm Tränen in den Augen.

Unauffällig und peinlich berührt wischt er sie mit seinem Taschentuch ab und geht schnell weiter. Es ist Zeit zum Essen. Er kehrt im Haku'un-an ein, ein buddhistisches Restaurant, bekannt für seine rein vegetarischen Fucha-Ryori, köstliche Spezialitäten und zugleich eine Augenweide. Es ist Juni, und der neue grüne Tee schmeckt besonders gut. Uji-Tee ist einer der besten, wegen des milden Klimas in dieser Gegend.

Am Nachmittag beendet Ikeda seinen Besuch Ujis im Mampuku-ji, ein Kloster, erbaut im chinesischen Ming-Stil. Ein Oberpriester einer Zen-Sekte aus dem Süden Chinas, der nach dem Fall der Ming-Dynastie nach Nagasaki geflohen war, traf auf viele dort ansässige Chinesen, und trotz des allgemeinen Verbots für Ausländer, sich in Japan zu betätigen, machte der damalige Shogun Ietsuna eine Ausnahme, und der Priester durfte ein prächtiges Zen-Kloster für seine Anhänger bauen. Für den Shogun und dessen streng von der Außenwelt isolierten japanischen Untertanen war dieser fremdartige Ort eher wie ein frühes Disneyland des siebzehnten Jahrhunderts.

Es ist schon fast sechs Uhr, und er wartet am Bahnhof auf Kazuo und Sato, die ihn abholen werden. Keinen Augenblick zu früh, ein dunkelgrauer Mercedes S 600 hält gerade, und Sato und Kazuo steigen aus. Sie winken, Ikeda nimmt seine kleine Tasche mit den Sachen für seine Übernachtung aus einem der Schließfächer und gesellt sich zu ihnen. Alle verbeugen sich höflich, und Kazuo nimmt seinem Vater die Tasche ab, was dieser mit Wohlwollen registriert. Im Wagen auf der Fahrt zum Ryokan berichtet Ikeda, sichtlich zufrieden, kurz von seinem Tag in Uji. Sato, der seinen schweren Zwölfzylinder heute selbst steuert, schaut Kazuo, den er hinten sitzend im Rückspiegel sehen kann, vielsagend an. Die Idee mit Uji war ein voller Erfolg, Ikeda wird keinerlei Verdacht schöpfen.

Kazuo hat in diesem Augenblick wieder peinigende Gewissensbisse. Seit Stunden plagen ihn Zweifel, ob er nicht noch abwarten soll, bis sein Vater seine Meinung ändert. Für Sato ist die Sache klar und einfach, aber es geht schließlich um seinen eigenen Vater. Sein Kopf scheint fast zu zerspringen. Er denkt an seine Mutter, die er verehrt, an seine Kinder, die ihren Opa lieben, selbst Mitsuko kommt ihm in den Sinn, was würde sie wohl empfinden, wenn ihr Mann zum Mörder würde. »Ich kann die ganze Sache noch abblasen«, beruhigt er sich, »mal sehen, wie der Abend läuft«.

Es dauert fast eine Stunde bis zu dem kleinen Ryokan, das Sato für das Treffen reserviert hat. Er kennt das Hotel und die Besitzerin sehr gut, eine sehr verläßliche Frau. Er hat ihre Gastfreundschaft schon oft in Anspruch genommen, wenn er Geschäftsfreunde und Politiker dort unterhalten hat. Der große Wagen kann kaum die engen Windungen der kleinen Straße passieren, die steil vom Tal zum Ryokan ansteigt. Nur ein einziges Auto begegnet ihnen, wohl vom Ryokan kommend, es gibt dort oben keine anderen Gebäude.

Auf ihre Zimmer verteilt, haben alle drei ein Bad genommen, sich in ihre vom Ryokan zur Verfügung gestellten Yukatas gewickelt und kurze Zeit später in einem der abgeschlossenen Räume zum Dinner getroffen. Die Shoji sind aufgeschoben und ein angenehm kühler Wind weht herein. Es hat angefangen leicht zu nieseln.

Zwei in Kimonos gekleidete Frauen, eine ältere und

eine junge, servieren erst einmal Bier, die beste Erfrischung nach dem Bad. Die Menüfolge ist besprochen, und eine Köstlichkeit nach der anderen tischen die beiden auf. Es gibt reichlich kalten Sake und Bier, die Frauen sorgen für eine sorglose, fröhliche Unterhaltung. Ikeda, der einen zwar anstrengenden, aber traumhaft schönen Tag hinter sich hat, ist bester Laune und frotzelt mit der älteren der beiden Bedienungen, die ihm keine witzige oder gar gewagte Erwiderung schuldig bleibt, eine erfahrene Geisha von der alten Schule, die weiß, wie man Gäste umsorgt. Immer gießt sie sein Glas voll und ermuntert ihn, mit ihr zu trinken und Ikeda, gefangen von ihren Reizen, lehnt nicht ab.

Kazuo versucht plump, immer wieder das Gespräch auf den Merger zu bringen, aber sein Vater, schon ziemlich angetrunken, macht nur ironische Witze darüber. Kazuo verzweifelt mehr und mehr, weil er begreift, sein Vater hat seine Meinung keineswegs geändert, er wollte seinem Sohn nur einen Gefallen tun, als er dem Treffen zustimmte. Sein schlechtes Gewissen und die Zweifel schlagen wieder in Wut um. Entschlossen nimmt er seinen Sakebecher und leert ihn in einem Zug.

Kazuo und Sato werden abwechselnd von der jüngeren Frau bedient, sie ist noch zu scheu, um wirklich gelöst Konversation machen zu können, aber die beiden haben ohnehin anderes im Kopf. Während Kazuo kräftig mittrinkt, hält sich Sato unauffällig zurück. Immer wieder kommen neue Schalen und Teller mit frischen Gerichten, jetzt zum Beispiel ein asymmetrisch geformter flacher Teller aus schwarzbrauner Keramik. Ikeda sieht in Streifen geschnittenen, weißen rohen Fisch, kunstvoll angerichtet auf grob geriebenem Rettich, gewürzt mit leichter Sojasauce, die alles hellbraun färbt. Drei große, gezackte Shiso-Blätter mit ihrem feinen, sehr typischen Geschmack runden die Komposition ab.

Ikeda ist jetzt schon ziemlich betrunken, aber er weiß, bei rohem Fisch muß er etwas vorsichtig sein. Er ist einer der unglückseligen Menschen, die eine eher seltene Allergie gegen einen bestimmten Fisch haben, und er hat schon zweimal sehr unter den unangenehmen Folgen gelitten, beim zweiten Mal mehr als beim ersten, da die für ihn giftigen Wirkstoffe sich im Körper ablagern. Sein Arzt war sehr deutlich. »Ikeda-san, der nächste Saba kann ihr Ende sein, lassen Sie die Finger davon«, hatte er ihm damals eindrücklich geraten.

Saba, eine Makrelenart, ist ein leicht zu erkennender Fisch, etwa 50 cm lang, oberseitig blau, unterseitig silbrig mit typischen dunklen Querbinden als eindeutiges Merkmal. Aber es ist wie mit Pilzen, zubereitet, sieht auch ein Fliegenpilz nicht mehr aus, wie ein Zwergenhäuschen aus Grimms Märchen.

»Ach, O-ne-san, was ist denn das für ein Fisch?«, fragt er seine freundliche Bedienung mit schwerer Zunge. »Ah, Ikeda-san, Sie sind ein Feinschmecker«, antwortet sie ohne zu zögern, »es ist zwar noch nicht die Saison, aber wir haben diesen Aji heute morgen extra besorgt. Er ist ganz frisch und zart und noch nicht so fettig.«

Die jüngere Frau schaut erstaunt auf. »Warum sagt O-ne-san das, weiß sie etwa nicht, daß das Saba ist?«, fragt sie sich verwundert. Aber sie ist streng erzogen und sagt nichts, um die ältere nicht bloßzustellen. O-ne-san, die ältere Schwester, wie man sagt, geht, ohne eine Miene zu verziehen, auf ein anderes Thema über, natürlich weiß sie, welcher Fisch es wirklich ist, schließlich hat sie den Saba selbst zubereitet und die Haut mit der verräterischen Zeichnung sorgfältig entfernt. Nackt, in kleinen Streifen, sehen sich Aji und Saba halt ähnlich und können ihre Verwandtschaft nicht leugnen, zumal die Farbe des Fleisches und seine Textur fast gleich sind. Sie weiß nicht genau warum, aber die Besitzerin hatte sie gebeten, falls danach gefragt, die kleine harmlose Lüge auf sich zu nehmen. Etwas von Wette und Geschmackstest hatte sie nur erwähnt.

Der Abend zieht sich, die Männer trinken und rauchen noch, die beiden Frauen haben sich nach dem Essen zurückgezogen. Sato hatte zu verstehen gegeben, daß die Männer von nun an unter sich sein wollten. Sehr großzügig war er mit dem Trinkgeld gewesen. Die Geschichte mit dem Fisch ist schon wieder vergessen.

Ikeda kratzt sich von Zeit zu Zeit an den Armen und an seiner Brust, es juckt ein wenig, aber der viele Alkohol hat seine Sinne ziemlich benebelt. Er bemerkt nicht die immer größer werdenden roten Flecken auf seiner Haut. Kazuo und Sato blicken sich an, es scheint zu wirken, denken beide. Draußen prasselt der Regen jetzt in voller Stärke auf das dünne Dach des Ryokans und verursacht einen Höllenlärm. Selbst im Raum, in dem die drei sich gerade aufhalten, klingt es noch, als ob ein Wasserfall auf die Decke rauschen würde.

Ikeda kratzt sich stärker, und sein Herz fängt stark an zu klopfen. Jetzt beginnt er trotz seines Zustandes langsam zu begreifen, daß etwas faul ist. Er sieht jetzt klar die Flecken. Meine Allergie, schießt es ihm in den Kopf, ich brauche sofort einen Arzt. Es war doch Aji oder doch Saba, er kann kaum einen klaren Gedanken fassen. Das Herz schlägt immer wilder, er faßt sich an die Brust.

»Kazuo, schnell, ruf einen Krankenwagen, meine Allergie, der Fisch«, krächzt er in Panik und sieht seinen Sohn mit verschwommenen Augen an. Er versucht vergebens, sich zu erheben, die Beine sacken einfach unter ihm weg. Der viele Alkohol und der heftige allergische Anfall ergänzen sich in ihrer fatalen Wirkung.

Kazuo und Sato sehen nur mitleidlos zu, wie Ikeda sich windet und langsam stirbt. Er greift plötzlich nach seiner Kehle, kriegt keine Luft mehr, Schweiß auf der Stirn. Er versucht, etwas zu sagen, kriegt aber außer einem Stöhnen keinen Ton heraus. Seine Augen auf Kazuo gerichtet, die ausgestreckten Arme flehen um Hilfe.

Dieser schaut ihn nur voller Haß an und macht keine Anstalten zu helfen. »Du hast mir keine andere Wahl gelassen«, denkt Kazuo. Es ist fast vorüber, Ikedas Herz versagt. In diesem Augenblick begreift er langsam, ungläubig, zu spät. Ikeda Yasunari, Meister der Kampfkünste, Chef einer großen Firma ist tot, erledigt von einem Fisch.

Sie warten noch einige Augenblicke, keiner sagt etwas, dann ruft Sato plötzlich und wie in Panik nach Hilfe, klopft laut an die Wand, reißt die Schiebetür zur Halle auf und stürzt aus dem Raum. Schon eilen vom anderen Ende der Halle die Besitzerin und die zwei Bedienungen sowie ein alter Mann, der die Hilfsarbeiten im Hause macht, herbei, nur in Unterkimonos gekleidet. Alle hatten sich schon zur Ruhe begeben.

Es dauert nur Sekunden, und sie begreifen die schreckliche Situation. Sie sehen Kazuo, der seinen Vater in den Händen hält, sein Gesicht tränenüberströmt, immer wieder am schlaffen Körper rüttelnd. »Vater, wach auf, wir holen Hilfe, bitte stirb nicht!«, lamentiert er immer wieder.

Der Notruf erreicht das Krankenhaus in Uji, kaum eine Minute vergeht, und ein Krankenwagen rast sofort los. Es ist Nacht, die Straßen sind frei und der Arzt kann es in etwas mehr als einer halben Stunde schaffen. Der Notarzt fragt nach den Symptomen und weiß, es wird knapp, Herzversagen, wahrscheinlich ausgelöst durch zuviel Alkohol. Er bittet die Besitzerin, Erste Hilfe mit Beatmungsversuchen zu leisten, bis er mit dem Krankenwagen eintrifft.

»Verflucht, dieser Idiot, was macht der denn da?«, flucht der Fahrer des Krankenwagens. Gerade sind sie um eine der engen Biegungen der schmalen Straße zum Ryokan gekommen, da steht vor ihnen halb in der Fahrbahn ein kleiner, alter Lastwagen, dessen Warnlichter blinken. Der Fahrer ist gerade dabei, einen offensichtlich platten Reifen auszuwechseln. Der Sanitäter hupt wild und läßt das Martinshorn aufheulen. Aber keine Chance, die Straße ist zu eng zum Passieren, und der Lastwagen ist zum Radwechsel aufgebockt. Der Fahrer, der Beifahrer und der Arzt stürmen aus ihrem Fahrzeug. »Mann, schnell, wir haben einen Notfall, Ihr Karren muß aus dem Weg«, herrscht ihn der Arzt an.

Der ältere Mann, etwas dicklich, ungepflegt, in zerschlissenen Kleidern, eine dicke Hornbrille mit einem Sprung in einem der Gläser, zerzauste Haare, Bartstoppel im Gesicht und eine Zigarette im Mundwinkel, richtet sich auf und hebt nur hilflos die Arme. »Dann müssen Sie mir eben helfen, was kann ich dafür, daß gerade hier mein Reifen geplatzt ist«, entgegnet er mürrisch. Er zeigt auf den halb zerfetzten Reifen am Boden.

Es hilft nichts, sie müssen warten. Sie helfen mit, so gut es geht; und in Formel 1 verdächtiger Zeit ist der neue Reifen montiert. Nach höchstens zehn Versuchen springt der altersschwache Motor des Lastwagens an, und das Gefährt rollt keuchend vor bis zu einer Verbreiterung der Straße. Der Krankenwagen kann endlich passieren, aber zehn wertvolle Minuten sind mittlerweile verstrichen.

Der Spezialist nimmt die nutzlose Brille ab, streicht die Haare glatt und zieht ein Kissen unter seinem Hemd hervor. Seinen Auftrag hat er wie immer zuverlässig erledigt. Später werden die Insassen des Krankenwagens zwar erwähnen, daß sie von einem Lastwagen mit einer Panne kurz aufgehalten wurden, aber keiner, weder die Leute im Ryokan noch später der Polizist, der den Zwischenfall zu den Akten nimmt, werden es registrieren. Keiner der drei wird sich an den Fahrer des Lastwagens erinnern können. Schlecht gekleidet, unrasiert, Brille, etwas dicklich, ein Mann wie tausend andere.

Der Bericht des Pathologen ist eindeutig: Herzversagen durch anaphylaktischen Schock, ausgelöst von einer Allergie gegen Saba und verstärkt durch übermäßigen Alkoholverzehr. 2,2 Promille hat er gemessen. Im Magen unter vielem anderen noch Reste von Saba, der am wenigsten verdaut und damit wohl zuletzt gegessen worden war. Der Sohn des Toten und ein anwesender Bekannter der beiden hatten bestätigt, daß es als letztes Gericht ein Sashimi gegeben hatte.

Da normalerweise eine solche Allergie nicht tödlich ist, hatte sich der Pathologe zuerst mit Sonoko, Ikedas Witwe, und dann mit dessen Hausarzt in Verbindung gesetzt und seinen Bericht ergänzt. Von Saba ausgelöste allergische Anfälle äußern sich beim ersten oder zweiten Mal nur durch extreme rote Flecken am Körper, juckend, aber nicht tödlich. Es baut sich aber jedesmal die Wirkung der Giftstoffe im Körper auf und führt bei einem erneuten Anfall fast sicher zum Tod durch Herzversagen. Laut Aussage der Witwe und des Hausarztes wußte der Verstorbene von der fatalen Wirkung, und daß er auf keinen Fall Saba essen durfte. Der übermäßige Alkoholkonsum muß daher seine Entscheidungsfähigkeit stark beeinträchtigt haben. Sohn und Bekannter bestätigen, daß der Verstorbene das Sashimi mit großem Appetit gegessen habe.

Der Bericht geht zu den Akten, wie üblich mit einer Kopie an die zuständige Polizeibehörde. Ando erfährt nur zufällig von diesem Bericht, als ein Kollege in der Kantine von diesem kuriosen Todesfall erzählt. »Fischallergie, an was man nicht alles sterben kann!« hatte er verwundert berichtet. Ando horcht nur bei dem Namen des Toten auf, Ikeda, Chef der Ikeda Industries. Er speichert die Information in seinem Gehirn, er wird mit Wolf sprechen müssen.

KAPITEL IV

Es war, als hätte man mir einen Hieb auf den Kopf versetzt. Ich war wie gelähmt, ungläubig. Ikeda tot? Ich konnte es nicht begreifen. Samstag Morgen hatte Mitsuko angerufen, um mir die schreckliche Nachricht beizubringen. Das Wochenende über hatte ich mich in mein Arbeitszimmer zurückgezogen und Anna, die wußte, daß ich alleine sein wollte, brachte mir nur ab und zu etwas zu essen oder zu trinken. Mir gingen viele Dinge durch den Kopf, Erinnerungen an den Tod meines Vaters und Erlebnisse mit Ikeda. Ich schrieb einen langen Brief an Sonoko, Ikedas Frau, und zerriß ihn wieder. Der Brief schien mir profan, nichtssagend, leer. Statt dessen rief ich sie an und sprach mit ihr fast eine Stunde. Sie war sehr gefaßt, aber Ihr Schmerz war offenkundig. Mir fiel kaum etwas ein, was ich sagen konnte und die meiste Zeit hörte ich einfach nur zu, während sie über ihren Mann sprach. Ich weiß nicht, ob es ihr geholfen hat, aber ich fühlte mich nach diesem Gespräch etwas besser.

Erst Sonntag Abend fand ich wieder zu einer einigermaßen guten Verfassung zurück. Anna und ich gingen einkaufen, ich hatte beschlossen, etwas zu kochen – auch eine Art der Ablenkung. Im Gegensatz zu Deutschland sind sonntags alle Geschäfte in Japan geöffnet, und zumindest in Tokyo ist ein Laden, der rund um die Uhr seinen Kunden offensteht, nie weiter als einige Hundert Meter entfernt. Es war noch früh am Abend, und es gab noch frische Garnelen und Jakobsmuscheln.

Wieder zuhause, wasche und schäle ich die Garnelen und entferne sorgfältig den kleinen Darmstrang. Die noch graufarbenen Garnelen sind fast daumengroß, und ich halbiere sie genauso wie die dicken, runden, weißen Muscheln. Als nächstes stelle ich einen chinesischen Wok auf die Gasflamme und erhitze etwas Olivenöl. Während sich das Öl erhitzt, schneide ich eine Schalotte in kleine Würfel, hacke Schnittlauch, Estragon und zwei Knoblauchzehen fein. Anna hat schon vorher Reis in den automatischen Reiskocher gefüllt, der zu jedem ordentlichen japanischen Haushalt gehört. Nach exakt einer Stunde ist der köstliche klebrige japanische Reis perfekt gegart. Ich lege die Garnelen und die Jakobsmuscheln ins heiße Öl, füge die Kräuter und anderen Zutaten bei und rühre kurz und vorsichtig um. Sekundenschnell wechseln die Garnelen ihre Farbe von Grau nach Rosa, und die Muscheln werden knusprig braun. Ein wunderbarer Duft von den Kräutern und dem Knoblauch steigt auf, der Anna anlockt. Ich lösche das ganze mit einem Schuß Rheingauer Riesling, ein trockener 1983er Steinberger, ab. Noch etwas Salz, frisch gemahlener schwarzer Pfeffer, ein Eßlöffel saure Sahne, nicht aufkochen lassen, fertig ist das Gericht. Es ist köstlich, leicht und trotzdem würzig und nahrhaft, perfekt zum Reis. Der Steinberger paßt zu diesem Gericht, als wäre er dafür erfunden worden. Nach diesem Essen ist meine Gemütslage deutlich verbessert. Anna kratzt fast die Lasur vom Teller, aber es ist nichts mehr da. Später, als wir ins Bett gehen, naja, das ist Privatsache.

Es ist Donnerstag der folgenden Woche, heute morgen fand die Bestattung nach buddhistischem Zeremoniell statt. Sonoko, Ikedas Witwe, nahm die kleine

Urne mit der Asche des Verstorbenen in Empfang. Wie alle, sind Anna und ich später noch in ihrem Haus, wo in einem Raum ein kunstvoll gearbeitetes Schränkchen wie ein kleiner Hausaltar mit vielerlei Erinnerungsgegenständen steht, davor ein Bild Ikedas mit einer schwarzen Schärpe. Alle erweisen dem Toten die letzte Ehre. Seine Frau drückt mich kurz, ihre Augen sind vom Weinen rot umrandet. Kazuo stand mit eiserner Miene da und betrachtete mich nur ablehnend. Ich wußte nicht erst seitdem, daß er mich nicht besonders mag. Nicht nur, daß sein Vater mich ihm gegenüber als Vorbild darstellte, wer kann das schon vertragen, ich wäre auch sauer geworden, vielleicht ahnt er auch, daß ich vor einiger Zeit, als Anna und ich unsere Krise nahmen, die wohl in jeder guten Familie vorkommt, ein Auge auf Mitsuko geworfen hatte. Sie schien mir damals höchst begehrlich, geradezu das Ideal einer Ehefrau, ich flirtete damals ohne Rücksicht auf Verluste. Mitsuko war der Sache auch nicht abgeneigt, Kazuo war schließlich alles andere als ein treuer, sie umhegender Ehemann. Zwischen uns schlugen zwar viele Funken, aber letztlich war das auch alles. Anna, der es natürlich nicht entgangen war, daß ihr Mann sich zu ihrer besten Freundin hingezogen fühlte, hatte dem ganzen mit gemischten Gefühlen zugesehen, und ihre Freundschaft mit Mitsuko wäre sicher auseinandergebrochen. Aber letztlich stellte sich heraus, daß mein Verstand, trotz gegenteiliger Vermutungen Annas, immer noch im Kopf saß. Nach einem Urlaub in Zermatt begruben Anna und ich das Kriegsbeil am Fuße des Matterhorn. Und Mitsuko blieb für uns beide, was sie immer gewesen war, unsere Freundin.

Mitsuko saß neben Sonoko, voller Trauer, aber sie war sich offenkundig bewußt, daß ihre Schwiegermutter den größeren Verlust erlitten hatte und ihre Hilfe brauchen würde. Mitsuko ist eher eine Tochter für Sonoko als lediglich die Ehefrau Kazuos. Viele Freunde, Geschäftspartner und langjährige Mitarbeiter Ikedas sind gekommen, alle aufrichtig ergriffen, keiner kann begreifen, daß Ikeda, mit seiner unbändigen Energie und Kraft, nicht mehr da ist. Ueshiba Sensei und seine wichtigsten Aikido-Lehrer sind alle da. Für sie ist einer heimgegangen, der viele Jahre mit ihnen auf der Suche nach Vervollkommnung einen mühsamen Weg beschritten hatte. Alle erweisen sie ihm, zum letzten Mal, ihren Respekt. Sonoko bedankt sich bei jedem, sie weiß, ihr Mann hätte sich gefreut, alle seine Freunde hier zu sehen.

Anna hatte nach diesem Tag keine Lust mehr, aber ich gehe an diesem Abend trotz allem zum Training, es ist die beste Ablenkung, die ich mir vorstellen kann. Danach gehe ich ins Kirin City, wo mir der junge Kellner, der sich wie viele seine Kollegen dort sein Studium verdient, schon die gläserne Eingangstür öffnet, sobald er mich bepackt mit meiner großen schwarzen Tasche auf die Kneipe zukommen sieht. Er kennt mich gut, ich bin einer seiner Stammgäste. Fast jedesmal nach dem Aikido-Training im Dojo in Wakamatsucho gehen wir auf dem Heimweg die wenigen Minuten zu diesem gemütlichen Lokal am Osteingang des riesigen Shinjuku-Bahnhofs. Später werde ich einen der Züge der Yamanote-Linie nehmen und in weniger als 10 Minuten zu Hause sein.

Das Lokal liegt zwischen dem Bahnhof und dem Kabukicho, eines der größten Vergnügungsviertel Tokyos.

Eine Mischung aus Rotlicht – mit dem kompletten Angebot für jeden Geschmack – und hervorragender Gastronomie, Restaurants, Kinos und Theatern. Die Schattenseiten wie Prostitution, Glücksspiel oder auch Schutzgelderpressung liegen ziemlich in chinesischer Hand, während die unzähligen Pachinko-Hallen eine Domäne der Nordkoreaner sind. Japans Yakuza hat hier kaum Einfluß.

Im Kabukicho ist es für den gewöhnlichen Besucher trotz allem ziemlich sicher, dafür sorgen schon die Bosse der Unterwelt, schließlich schadet es dem Geschäft, wenn den Kunden etwas passiert. Ganz anders geht es aber zwischen den Gangstern zu, regelmäßig kommt es zu brutalen Schießereien und Morden, aber alles bleibt in der Familie, sozusagen.

Es ist fast neun Uhr abends und das Lokal gut gefüllt. Viele Gäste kenne ich vom Sehen, Englisch- oder Deutschlehrer von den umliegenden Sprachschulen, die alle ihre Abende hier zu verbringen scheinen, andere Aikidokas, durstig wie ich, junge Männer und Frauen aus den Büros, die hier auf ihre Chance warten. Es ist fröhlich, ungezwungen und sehr laut.

Ich setze mich an die lange Theke, an der ich schon oft über eines der wichtigsten Elemente der vielfältigen Beziehung zwischen Deutschland und Japan nachgedacht habe. Es ist weder der Einfluß deutscher Medizin- oder Rechtslehre noch Beethoven oder Bach, sondern die Tatsache, daß ein vorausschauender Japaner im 19. Jahrhundert einen Braumeister aus Deutschland nach Sapporo in Hokkaido im Norden Japans einlud, um dort das Bierbrauen zu lehren. Ein wichtiger Schritt in der Entwicklung Japans, meiner Ansicht nach. Heute beherrschen wenige Großbrauereien den Markt. Aber alle haben gemeinsam, daß sie sehr gutes Bier brauen.

Ohne zu fragen, zapft mir Shimizu, der Geschäftsführer, ein frisches Bier, »Wolf-san, guten Abend, heute ganz alleine?«, fragt er mich. Meistens komme ich mit Anna und anderen, die auch im Dojo trainiert haben, her, um die zwei bis drei Kilo Wasser, die wir während des Trainings ausgeschwitzt haben, schnellstens wieder mit diesem köstlichen Naß zu ersetzen. Außerdem schmecken auch die vielen kleinen Gerichte sehr gut.

»Ja, Anna hatte keine Zeit und sonst wollte keiner mitgehen.« Es fährt mir ein Stich durch den Magen. Ikeda wäre sicher mitgegangen, er ließ nur selten die Gelegenheit aus, mit uns nach dem Training noch eine Weile zu verbringen. Ikeda ist tot.

Ich sitze da mit meinem Bier, mitten unter hundert Menschen und doch fühle ich mich sehr alleine. Ich vermisse meinen alten Freund. Kein gemeinsames Training mehr am frühen Morgen, keine langen Gespräche am Abend. Es ist das erste Mal, seit dem frühen Tod meines Vaters, daß ich einen Verlust so stark verspüre, es ist eine Leere, die ich noch lange in mir tragen werde. Shimizu stellt mir noch ein Bier hin, »Wolf-san, das geht auf mich.« Er kann meinem Gesicht ansehen, daß mich etwas bedrückt, aber es wäre gegen seine Natur, mich auszufragen.

Letztes Jahr im März, geht mir durch den Kopf, da sind Ikeda und ich alleine ein Wochenende nach Osawa Onsen gefahren. Eine richtige Männertour sollte es werden. Wir nahmen den Joetsu-Shinkansen vom riesigen Ueno-Bahnhof in Richtung der Präfektur Niigata im Norden. Etwa eine Stunde außerhalb Tokyos war von

Winter noch nichts zu bemerken, aber als der Zug aus einem langen Tunnel herausschoß, befanden wir uns plötzlich in einer anderen Welt. Wie bei einem Filmschnitt türmte sich jetzt meterhoch der Schnee auf, die hohen Berge des Nikko-Nationalparks vor uns, breitete sich ein dramatisch schönes Panorama vor uns aus. Wir hatten unser Ziel fast erreicht.

In Echigo-Yuzawa stiegen wir in den lokalen Zug um, und am kleinen Bahnhof des Osawa Onsen stand schon der Allradbus des kleinen Ryokan, in dem wir unser Zimmer gebucht hatten, um uns abzuholen. Ein freundlicher alter Mann bestand darauf, unsere Taschen zum Wagen zu tragen und zu verstauen. Trotz des Sonnenscheins war es eiskalt, aber der kleine Bus war mollig warm geheizt. Zwanzig Minuten fuhren wir über enge kleine Straßen, die immer steil nach oben führen. Links und rechts versperrten Schneewände, höher als der Bus, jeglichen Ausblick. Es ging durch einen dichten Wald, und als wir herauskamen, lag Osawa Onsen vor uns.

Unser Hotel, ein altes, traditionell gebautes Haus mit zwei Stockwerken, ragte kaum aus dem Schnee hervor. Aus der dicken, weißen Haube auf dem Dach schaute nur noch das Ende des Kamins hervor, aus dem dünner Rauch aufstieg, als Beweis, daß jemand in diesem Märchenhaus lebte. Die Besitzerin hieß uns am Eingang mit ihrem ganzen Stab herzlich willkommen, alle verbeugten sich tief, und wenige Minuten später waren Ikeda und ich in unserem Zimmer, sparsam möbliert, der Boden bedeckt mit Tatami-Matten aus hartgepreßtem Stroh, ein flacher Tisch, zwei Sitzkissen, an einer Seite die Tür zum kleinen Bad, an der anderen Seite das Tokonoma, die meist etwas erhöhte Nische in einem typischen japanischen Raum, die je nach Jahreszeit mit einem Rollbild, einem Blumengesteck, früher oft auch mit einem Schwert dekoriert wurde. Diese Nische ist ein besonderer Platz, der meist die Seele des Bewohners widerspiegelt. Leider ist alle Poesie verloren, wenn sich Touristen einnisten, die das Tokonoma als Abstellplatz für Koffer und Taschen nutzen. Es sind nicht nur Ausländer, denen der Sinn für die Ästhetik eines traditionellen japanischen Raums verborgen bleibt.

Es war halbdunkel im Zimmer, da das Fenster mehr als zur Hälfte mit Schnee verdeckt war. Der kleine Ölofen in einer Ecke verbreitete Wärme, und die Flammen tauchten den Raum in ein rötliches Licht.

Wir warteten nicht lange, bevor wir zum Bad aufbrachen, aber zuerst tranken wir einen Becher grünen Tee, den uns die Besitzerin sofort gebracht hatte, zusammen mit dem kleinen, dunkelroten und klebrig süßen Kuchen aus Sojabohnen. Eine halbe Stunde später, nach der ausgiebigen Reinigungsprozedur, saßen wir im Rotemburo, dem heißen Bad unter freiem Himmel – den Kopf angenehm kühl und den Körper wohlig im heißen Wasser. Es schneite leicht, die dicken Flocken berührten kaum das Wasser, um sofort wie magisch zu verschwinden.

Der Ausblick auf die umliegenden Berge und Wälder war spektakulär, außer dem Plätschern des Wassers war kein Geräusch zu vernehmen. Einige Zeit sprachen wir kein Wort, sondern genossen nur den friedlichen, wundervollen Moment. Wer einmal im Winter Zeit in einer der heißen Quellen Japans verbracht hat, wie Ikeda und ich an jenem Wochenende, versteht sehr gut, warum der regelmäßige Besuch eines Onsen für Japaner zu den wichtigsten Dingen des Lebens gehört.

Nach dem Bad war bereits unser Abendessen im Zimmer angerichtet. Viele kleine Teller mit Fisch, Gemüse, Fleisch, Obst, alles von bester Qualität und wie kleine Kunstwerke, sozusagen Augenschmaus angerichtet. Dazu den klebrigen Reis, Misosuppe und natürlich kaltes Bier und heißen Sake, den man Atsukan nennt.

Später saßen wir noch bekleidet im Yukata und mit einer dick gefütterten Überjacke im Gemeinschaftsraum an einem traditionellem Irori, wie die im Boden eingelassene Feuerstelle genannt wird. An einer dicken Eisenkette hing ein großer, von den Flammen geschwärzter Nabe, ein Eisenkessel mit heißem Wasser für Tee.

Am Rande der Feuerstelle stand eine hölzerne Kiste mit Mochi, gestampftem Reis in kleine Kuchen geformt. Wir grillten die Mochi an dünnen Eisenstäben, bis das Äußere knusprig braun und das Innere klebrig weich war, ein Hochgenuß für Kenner. Aber Vorsicht, man sagt, jedes Jahr, besonders am Neujahrstag, an dem es Tradition ist, Mochi ungegrillt zu essen, erstickten tragischerweise mehrere Dutzend, meist ältere Menschen einfach an der klebrigen Masse. Ähnlich gefährlich ist nur noch Erdnußbutter, wie Amerikaner sicher bestätigen können.

An diesem Abend sprachen wir viel und lange über alle möglichen Dinge, über Budo-Philosophie, über Kunst, aber auch über weniger hochstehende Themen wie über andere Leute oder die Kunst des friedlichen Zusammenlebens mit Ehefrauen. Wir haben damals viel gelacht, viel getrunken, und es war ein entspannter Abend, kein Wort über die Geschäfte. Nur einmal, als Ikeda seinen Sohn Kazuo erwähnte, verdüsterte sich für einen Augenblick sein Gesicht, aber es schien, als ob er an diesem Tag jeglichen traurigen Gedanken von sich schieben wollte, und seine Miene hellte sich gleich wieder auf.

Ich wußte damals noch nicht, wie weit der Streit zwischen Vater und Sohn ging und wie der alte Ikeda darunter litt. Ich hatte den kurzen Moment der Veränderung bei Ikeda kaum bemerkt und machte mir damals auch keine weiteren Gedanken. Es war schon weit nach Mitternacht, als Ikeda und ich endlich zu unserem Zimmer zurückfanden, wo bereits unsichtbare Hände den Tisch weggeräumt hatten und die weichen, warmen Futonbetten ausgerollt waren.

»Wolf-san, noch ein Bier?«, reißt mich Shimizu aus meinen traurigen Erinnerungen. »Eins geht noch«, denke ich, und an diesem Abend werden es noch einige mehr. Ich verlasse als letzter das Lokal, Shimizu schließt hinter mir ab, er macht sich Sorgen, was mich wohl bedrückt.

Der Weg zum Bahnhof ist länger als gewöhnlich, weniger direkt. Aber in der Heerschar tausend anderer mehr oder weniger angetrunkener Heimkehrer im Bahnhof falle ich nicht weiter auf. Anna nimmt mich nur fest in die Arme, als ich unser Haus betrete, sie weiß, warum ich zuviel getrunken habe. Ich habe meinen besten Freund, nein mehr als das, einen großen Bruder oder vielleicht sogar einen Vater verloren. Mein eigener Vater war gestorben, als ich noch studierte, viel zu früh. Mir fällt ein, ich habe meine Mutter, die trotz ihrer dreiundachtzig Jahre noch ziemlich rüstig und geistig vollkommen fit ist, seit mehr als einer Woche nicht angerufen. Morgen werde ich sie anrufen und ein Sträußchen Blumen schicken lassen, nehme ich mir vor, bevor ich schwer ins Bett sinke. Ich bekomme schon nicht mehr mit, wie Anna nachkommt.

KAPITEL V

Fast vier Wochen sind mittlerweile seit dem Tode Ikedas vergangen. Sein Partner Hosokawa, bisher Vizepräsident, hat kommissarisch die Leitung der Firma übernommen. Aber es ist klar, daß Ikeda Kazuo bald neuer Chef werden wird. Die Aktienmehrheit, nachdem die Erbschaft geregelt sein wird, wird keine andere Lösung zulassen, als ihn vom Bucho, vom Bereichsleiter also, zum Shacho, dem Präsidenten zu ernennen. Es ist nur noch eine Frage der Zeit, und Kazuo schwelgt schon in der Vorstellung, endlich alle Dinge so regeln zu können, wie er es immer vorhatte.

Mit einem leisen Fluch schließt Kazuo einen dicken, sehr vollen Ordner, ohne Beschriftung, sein Projekt. Es hat geklopft. »Ja«, knurrt er irritiert durch die plötzliche Störung. Es ist bereits spät, und Machiba Yoko, seine Sekretärin, ist schon vor einigen Minuten gegangen. Kazuo erwartet um diese Zeit keine Störung mehr und blickt auf, um zu sehen, wer der Besucher ist.

Iwata, der Abteilungsleiter in der Finanzabteilung steckt seinen Kopf durch den offenen Türspalt. »Bucho, es tut mir leid, Sie zu stören«, sagt er in seiner typisch unterwürfigen Art, »darf ich Sie kurz sprechen?« »Was gibt es, Iwata?«, erwidert Kazuo knapp und denkt: »Was will dieser Speichellecker von mir?« Er kann Iwata nicht ausstehen, der für ihn eines der vielen Beispiele darstellt, was im Konzern dringend geändert werden muß, wenn er erst einmal entscheiden kann. Und dieser Schleimer arbeitet ausgerechnet in seinem Verantwortungsbereich.

Iwata trägt einen Stapel mit Akten, den er vorsichtig auf den Schreibtisch vor Ikeda legt. Ohne zu fragen, setzt er sich auf einen der beiden Stühle vor dem Tisch, zupft nervös am Revers seiner blauen Anzugjacke, der man ansieht, daß sie schon lange keine Reinigung mehr gesehen hat.

Er greift nach einer der Akten, ohne sie aber zu öffnen, und fängt zögerlich mit seiner Rede an, die er sich sehr genau zurechtgelegt hat: »Ikeda san, ich habe etwas Merkwürdiges gefunden. Neulich habe ich das Angebot und besonders die Spezifikationen für die nächsten Quartalslieferungen von PL-5-Halbleiterplatinen von Kaneda genau im Detail geprüft.« »Na und?«, fällt ihm Kazuo leicht gespannt ins Wort. »Na ja, ich bin ja kein Techniker, aber aus den Spezifikationen geht hervor, daß Kaneda uns immer Platinen der Qualität II liefert, und sein Angebot ist wie immer das Beste.« »Dann ist es doch gut, oder?«, wirft Kazuo ein. »Ja, aber ich habe mir auch noch mal die Angebote von DaiNippon E-Plate und Kurusato Electronics angeschaut.« Iwata zögert. »Und?«, schnappt Kazuo. »Bucho, die Angebote der beiden Firmen sind zwar nur etwas teurer, aber ich habe gesehen, daß uns beide Platinen der Qualität I anbieten, obwohl wir nur Qualität II für Fernsehapparate der K-Serie brauchen, ich habe mich bei Fukutomi in der Produktion erkundigt.«

In Fahrt gekommen, fährt er fort: »Letzte Woche habe ich daher bei DaiNippon nach dem Preis für Qualität II Platinen gefragt, sie kosten nur 8.000 Yen pro Stück, das heißt, wir zahlen bei Kaneda für die gleichen Platinen 31% mehr, das bedeutet...« »Das ist sehr interessant, Iwata«, unterbricht ihn Kazuo, »lassen Sie mir alle Unterlagen hier, ich schaue mir das nachher selber mal an.« Innerlich kocht er vor Wut, und Nervosität beschleicht ihn, aber sein Gesicht verrät nichts davon. »Vielen Dank, Sie können jetzt gehen«, will er Iwata abwimmeln.

»Aber Bucho, da ist noch etwas«, er senkt den Kopf und fährt fast flüsternd fort: »ich habe herausgefunden, daß wir seit zwei Jahren PL-5-Platinen ausschließlich von Kaneda beziehen, und daß alle Angebote für diese Serie von Ihnen selbst geprüft wurden.« »Soll das heißen, ich habe einen Fehler gemacht, oder daß ich nichts von meiner Arbeit verstehe, Iwata?«, fragt er mit fast drohendem Unterton, während er innerlich friert.

»Sie haben immer Ihr Okay gegeben, jedesmal, niemand sonst hat die Angebote geprüft.« Iwata klingt fast erleichtert, daß er es endlich herausgebracht hat. »Was wollen Sie damit sagen?« »Ja, ich weiß nicht, aber es ist schon seltsam, daß Ihnen der Unterschied bei den Angeboten nie aufgefallen ist.« Iwata hat jetzt Mut gefaßt: »Immerhin hat uns das in den zwei Jahren fast 350 Millionen Yen gekostet, ein riesiger Betrag und wohl ein phantastischer Profit für Kaneda!« Er blickt Ikeda jetzt direkt an, etwas was er nie geglaubt hätte tun zu können und fügt hinzu: »Ich habe mir nämlich die Freiheit genommen, alle Rechnungen von Kaneda seit der ersten Lieferung zu prüfen und auf der Basis der DaiNippon Preise nachzukalkulieren.«

»Was wollen Sie?«, stößt Kazuo hervor, »es muß sich um einen Irrtum handeln. Und was fällt Ihnen ein, sich um etwas zu kümmern, was nicht Ihre Aufgabe ist«, faucht er Iwata an, wachsbleich im Gesicht. Aber Iwata, der Kriecher, der sonst so unauffällig wie die Tapete im Raum ist, weicht dieses Mal nicht zurück, im Gegenteil:

»Es ist mir noch etwas aufgefallen, ich glaube, Sie kennen Herrn Sato von Kaneda persönlich. Ich glaube, Sie kennen ihn sogar sehr gut.« Iwata klingt jetzt fast zynisch. »Wie kommen Sie darauf, natürlich weiß ich, wer Sato ist, Kaneda ist schließlich ein wichtiger Lieferant, und Sato war ja schon mehrmals hier, aber ich kenne ihn nicht persönlich. Verschwinden Sie sofort aus meinem Büro, Sie Idiot«, geifert Kazuo, der inzwischen kurz davor ist, vollständig die Fassung zu verlieren.

»Doch, Ikeda«, läßt Iwata jetzt jede Höflichkeit fallen; er weiß, daß Ikeda lügt, und er ist wütend, daß ihn dieser junge, aufgeblasene Blender als Idiot tituliert. »Ich habe Sie schon zweimal zusammen in Kamakura gesehen, zufällig natürlich«, spottet er, »ich wohne in Kamakura, das wußten Sie wohl nicht?« »Ich habe sogar ein Foto von Ihnen und Sato, sehr gut getroffen, direkt am großen Buddha. Eigentlich wollte ich Ihnen das Foto im letzten Herbst schenken, aber ich dachte, Sie wären vielleicht böse darüber, ungefragt fotografiert zu werden.«

Kazuo sinkt tief zurück in seinen Stuhl, alle Kraft scheint aus seinem Körper entwichen, und er flüstert: »Was wollen Sie von mir?« »Mmh, es ist mir peinlich aber...«, zögert er, »Sie müssen wissen, mein Haus ist ziemlich teuer, ich habe viel investiert und könnte etwas Hilfe gebrauchen.«

»Wieviel, Iwata?« »Ich habe es genau ausgerechnet, Ikeda-san«, entgegnet dieser jetzt wieder sehr höflich und ganz Buchhalter, »ich möchte 35 Millionen Yen, das sind genau 10%.« Kazuos Hirn rast, 35 Millionen, um diesen Erpresser zum Schweigen zu veranlassen. Sato wird ihm helfen, den Betrag aufzubringen. Aber wird er wirklich schweigen? Iwata scheint seine Gedanken gelesen zu haben: »Und ich denke«, fährt er fort, »es ist für uns alle gut, wenn ich vielleicht auch an den zukünftigen Geschäften mit 10% beteiligt bin, glauben Sie nicht auch, Bucho?«

Kazuo kann nicht glauben, was er gerade gehört hat. Iwata, dieser unscheinbare Erbsenzähler, will ihn erpressen und auch noch an seinem so einträglichen Nebengeschäft mit Sato beteiligt werden. Gerade der zweite Vorschlag ist es, der ihn so schockt, daß er plötzlich wieder eiskalt und gelassen sein kann. »Iwata, ich werde darüber nachdenken, behalten Sie alles für sich und reden Sie mit niemandem. Ich muß sehen, woher ich soviel Geld bekommen kann, ohne daß es auffällt, ich brauche Zeit. Wir sprechen am Freitag darüber.« Iwata ist zufrieden, es läuft gut, Ikeda scheint begriffen zu haben, daß er keine andere Wahl hat. »Ich lasse Ihnen die Akten da, Sie werden feststellen, daß ich mich nicht verrechnet habe. Ich habe natürlich alles in Kopie. Bis Freitag.« Abrupt steht Iwata auf, verbeugt sich tief, wie es seine Art ist und verläßt Kazuos Büro schnell und ohne weitere Worte.

»Und ob Du Dich verrechnet hast, du erpresserisches Schwein«, denkt Kazuo. Er muß dringend Sato sehen.

»Tadaima«, ruft Ikeda Kazuo in traditioneller Weise beim Betreten seiner Wohnung. Er hatte darauf gehofft, als er an diesem Dienstag viel früher als gewöhnlich das Büro verließ, daß Mitsuko und die Kinder noch nicht vom Tokyo Lawn Tennis Club zurück seien. Er hat Glück; nur Kuru, die kleine schwarze Katze, die Taeko, seine Tochter vor einigen Jahren von der Straße mitgebracht hatte, inspiziert gelangweilt, wer ihre Ruhe stört, streift einmal an seinem Bein vorbei und stelzt steif, einen Buckel machend, zurück an ihre Lieblingsstelle am großen Wohnzimmerfenster.

Er braucht keine Zeugen bei seinem Anruf. Schnell tippt er Satos Telefonnummer in Osaka, die nur in seinem Gehirn gespeichert ist, in sein Handy ein. Es klingelt nur zweimal und schon meldet sich Sato. »Ja«, ist alles was er sagt. »Sato, ich bin es, Ikeda, ich muß mit Dir sprechen, und zwar dringend und unter vier Augen, es gibt Ärger.« Sato fragt nicht lange, er weiß, daß es nicht klug ist, wichtige Dinge am Telefon zu besprechen. »Gut, ich schlage vor morgen Mittag um kurz nach Zwölf in Kamakura im Yasube, wie immer. Ich komme direkt mit dem Shinkansen aus Osaka und nehme ein Taxi von Yokohama.« »Nein, nicht Kamakura, ich erkläre es Dir später. Es darf uns keiner zusammen sehen. Wir treffen uns in Inekos Wohnung. Ich lasse die Tür unverschlossen. Ineko ist für ein paar Tage in Hawaii, und wir sind dort ungestört.« Sato willigt ein und legt den Hörer auf. Er kann sich ein Grinsen nicht verkneifen. Er hatte Ikeda dieses Mädchen vor ungefähr zwei Jahren, als ihre besondere Beziehung begann, wie zufällig vorgestellt, und Ineko, eine junge, sehr hübsche Frau von 27 Jahren, die offiziell ihr Geld als OL, als Office Lady verdient, wurde schnell Ikedas Geliebte.

Das intensive Verhältnis der beiden ist für Sato in mehrfacher Hinsicht nützlich, Ikeda ist ihm immer noch dankbar, daß er ihm Ineko vorgestellt hat, sie gibt ihm wertvolle Information weiter, die Ikeda immer wieder in ihrem Bett ausplaudert, und falls eines Tages nötig, was er natürlich nicht hofft, können die qualitativ hochwertigen Videoaufnahmen der versteckten Kamera in ihrer

Wohnung als Druckmittel dienen. Sato schaut sich die Aufzeichnungen mit Kazuo und anderen unfreiwilligen Darstellern immer wieder gerne an.

Mit ihren beachtlichen Talenten, die auch Sato ohne Wissen Ikedas noch hin und wieder genießt, brachte Ineko Kazuo dazu, ihr eine kleine Wohnung im Shibuya-Bezirk zu mieten und sie auch sonst recht ordentlich zu versorgen. Den Rest verdient sich Ineko von Zeit zu Zeit im Auftrag von Sato mit wichtigen Partnern im Umfeld seiner weitverzweigten Geschäfte. Gerade jetzt ist sie in Hawaii, aber nicht zum Sonnenbaden, wie Kazuo annimmt, sondern um einen wichtigen Yakuza-Boß aus Fukuoka, im Süden Japans, in jeder Beziehung zufriedenzustellen. Sato hat ihr einen sehr ordentlichen Betrag für ihre Mühen bezahlt.

Kazuo ist als erster in Inekos Wohnung angekommen. Er sitzt auf dem weichen beigefarbenen Sofa, eine geöffnete Dose Bier ohne Glas vor sich. Kondensierte Wassertropfen rinnen an der eiskalten Dose hinunter und sammeln sich in einer kleiner Pfütze auf dem niedrigen schwarzen Lacktisch. Im Aschenbecher liegen schon mehrere halbgerauchte Zigaretten, und gerade hat er sich die nächste angesteckt, als es an der Tür klingelt. Er öffnet, und Sato tritt ohne Gruß ein, holt sich ein Bier aus dem Kühlschrank und setzt sich aufs Bett. Er reißt den Verschluß der Dose auf und beginnt erst jetzt ein Gespräch: »Puh, Tokyo ist zu heiß um diese Jahreszeit und zu feucht. Ich bin naßgeschwitzt. Auf Dein Wohl, Ikeda.« Kazuo greift nach seinem Bier und erhebt die Dose kurz. »Danke, daß Du gleich gekommen bist. Wir haben ein großes Problem und wir müssen schnell handeln«, fängt er an. Er trinkt einen Schluck, und während

Sato sich eine der Zigaretten aus Kazuos Schachtel ansteckt, schildert er ihm das Gespräch mit Iwata aus der Finanzabteilung.

Je mehr er erzählt, desto mehr verfinstert sich Satos Gesicht. »Das ist in der Tat ernst«, denkt er, sagt aber nichts. Kazuo schließt seinen Bericht mit den Forderungen Iwatas ab: 35 Millionen Yen sofort und 10% an allen zukünftigen Profiten. »Diese Ratte«, entfährt es Sato, der für einen kurzen Moment die Beherrschung verliert. »Und was hast Du ihm gesagt, was Du tun wirst?«, will er wissen. »Ich habe ihm gesagt, ich würde darüber nachdenken und ihm am Freitag antworten.«

Sato blickt ihn aus harten Augen an. Er ist jemand, mit dem man sich besser nicht anlegt. Aufgewachsen in einem ziemlich rauhen Viertel von Osaka, in dem die Bosozoku Motorradbanden die Straßen terrorisierten und selbst die Polizei lieber erst zu spät auftauchte, wurde Sato Masahisa bereits in jungen Jahren zum Anführer einer dieser Banden, fügte sich damit in die lange Tradition seiner Familie, Mitglied einer der großen Yakuza-Organisationen, der Yamaguchi-Gumi, die in Osaka und Kobe die Unterwelt beherrschten. Der damalige große Boß, der Oyabun, erkannte die Talente des hoch intelligenten Sato, seines Kobun, die zu schade waren, um nur für die groben Arbeiten der Yakuza eingesetzt zu werden, obwohl Sato auch auf diesem Gebiet als ein brutaler und erfolgreicher Vollstrecker berüchtigt war. Seine Lieblingsargumente waren Baseballschläger und Motorradketten. Schlau und gerissen, aber gelegentlich auch mit der Hilfe seines Bosses, konnte er es trotzdem vermeiden, in den Akten der Polizei aufzutauchen.

Im Gegensatz zu den wilden Nachkriegsjahren mit

ihren attraktiven Schwarzmarktgeschäften und blühender Prostitution, so erkannten die führenden Köpfe der Yakuza, würde die Zukunft auf anderen Gebieten liegen. Illegale Geschäfte wie Rauschgift, Export von strategischen Gütern an gewisse Regierungen oder Oppositionelle in anderen Ländern und Menschenschmuggel, meist Festlandchinesen, sorgten für die nötigen Einkünfte in Milliardenhöhe, und legale Geschäfte wurden benötigt, um die Gelder blütenweiß zu waschen. Diese Geschäfte mußten nicht nur erst aufgebaut oder besser übernommen werden, sondern benötigten erfahrene, gut ausgebildete und loyale Manager, um diese Unternehmen zu leiten. Mit finanzieller Unterstützung des Oyabun wurde Sato Student an der Osaka-Universität und studierte Wirtschaftswissenschaften. Drei Jahre an der University of Califonia in Los Angeles mit einem MBA Abschluß rundeten seine legale Ausbildung ab, und mit 28 Jahren stieg Sato als frisch gebackener Abteilungsleiter Export bei Kaneda Electronics in Osaka ein.

Ursprünglich ein kleineres Unternehmen in privater Hand, hatte der Besitzer entnervt einem Verkauf an anonyme Interessenten, die durch einen Anwalt vertreten wurden, zugestimmt. In kürzester Zeit hatte nicht nur ein ausgedehnter Streik seine Produktion lahmgelegt, der leichte Autounfall seiner Frau, von dem ihm eine Stimme am Telefon schon erzählte, noch bevor seine Frau das Unfallprotokoll der Polizei unterschrieben hatte, und letztlich die Tatsache, daß seine Tochter von einem Vorfall erzählte, bei dem sie von drei jungen Männern einfach in einen Lieferwagen gezerrt wurde und sie, ohne daß man sie weiter anrührte, einige Ecken weiter wieder auf der Straße abgesetzt hatte, zeigten ihm, daß er es mit Gangstern zu tun hatte, die keine Rücksicht walten lassen würden, um ihre Ziele zu erreichen. Er hatte Angst, zur Polizei zu gehen und gab auf. Ein ansehnlicher Kaufpreis erleichterte die Entscheidung.

Sato stieg schnell auf und wurde schon mit Anfang vierzig Chef des Unternehmens, aus dem zwischenzeitlich ein ziemlich bedeutender Zulieferer von elektronischen Bauteilen für Kunden im In- und Ausland geworden war.

Ikeda Industries war einer dieser Kunden und bezog gelegentlich Bauteile. Erst als Sato und Kazuo sich kennenlernten, ergab sich eine Chance, die Beziehungen auszubauen. Sato, wie immer gut vorbereitet, traf Kazuo zu Preisverhandlungen, und wohl wissend um dessen Interessen, brachte er das Gespräch auf das in Tokyo stattfindende Masters Turnier der Tennisdamen. Superstar Steffi Graf aus Deutschland verteidigte ihren Titel zum dritten Mal. Sato, der eine VIP-Box gemietet hatte, lud Kazuo ein, der als Tennisnarr gerne einwilligte. Es war natürlich auch in dieser Box, wo er Miyamoto Ineko kennenlernte, die ihm Sato offiziell als Tochter eines alten Freundes vorstellte. Kazuo war begeistert, von Steffis Vorhand und von Ineko. Dem Beginn einer Freundschaft zwischen Kazuo und dem älteren Sato stand nichts mehr im Weg.

Für Sato war Kazuos Charakter ein offenes Buch. Langsam aber sicher, wie man eine Forelle beim Angeln heranfüttert, erkaufte er sich seine Dankbarkeit mit kleinen und immer größer werdenden Dienstleistungen, teure Hobbys wie Ineko, interessante und hoch rentable Anlagen, die ihm Sato empfahl, kosteten Geld, viel Geld und mehr als Kazuo, der zwar der Sohn eines reichen

Großindustriellen war, aber nur das Gehalt eines Hauptabteilungsleiters erhielt, verdiente. Nicht einmal die jährliche Dividende seines 10%-Anteils an den Aktien des Unternehmens reichten, zumal der überwiegende Teil der Gewinne immer wieder in das Geschäft investiert wurde. Sein Vater, der alte Ikeda, ein starrsinniger Geizhals, wie ihn Kazuo mal im Zorn bezeichnete, führte das Unternehmen konservativ und hielt seinen Sohn an der kurzen Leine.

Kazuos Abhängigkeit von Sato, der ihn großzügig und ohne Zögern unterstützte, wuchs, und so war es nur eine Frage der Zeit, bis ihm Sato endlich einen Vorschlag machen konnte, der für beide höchst profitabel war. »Ikeda-san«, schlug er ihm damals vor, »Kaneda möchte gerne wesentlich mehr liefern, und ich habe eine Idee, wie wir beide dabei auch noch gut verdienen können.

Damals hatten sie beschlossen, daß Kazuo, der den Einkauf leitete, Komponenten von Kaneda zu überhöhten Preisen kaufen würde und Sato und er sich die Differenz teilen würden. Sato überwies ihm seitdem regelmäßig 50% der Gewinne auf ein Konto auf den Bahamas. Kazuo entwickelte dazu ein Konzept, bei dem er von Konkurrenzunternehmen Angebote für die gleichen Komponenten anforderte, bei denen er aber unauffällig höhere Anforderungen bei den Spezifikationen ansetzte.

Er nutzte dabei eine Schwachstelle in der Einkaufsorganisation aus, die zwar viele kaufmännisch orientierte Mitarbeiter beschäftigte, aber kaum Ingenieure. Selbst wenn einer der jungen, technisch orientierten Mitarbeiter auf die Diskrepanz bei den Anforderungen stieße, so würde es keiner wagen, dem Sohn des Chefs einen Fehler vorzuwerfen. Dafür würden schon deren direkte, meist ältere Vorgesetzte sorgen, die dem in Japan immer noch fest verwurzelten Senioritätsprinzip unterliegen.

Über zwei Jahre lief das System hervorragend und höchst profitabel für Sato und ihn. Die höheren Kosten der Kaneda-Teile fielen beim gewaltigen Einkaufsvolumen von Ikeda Industries nicht auf. Auch hier eine Schwachstelle des Unternehmens, das von der eigenen Innovationskraft, hervorragender Produktionsqualität und von einem charismatischen Firmenchef zum Erfolg getragen wurde, aber moderne Managementmethoden und Werkzeuge wie detaillierte Kostenkontrolle bisher nur zögerlich einsetzt.

Ironischerweise ein Vorwurf, den Kazuo seinem Vater seit einigen Jahren immer wieder gemacht hatte und ihn aufforderte, endlich moderne, amerikanisch geprägte Managementsysteme einzuführen. Sein Vater hatte dies entweder nie verstanden oder war nicht bereit, an den Grundfesten seines Unternehmens zu rütteln. Viele seiner engsten Mitarbeiter waren seit Jahrzehnten im Unternehmen und würden nicht in der Lage sein, einen plötzlichen radikalen Wandel, wie Kazuo ihn vorschlug, zu verkraften. Sie hatten oft und lange diskutiert, aber fast jedes Gespräch endete in einer Sackgasse, bei dem sein Vater darauf verwies, daß Kazuo eines Tages alle seine Ideen verwirklichen könne. Meist endeten die Gespräche in erbittertem Streit, und Kazuo entwickelte mehr und mehr einen glühenden, unversöhnlichen Haß auf seinen Vater.

Sato wurde mit der Zeit Kazuos Vertrauter. Beide Absolventen eines Wirtschaftsstudiums in den USA hatten ähnliche Vorstellungen über Unternehmensführung, und sie sprachen oft darüber, was bei Ikeda Industries zu ändern sei, um aus dem ziemlich großen, aber überwiegend national agierenden Unternehmen ein echtes Weltunternehmen der Klasse von Sony oder Toyota zu formen. Es war Kazuo nach einiger Zeit klar, daß Sato eine Schlüsselfigur der Unterwelt war, aber zu diesem Zeitpunkt hatte er bereits alle Hemmungen abgelegt, und alles, was seinen Zielen diente, war ihm recht.

Während Kazuo von persönlichem Ehrgeiz, gepaart mit dem oft naiven Optimismus des Jüngeren, getrieben wurde und eine Chance sah, seine persönlichen Bedürfnisse nach Macht und Luxus zu befriedigen, hatte Sato, der Ältere der beiden, eine Mission zu erfüllen. Als er nach dem Tode seines alten Bosses, der ihn immer wieder unterstützt und gefördert hatte, zum Oyabun der Yamaguchi-Gumi ernannt wurde, übernahm er damit die Verantwortung für Tausende von Männern mit ihren Familien, und alle seine Handlungen waren vom jahrhundertealten Ehrenkodex der Yakuza bestimmt. Im Unterschied zu Kazuo war Sato ein äußerst charakterstarker Mann mit einem hohen Maß an Verantwortungsgefühl, allerdings auch an krimineller Energie.

Bei einem der vielen Gespräche brachte Sato vorsichtig die Idee auf, Ikeda Industries, die größere der beiden Firmen, und Kaneda zu einem Unternehmen zu verschmelzen, natürlich mit Kazuo an der Spitze, sobald sein Vater sich zur Ruhe setzen würde. Schon damals war es Kazuo klar, daß dieser Plan kaum auf das Einverständnis seines Vaters stoßen würde. Ikeda Yasunari war ein stolzer, unabhängiger Mann, der wenig für den ihm undurchsichtigen Sato übrig haben würde. Kazuo träumte aber von jenem Tag an ständig von diesem Plan und entwickelte immer neue Ideen zu dessen Verwirklichung.

Für Sato war der erste Schritt getan, um aus den beiden Firmen eine starke Festung der Yamaguchi-Gumi zu schaffen, die durch Ikeda noch mehr an Legalität gewinnen würde. Es war jetzt nur noch eine Frage der Zeit und des vorsichtigen Handelns. Ikeda würde bald Shacho, Präsident der Firma; zu schade, wenn jetzt noch etwas schief ginge.

»Was sollen wir tun, zahlen? Aber wird Iwata schweigen? 35 Millionen Yen, woher können wir unauffällig soviel Geld her bekommen?«, bedrängt Kazuo Sato mit Fragen. »Beruhige Dich, es gibt keinen Grund, in Panik zu geraten«, versichert ihm Sato. »Wir müssen zunächst einmal sicherstellen, daß Dein Iwata keinen Fehler macht und irgendjemandem von unseren kleinen Geschäften erzählt. Glaubst Du, er hat sich das ganz alleine ausgedacht?«, will er wissen. »Ja, Iwata ist ein mürrischer Einzelgänger, den niemand bei uns mag. Er kann mich nicht ausstehen, weil er nur Abteilungsleiter ist und keine Chance hat, an mir vorbei aufzusteigen. Er wird wohl auch als Kacho in Pension gehen müssen. Vielleicht ist das der Grund, warum er mich jetzt erpressen will?« Der Schweiß auf Kazuos Stirn rührt nicht nur von der Sommerhitze her.

»Okay, sprich mit ihm und sage ihm, daß Du auf seine Forderungen eingehst, und mach mit ihm aus, wie er sein Geld bekommen kann. Sag ihm, Du hast im Augenblick nur 10 Millionen flüssig, und versprich ihm den Rest in ein paar Wochen. Die Anzahlung wird ihn erstmal davon abhalten, Dich zu verpfeifen. Das gibt uns Zeit, und ich werde mich um den Rest kümmern«, weist Sato ihn kalt an. Er weiß, wie er dieses Problem zu lösen hat. Wichtig ist nur, daß Iwata nicht zur Polizei rennt und Ikeda nicht durchdreht. Falls die Sache auffliegt, ist zwar nur Ikeda in der Klemme, denn Sato hat immer darauf geachtet, daß die Angebote Kanedas zwar teuer, aber korrekt formuliert sind. Aus seiner Bekanntschaft mit Kazuo ist ihm kein Strick zu drehen, aber seine langfristigen Pläne für Ikeda Industries und Kaneda wären damit wohl zum Teufel.

»Gut, ich spreche mit ihm, aber ich habe keine 10 Millionen Yen, die ich besorgen könnte, ohne daß es auffällt, und was ist mit dem restlichen Geld? Schließlich hast Du ja auch die Hälfte bekommen«, wirft Kazuo ein. »Ich leihe Dir das Geld, mach Dir keine Sorgen. Ich gehe ohnehin davon aus, daß wir es von Iwata zurückbekommen. Darum kümmere ich mich!«, beruhigt Sato ihn. Sie bleiben noch eine Weile in Inekos Wohnung und besprechen, wie Kazuo den Erpresser in Sicherheit wiegen kann und er Iwata das erste Geld übergeben soll. Sato schaut auf seine Uhr: »Ich muß zurück nach Osaka.« Er läßt Kazuo in der kleinen Wohnung zurück.

Freitag war ein guter Tag, und heute, drei Tage später, ist es geschafft. Iwata ist sehr zufrieden, er sitzt in seinem Lieblingslokal in seinem Wohnort Kamakura und gönnt sich ein großes Steak, hat sich eine Flasche echten Bordeaux-Weins bestellt. Normalerweise kann er sich diesen Luxus nicht leisten, höchstens bei besonderen Anlässen. Aber 10 Millionen sind ja ein besonderer Anlaß. Er läßt genüßlich den aromatischen Wein über die Zunge laufen und denkt dabei an heute Morgen. Dieser arrogante Ikeda, wie klein der auf einmal war, wie freundlich. Dabei behandelt er ihn sonst immer wie einen Lakaien und nörgelt nur an seiner Arbeit herum. Seitdem der alte

Ikeda tot ist, wird es noch schlimmer, und Kazuo führt sich schon als großer Chef auf. Dabei ist der doch nur ein kleiner Gangster, der seine eigene Firma betrügt. »Ich bin froh für das Unternehmen, daß Hosokawa noch die Zügel hält«, denkt er. Leider wird sich dies in wenigen Wochen ändern, wenn Ikeda offiziell zum Präsidenten ernannt werden wird und Hosokawa den Aufsichtsratsvorsitz übernimmt.

Heute morgen war alles anders, Ikeda war nervös, schwitzend und er, Iwata, überlegen und gelassen. Ikeda übergab ihm auf der Plattform des Shinkansen-Zuges im Tokyo-Bahnhof, wie abgesprochen, einen großen, fetten Umschlag mit der Anzahlung. »Sie bekommen den Rest im September«, versprach er und versicherte nochmals, daß Iwata ab sofort »Teilhaber« beim Geschäft mit Kaneda sein würde. Das Geld ist jetzt sicher untergebracht, Iwata ist ja nicht naiv und weiß, daß er vorsichtig sein muß. »Man weiß ja nicht, ob Ikeda und Sato nicht doch mit gezinkten Karten spielen«, sagt er sich.

Er wird endlich eine Woche Urlaub machen, vielleicht sogar 10 Tage. Zuerst in Shizuoka, seiner Heimat, berühmt für seinen Teeanbau und seine historische Bedeutung in den Tagen der Shogune, die das Land einigten. Dann würde er nach Shikoku, der kleinsten der vier Hauptinseln des japanischen Archipels, zum Entspannen ins Dogo Onsen reisen. Er hatte sich nie getraut, mehr als einige Tage zu erbitten, aus Angst, daß während seiner Abwesenheit andere, jüngere Angestellte seiner Abteilung Fehler machen könnten und gar etwas ändern könnten. Ein unvorstellbares Risiko. Aber jetzt, er ist schließlich 56 – in ein paar Jahren wird er ohnehin in Pension gehen. Er träumt von einer Ehefrau, die er nie hatte. Vielleicht eine Witwe, etwas jünger als er, warmherzig, eine gute Köchin, er ist bescheiden in seinen Vorstellungen.

Er beendet sein kleines Festmahl und zahlt in bar. Er hat sich einige Scheine aus dem Umschlag genommen: »Nur nicht übertreiben«, denkt er. Gutgelaunt steht er auf, grüßt den Besitzer noch freundlich und geht dann langsam die um diese Zeit stille Hauptstraße seines Ortes in Richtung seines kleinen Hauses. Es ist fast 10 Uhr, so spät wie selten zuvor für ihn. Keine Menschenseele ist zu sehen, er überquert die Straße. Von weit hinten nähert sich mit hoher Geschwindigkeit ein großes Auto. Die Scheinwerfer voll aufgeblendet. Er beschleunigt seine Schritte, um auf die andere Seite zu gelangen, und flucht leise: »Da kommt wieder einer dieser neureichen Protze aus Tokyo, die ihre Mätressen in Kamakura etabliert haben. Die denken, sie können hier fahren, wie sie wollen.«

Das Auto schießt an ihm vorbei, die roten Rücklichter verschwinden schnell in der Nacht, es ist wieder totenstill.

Nur wenige Tage später trifft Iwata auf der Insel Shikoku im Dogo Onsen ein. Die Reservierung hat geklappt. Er ist zufrieden mit seinem Hotel, und jetzt sitzt er im heißen Wasser.

Ein dicker Schwall fast kochenden Wassers ergießt sich ununterbrochen aus einer Öffnung in einer aus dem Felsen herausgehauenen Stufe in ein großes, weiß gekacheltes Becken, das bis zum Rand gefüllt ist. Von Zeit zu Zeit schwappt das sehr alkalische Wasser über, so daß der Boden rundherum sehr glitschig ist. Vorsicht ist geboten. Eine dichte Dampfwolke hüllt den Baderaum ein, und Details sind nur schemenhaft zu erkennen. Außer dem Rauschen des Wassers und einem gurgelnden Geräusch am Ablauf stört nichts die Gedanken Iwatas, der ganz alleine entspannt im Wasser sitzt, nackt, mit einem winzigen weißen Frotteetuch, das er sich sorgfältig in ein kleines Quadrat gefaltet auf den Kopf gelegt hat. Das Tuch ist feucht, und das verdampfende Wasser kühlt angenehm, während sein Körper im 40 Grad heißen Wasser langsam gart.

Dogo Onsen ist eines der ältesten heißen Bäder auf der Insel Shikoku, bereits vor 3000 Jahren soll es entdeckt worden sein. Schon im sechsten Jahrhundert nach Christi reiste Prinz Shotoku aus der damaligen Kaiserstadt Nara an und weichte seine müden Glieder in Dogo ein. Das jetzige Gebäude des berühmten öffentlichen Honkan-Badehauses, mit seinen drei Etagen und dem im gewölbten Muromachi-Stil geformten Eingangsportal ist bereits über 100 Jahre alt, und Szenen aus dem Roman »Botchan« von Natsume Soseki spielen hier. Iwata ist nicht zum ersten Mal hier. Dogo ist sein Lieblingsbad.

Er ist vollkommen entspannt, die Beine lang ausgestreckt, beinahe lasziv, den Kopf auf dem gerundeten Beckenrand, die Arme breit links und rechts ausgestreckt. Iwata fühlt sich wie im Himmel, ... fast. Die hölzerne Schiebetür der Männerabteilung des Ofuro öffnet sich mit einem schleifenden Geräusch, von der Feuchtigkeit gequollen und verzogen. Ein anderer Gast wird sich zu ihm gesellen. Natürlich dreht er sich nicht nach dem Besucher um. Er weiß noch nicht, ob er sich freuen oder ärgern soll, es kommt darauf an, was für ein Mensch das ist, einer dieser Leute, die unbedingt sofort mit einem reden wollen und meist laut und oberflächlich sind, oder ob ein Mann wie er hereinkommt, zurückhaltend, feinsinnig, mit dem man vielleicht über Literatur oder andere anspruchsvolle Themen sprechen kann. Es ist früher Abend, und vielleicht kann er mit dem Mann später gemeinsam essen.

Iwata beschließt abzuwarten und schließt die Augen. Der andere wird sich ohnehin erst ausgiebig einseifen und abrubbeln und wieder und wieder mit heißem Wasser vom Seifenschaum befreien, bevor er gründlich gereinigt in das große Becken kommen kann. Ungewaschen oder gar noch mit Seifenschaum hinter den Ohren ins Wasser zu steigen, wäre eine ungeheure Verletzung der Badeetikette, unvorstellbar und vielleicht schlimmer, als wenn jemand vom Rand ins Wasser pinkeln würde, obwohl auch das nicht zu den Gepflogenheiten gehört. Zum Reinigen befinden sich nahe der Schiebetür eine Reihe von Wasserhähnen und Duschköpfen. Vor jedem Hahn steht ein kleiner Holzhocker, auf dem bereits eine Plastikschüssel bereit liegt, zum Trocknen umgestülpt. Die ganze Wand wird von einem Spiegel ausgefüllt und riesige Plastikflaschen mit Duschgel und Haarwaschmittel stehen bereit. Iwata hört, wie der andere den Wasserhahn voll aufdreht, der Hocker gerückt wird – alles vertraute Geräusche, wenn jemand sich wäscht.

Der Spezialist wartet nicht lange, außer Iwata und ihm ist gerade keiner im Bad, niemand hat ihn hineingehen sehen, und das Onsen ist ohnehin nicht sonderlich mit Gästen gefüllt um diese Zeit. Er möchte möglichst sauber arbeiten, sein Markenzeichen sind sogenannte chirurgische Aktionen. Er hat sich vorsichtshalber entkleidet, und nur sein Frotteehandtuch unterscheidet ihn von anderen Badegästen, es ist viel größer.

Er sitzt vor dem Spiegel und beobachtet Iwata im Wasserbecken durch den Wassernebel. Iwatas Haar ist noch ziemlich dicht und schwarz für sein Alter, vielleicht aber auch gefärbt, denkt er. Er faltet das Handtuch auf und nimmt einen eigenartigen Gegenstand in die rechte Hand. So eine Art Pizzawender oder eher wie ein übergroßer Tischtennisschläger, eine flache, verchromte Stahlplatte, etwa einen Zentimeter stark mit einem kurzen, dicken Griff.

Rasch steht der Spezialist auf, mit wenigen Schritten steht er hinter Iwata. Ein letzter Blick zur Tür, weit ausschwingend hebt er den Arm und läßt die schwere Stahlplatte mit voller Wucht flach auf den Hinterkopf Iwatas sausen. Das klatschende Geräusch wird vom Wasserschwall fast übertönt, aber Iwata hört ohnehin nichts mehr davon. Der Spezialist hat den Schlag richtig dosiert, Iwata ist sofort bewußtlos. Das Blut aus der riesigen Platzwunde durchtränkt seine Haare sofort und breitet sich auf dem nassen Boden rasch aus, hellrot verdünnt.

Er faßt Iwata an den Schultern, schiebt den schlaffen Körper ganz ins Becken und drückt Iwatas Kopf vorsichtig unter Wasser. Er wartet einige Minuten ab, ehe er wieder losläßt, seine Aufmerksamkeit ganz auf die Schiebetür gerichtet. Sollte jetzt jemand hereinkommen, würde es zwei Tote geben, für den Spezialisten wäre das alles andere als perfekte Arbeit. Aus Iwatas Mund steigen keine Luftblasen mehr auf. Eine rote Schleifspur führt vom Beckenrand ins Wasser, Iwatas Kopf ragt noch halb heraus, sein Körper ist jetzt ganz gestreckt, die Arme halb unter der Oberfläche treibend.

Der Spezialist wickelt die Waffe wieder blitzschnell, aber gelassen in sein Frotteetuch und verläßt das Bad.

Rasch zieht er sich im Vorraum an und verschwindet so ungesehen, wie er gekommen ist. Sein Auftraggeber wird zufrieden sein.

Ein wenig später in Kamakura, das einfache Schloß der Außentür ist kein Hindernis für den Eindringling. Fast ohne Geräusche öffnet er es und schiebt die Tür auf, er schaltet seine kleine Stablampe mit dem dünnen Lichtkegel ein, bevor er in den Eingangsraum betritt. Er schließt die Tür und eilt rasch von Raum zu Raum, um die Vorhänge dicht zuzuziehen. Jetzt schaltet er die Lampen ein und beginnt seine Arbeit.

Sein Boß hat ihm genau beschrieben, wonach er suchen muß, und sauber soll er arbeiten, keine Schäden, keine Spuren. Er beginnt sorgfältig, methodisch, routiniert. Er weiß, niemand wird ihn stören. Iwata, dessen Wohnung er gerade umkrempelt, wird ihn nicht bei der Arbeit überraschen. Vor einer halben Stunde hat er einen kurzen Anruf auf seinem Handy empfangen. Der Spezialist hatte nur ein einziges Wort gesagt: »Erledigt.« Er kennt ihn nicht persönlich, aber er weiß, der Spezialist ist zuverlässig, es gibt keine bösen Überraschungen. Eben genauso ein Profi wie er selbst, denkt der Einbrecher. Alle namenlose Truppen der Yakuza, jederzeit bereit alles, auch ihr Leben zu geben.

Er bleibt die ganze Nacht, und es ist schon fast hell, als er die Wohnung Iwatas wieder verläßt, ohne Erfolg. Er hat weder 10 Millionen Yen noch Unterlagen, die Ikeda oder Kaneda betreffen, gefunden. Ein vollkommener Fehlschlag. Er ist nicht zufrieden, aber er weiß, er hat seinen Auftrag perfekt ausgeführt. Die gesuchten Dokumente und das Geld sind nicht im Haus, sie müssen anderswo versteckt sein, vielleicht einfach in einem Bankdepot. Aber er hat auch keine entsprechenden Schlüssel gefunden.

Mit zuviel Schwung öffnet sich die alte Schiebetür und gerät beinahe aus der Fassung. Mit einem scharfen Laut schlägt sie am Ende des Türrahmens an. Zwei splitternackte Männer mittleren Alters drängen sich fast gleichzeitig durch die Tür, laut lachend und mit Köpfen, die vom reichlichen Sake- oder Whiskygenuß schon hochrot sind, noch ehe die Hitze des Bades ihre Wirkung entfalten kann. Mit einem Rest von anerzogener Höflichkeit versuchen sie vergebens, ihre Geschlechtsteile mit winzigen weißen Handtüchern zu verdecken, die etwa Postkartengröße haben. Die beiden sind typische »Salarymen«, die nach dem Abendessen noch schnell ein Bad nehmen wollen, bevor sie endgültig unter die Futons kriechen werden.

Trotz der dichten Dampfschwaden, die vom Bad aufsteigen, sehen beide sofort die breit ausgedehnte, hellrote Lache am Rande des Beckens. Kleine Rinnsale lösen sich im Wasser in nichts auf. Nüchternheit setzt schlagartig ein, sie eilen zum Wasserbecken und starren mit Entsetzen auf den Kopf eines Mannes, halb unter Wasser, umgeben von einer dichten roten Blutwolke, vermischt mit dem heißen Wasser des Bades, der Körper schlaff ausgestreckt. Der Jüngere der beiden beginnt nur hemmungslos zu zittern und dreht sich würgend um. Der Ältere überwindet seinen Schock, kniet sich nieder und greift unter die Achseln des Mannes. Mit Mühe zieht er den Körper aus dem Wasser, bis der Mann ganz am Rande des Beckens liegt.

Obwohl er weiß, daß es vergebens ist, legt er sein rechtes Ohr an die Brust des Mannes, um eventuell einen Herzschlag zu hören, ... nichts. Er greift nach einem der Handgelenke, um einen Puls zu erfühlen, vergebens. »Schnell, Ogata, wir brauchen einen Arzt«, herrscht er den mit Brechreiz kämpfenden Jüngeren an. Ogata ist froh, den Raum verlassen zu können und stürzt regelrecht durch die Tür. Im Vorraum wirft er sich seinen Yukata, den leichten Baumwollkimono um und rennt barfuß, die aufgereihten Schlappen ignorierend, die wenigen Schritte bis zum Empfang des Badehauses. Laut schreit er um Hilfe, und erschreckt schaut der alte Mann, der heute seinen Dienst am Empfang tut, aus dem kleinen Fensterchen. Er braucht nicht lange, um aus dem Gestammel Ogatas herauszulesen, daß ein schrecklicher Unfall geschehen ist. Er greift zum Telefon und wählt die Notrufnummer, die groß und in roten Ziffern direkt über dem Apparat angebracht ist.

Es dauert weniger als fünf Minuten und der Krankenwagen, der Notarzt und der diensthabende Polizist des kleinen Ortes sind zur Stelle. Der Arzt schüttelt nur den Kopf, nachdem er den Mann kurz untersucht hat. Hier kommt jede Hilfe zu spät. Er kann nur noch einen Totenschein ausstellen.

Der Polizist befragt die beiden anderen Badegäste und den alten Mann am Empfang. Die Kleider des Toten mit seinen Papieren finden sich sorgfältig zusammengefaltet in dessen Zimmer. Ohne Blaulicht und eher langsam fahrend bringt der Krankenwagen die Leiche zur Obduktion in das örtliche Krankenhaus.

Im Bericht heißt es unter anderem: »Bei dem Toten handelt es sich um den sechsundfünfzigjährigen Iwata

Akio aus Kamakura. Offensichtlich ist er beim Versuch, in das Bad zu steigen, ausgerutscht und mit dem Hinterkopf auf den Beckenrand geschlagen. Der heftige Aufprall muß zu einer sofortigen Bewußtlosigkeit geführt haben. Trotz der großflächigen und tiefen Platzwunde am Hinterkopf weist die Schädeldecke keinerlei Fraktur auf. Der Körper des Mannes ist ins Wasser geglitten, und der Kopf des Opfers befand sich halb unter Wasser; in diesem Zustand wurde er von den Zeugen Suzuki und Ogata gefunden. Der Tod trat vermutlich bereits gegen 19 Uhr durch Ertrinken ein.

Eine Kopie des Berichts geht an die Polizei in Kamakura, um nach Angehörigen zu forschen und sie zu informieren. Auch die Tokyo Metropolitan Polizei erhält einen Bericht, da Iwata offensichtlich bei einer Tokyoter Firma gearbeitet hat.

Der Spezialist wird am nächsten Tag in der Lokalzeitung einen Artikel finden: »Schrecklicher Unfall im Dogo Onsen! Besucher aus Kamakura im Bad ertrunken, jede Hilfe kam zu spät.«

Sato ist wütend, alles lief gut, nur seine 10 Millionen Yen sind verschwunden. »Dieser Iwata war smarter, als ich dachte, aber er wird auch nichts von seiner Beute haben«, denkt er schadenfroh. Kein Pappenstiel, und er haßt es, Geld zu verlieren. Kazuo wird ihm das Geld, nachdem alles erledigt ist, erstatten müssen, beschließt er, schon etwas zufriedener.

Er wird nie erfahren, daß fast in diesem Augenblick in einem anderen Haus in Kamakura, die alte Mutter Iwatas, die den plötzlichen Tod ihres einzigen Sohnes noch nicht verarbeitet hat, das ehemalige Kinderzimmer Iwatas gründlich reinigt. Sie möchte es so herrichten, wie ihr Akio es immer geliebt hat. Der Besen mit dem sie gerade unter dem Schrank fegt, hat sich irgendwie verfangen. Sie zerrt am Stiel, und heraus kommt eine billige, blaue Plastiktasche, wie Fluggesellschaften sie an Touristen verteilen. Sie hebt die Tasche auf, öffnet sie und kann ihren Augen nicht trauen. Die Tasche ist voll mit Geld, alles 10.000-Yen-Scheine. Sie sinkt langsam auf einen Stuhl, die Tasche in der Hand. Langsam greift sie hinein, um zu sehen, ob irgendetwas anderes in der Tasche ist … Nichts.

Noch am gleichen Tag übergibt sie die Tasche bei der örtlichen Polizei, trotz ihrer Trauer ist ihr klar, daß etwas an diesem Geld faul sein muß. Sie hofft nur, daß ihr Akio nicht in irgendetwas Schlimmes verwickelt war.

Die Polizei schaltet auch die Kollegen in Tokyo ein, da der Arbeitgeber, Ikeda Industries, dort ansässig ist. Man befragt den Präsidenten, einen Ikeda Kazuo, der einwilligt, daß man Iwatas Büro untersucht. Mitarbeiter, die Personalabteilung, alle sind auskunftswillig, aber es gibt keinerlei Hinweise auf irgendwelche Straftaten oder woher das Geld kommen könnte. Hintergrundinformationen deuten auf einen Einzelgänger, der sich nichts gönnte. Sein Bankkonto weist nur geringe Beträge auf, genug, um die laufenden Kosten zu decken. In seiner Wohnung finden sich ebenfalls keinerlei Hinweise. Sein Tod ist eindeutig ein Unfall gewesen, auch hier kein Ansatz.

Die Polizei hat Wichtigeres zu tun. Ein Abschlußprotokoll wird erstellt, eine Kopie geht auch an Andos Dienststelle, dem dies nur ins Auge fällt, weil Ikeda Industries erwähnt wird. Man nimmt an, daß Iwata einer der nicht seltenen Sparstrumpf-Anhänger war und er durchaus im Laufe einiger Jahre einen Betrag von zehn

Millionen Yen hätte ansammeln können. Die Akte ist abgeschlossen, das Geld wird der Mutter offiziell als ihr Eigentum übergeben. Wenigstens finanziell kann sie den Tod ihres Sohnes leichter überstehen.

KAPITEL VI

Kein Zweifel, es ist Sommer in Tokyo. Tag für Tag wird es heißer und vor allem schwüler. Es ist noch nicht einmal August, und das Thermometer steigt schon bis fünfunddreißig Grad bei einer Luftfeuchtigkeit nahe der Neunzig-Prozentmarke. Die Klimaanlagen laufen auf Hochtouren, man vermeidet es, wenn möglich, ins Freie zu gehen. Das kleine Schweißtuch oder der Fächer gehören jetzt bei Männern und Frauen zur Standardausrüstung. Erst am Abend kühlt es etwas ab, ein leichter Wind sorgt für Erleichterung. Es wird schnell dunkel, und Tokyo beginnt jetzt sich wieder so richtig zu regen.

»Und was ist, wenn es wahr ist?« schießt es Hosokawa durch den Kopf. Sein Magen verkrampft sich bei diesem schrecklichen Gedanken, und sein Herz pocht schmerzend.

Mitsuko, die ihn heute abend zum Essen besucht hat, war völlig niedergeschlagen. Sie hat fast nichts von seiner Spezialität, leicht gegrillte Jakobsmuscheln und Krabben, gegessen, dafür aber um so mehr getrunken.

Endlich brach es aus ihr heraus, und sie erzählte ihm alles, was sie peinigte. Mitsukos Ehe mit Kazuo besteht nur noch aus einer hohlen Fassade. Seit Monaten findet sie Hinweise darauf, daß Kazuo eine Geliebte hat, in letzter Zeit scheint es ihr, als ob er es geradezu darauf anlegt, sie dies wissen zu lassen. Kazuo liebt ihre beiden Kinder abgöttisch, und das ist wohl der einzige Grund, warum er noch nach Hause kommt.

Hosokawa hatte es geahnt, beziehungsweise er hatte Gerüchte gehört über Kazuo, aber bisher hatte er gehofft, daß es sich um eine kurze Tollheit seines Schwiegersohnes handelte, die mit der Überwindung der Midlife Crisis wieder ein Ende finden würde. Bedauernswert, aber keine Tragödie, hatte er gedacht, obwohl er hoffte, daß Mitsuko nichts davon mitbekommen würde.

Die Hosokawas stammen von einer alten Fürstenfamilie aus Kumamoto auf Kyushu, der südlichsten Hauptinsel des japanischen Archipels, ab. Einer der vielen Nachfahren und sein entfernter Vetter, hatte es vor wenigen Jahren sogar kurzzeitig bis zum japanischen Premierminister gebracht, ehe ihn ein Skandal zu Fall brachte. In ihrer Familie hatte es immer wieder mal Skandale und Probleme gegeben, aber fast immer wurden sie intern gelöst. Die Ehre der Hosokawas ging vor. Eine außereheliche Beziehung, eine Mätresse, waren kein Grund zur Besorgnis.

Aber die Situation ist wohl viel ernster, die Ehe scheint am Ende. Es hatte ihn äußerst traurig gestimmt, besonders als er an seine eigene Frau dachte, die tragischerweise schon kurz nach Mitsukos Geburt gestorben war und deren Verlust er bis heute nicht ganz verwunden hat. Sein wunderschönes Haus im Stadtteil Shiroganedai ist ihm seit jener Zeit zu groß. Er ist einsam.

Wenn Mitsuko ihn mit Taeko und Satoru, seinen beiden Enkelkindern besucht, füllt sich die Stille mit Lachen, und er ist in diesen Augenblicken glücklich und zufrieden. Satoru ist erst 7 Jahre alt, aber er führt seinem Großvater gerne vor, wie gut er schon lesen kann. Taeko ist schon neun. Sie ist nicht nur ihrer Mutter wie aus dem Gesicht geschnitten, sondern zeigt auch das gleiche

Talent fürs Malen wie sie. Hosokawa hat unzählige ihrer kleinen, bunten Bilder an den Wänden im Hause verteilt. Bis vor einiger Zeit kam auch Kazuo, den er wie einen Sohn liebte. Aber in letzter Zeit wurde es immer schwieriger mit ihm, und jetzt kommt er nur noch selten mit.

Hosokawa hatte versucht, Mitsuko zu trösten, aber es war ihm klar, daß sie selbst mit dieser Situation fertig werden müsse. Er würde ihr beistehen, und vielleicht würde Kazuo ja noch zu Sinnen kommen und die Krise vorbeigehen, hoffte er aufrichtig.

Aber dann erzählte sie von anderen Ereignissen in den letzten Wochen und Monaten. Kazuo sei immer schlechter gelaunt, reizbar und scheinbar sehr nervös. Sie hatte es auf ihre kaputte Beziehung bezogen, aber es wurde ihr mehr und mehr klar, daß noch etwas anderes auf Kazuo lastete. Nachts, wenn er unruhig schläft und sich ständig wälzt, faselt er scheinbar zusammenhangloses Zeug. Fast immer kommt sein Vater darin vor, und es sind oft Ausdrücke von Haß. Sie kann kaum verstehen, was er sagt, aber Ikeda Industries, Weltmarkt, Kaneda, Strategie sind Begriffe, die immer wieder auftauchen. Mitsuko kann nichts damit anfangen, sie macht sich nur große Sorgen, was mit Kazuo los sein könnte.

Um so mehr weiß Hosokawa, worum es geht. Seine schlimmsten Befürchtungen scheinen sich zu bewahrheiten. Mitsukos Schilderungen sind nur kleine Teile eines Mosaiks, einer möglichen Tragödie, die sich schnell zu entwickeln scheint. Er hatte sie fast abrupt nach Hause geschickt, um alleine nachdenken zu können.

Aus seinen alten Tagen als Leiter der Niederlassung in Osaka hat er noch viele Beziehungen. Einige, auf die er nicht sehr stolz ist, reichen bis nahe an die Unterwelt, vielleicht sind es sogar Mitglieder einer der vielen Yakuza-Familien. Die Yakuza sind untereinander keineswegs einig; im Gegenteil, es gibt oft erbitterte Auseinandersetzungen, die manchmal mit mehr als einem Toten enden. Keine Gelegenheit wird ausgelassen, die jeweils andere Familie zu schädigen oder in ihrem Einfluß zu beschneiden. Seit zwei Jahren hat er immer mal wieder verschleierte Hinweise von einem der rivalisierenden Unterweltbosse des Kansai, die Region um Osaka, erhalten, daß Kaneda nicht ganz sauber und Sato nicht nur ein biederer Geschäftsmann sei. Es hatte ihn zwar beunruhigt, aber Kanedas Produkte sind gut und die Beziehung ist rein geschäftlicher Art, zwischen Kunde und Lieferant, und schließlich gibt es keine stichhaltigen Beweise.

Vor einigen Wochen warnte ihn eine seiner Quellen, daß sich etwas zwischen Kaneda und Ikeda zusammenbrauen würde, und daß Sato oft mit Kazuo gesehen worden sei. Selbst das hatte Hosokawa noch als normal abgetan und sich keine weiteren Gedanken gemacht.

Aber auf brutale Weise ist ihm heute abend klar geworden, daß Kazuo vielleicht doch in etwas verstrickt sein könnte, das für ihn, für seine Familie und für Ikeda Industries gefährlich sein könnte. Mitsukos Schilderungen, die Hinweise und Warnungen aus Osaka, Kazuos Verschlossenheit, seitdem er Präsident geworden ist, die unkontrollierten Wutausbrüche in manchen Sitzungen, Klagen von Mitarbeitern, die sich von Kazuos abruptem Stil überfahren fühlen, alles fügt sich plötzlich zu einem düsteren Bild.

Kazuo und die Yakuza? Hosokawa weiß, er muß einschreiten, es eindeutig klären, noch kann das Schlimmste vielleicht verhindert werden. »Ich kann nicht zur Polizei gehen, es gibt weder klare Beweise, noch darf irgendetwas von dieser Geschichte an die Öffentlichkeit dringen. Der Gesichtsverlust wäre unerträglich. Und was ist, falls alles nur Zufall ist, ein Irrtum und nichts an den Gerüchten dran ist. Das Vertrauen zwischen Kazuo und ihm wäre für immer zerstört. Das ist eine Angelegenheit nur zwischen uns, niemand sonst«, denkt er.

Noch etwas geht ihm durch den Kopf, und er wagt es kaum, den Gedanken zu Ende zu führen. Die Veränderungen in Kazuos Wesen begannen schon Monate, bevor der alte Ikeda plötzlich an einer Fischallergie verstarb. Es war ein Unfall, daß Ikeda von diesem Fisch aß, von dem er sehr genau wußte, daß er tödlich für ihn sein konnte. Die Untersuchungen der Polizei hatten dies eindeutig ergeben. Kazuo und Sato, die bei dem Essen dabei waren, bezeugten, daß auch sie den Fisch wegen seiner Zubereitung nicht als Saba erkannt hatten. »Was ist, wenn Sato ...?« Sein Kopf scheint zu platzen, und seine Brust schmerzt jetzt stechend. Schnell greift er in seine Jackentasche, zieht eine kleine Flasche, gefüllt mit einem starken Herzmittel, hervor und nimmt einen Schluck. Schon Augenblicke später wird er ruhiger, entspannt sich. »Ich muß der Sache auf den Grund gehen, ich werde Kazuo zur Rede stellen, er wird mir eindeutig antworten müssen«, beschließt er.

Einige Tage sind seit dem Abendessen vergangen, der frühe August macht seinem Ruf mit noch mehr Hitze und höherer Luftfeuchtigkeit alle Ehre. Es ist die Zeit der großen Flucht für die ausländische Gemeinde in Tokyo, nur die Hartgesottenen bleiben, die große Mehrheit ist samt Familie entweder in Europa, Amerika oder im benachbarten Ausland, zum Beispiel auf Bali, Hawaii oder in Thailand.

Bald kommt die Obon-Woche, dann werden auch die meisten Japaner zu Familienbesuchen aufs Land fahren. Tokyo ist in dieser einen Woche eine stille, fast beschauliche Stadt.

»Ikeda Shacho, Hosokawa Kaicho läßt fragen, ob Sie einen Moment Zeit für ihn haben?«, fragt Machiba Yoko, Kazuos Sekretärin. Seit wenigen Tagen hat er es endlich geschafft. Die juristischen Formalitäten zur Überschreibung der 51% Anteile an Ikeda Industries seines verstorbenen Vaters sind gemäß Testament erledigt. Jeweils die Hälfte hat Ikeda an seine Frau und seinen Sohn vererbt. Kazuos Anteile sind nun von zehn auf fünfunddreißigeinhalb Prozent gewachsen, die seiner Mutter auf fünfundvierzigeinhalb Prozent, und Hosokawa hält wie bisher die restlichen neunzehn Prozent.

Kazuo ist erwartungsgemäß zum Shacho, zum Präsidenten der Firma, ernannt worden mit Hosokawa als Kaicho, dem Aufsichtsratsvorsitzenden. Kazuo weiß, der Weg ist jetzt frei für seine Pläne mit Sato. Die Stimmanteile seiner Mutter, die Kazuo, ihr einziges Kind, liebt, sind eine Bank für ihn, wenn es zu Entscheidungen kommen sollte. Der alte Hosokawa mit den restlichen neunzehn Prozent wird ihm nicht im Wege stehen können, und außerdem ist dessen Tochter ja schließlich seine Frau.

»Was will der Alte?«, denkt er irritiert, er hatte gerade wieder an den Verschmelzungsplänen gearbeitet. Seitdem die Geschichte mit Iwata sich glücklicherweise »gelöst« hatte, konnte sich Kazuo wieder voll auf sein Projekt konzentrieren. Noch wenige Monate und er würde einen offiziellen Vorschlag zur Abstimmung unterbreiten können.

»Okay, ich gehe in ein paar Minuten zu ihm«, antwortet er Machiba und denkt, dann kann ich wenigstens jederzeit gehen, wenn ich genug von seinem Gewäsch habe.

Er schließt sorgfältig die Akte weg, er möchte nicht, daß seine Sekretärin zufällig darin liest. Er schätzt zwar ihre Arbeit und Zuverlässigkeit und noch mehr den hübschen Hintern Machibas, die, obwohl schon zweiunddreißig, noch unverheiratet ist. Kazuo wäre nicht abgeneigt, eines Tages von ihren Früchten zu kosten, und sie scheint nicht gerade abweisend zu sein, denkt er selbstzufrieden. Aber Frauen sind neugierig, und meine Pläne müssen noch geheim bleiben.

»Herein, Kazuo. Vielen Dank, daß Du Zeit für mich hast, laß uns dort sitzen«, begrüßt ihn Hosokawa, auf die niedrigen Sessel in der Ecke seines Büros weisend. »Ich habe Tee gemacht.« Er schenkt Kazuo und sich je eine kleine Tasse ein. Hosokawa hat sich vorgenommen, ganz offen mit Kazuo zu sprechen. »Kazuo, ich mache mir Gedanken um Mitsuko, Dich und die Kinder. Ich weiß, es gibt Probleme...« Noch bevor er den Satz beenden kann, unterbricht ihn Kazuo heftig: »Halte Dich aus unseren Angelegenheiten bitte heraus. Mitsuko und ich können das schon selber regeln. Und Du weißt, daß ich meine Kinder liebe!«

»Ja, Du hast ja recht, aber Mitsuko war gestern bei mir, und was Sie erzählt hat, erfüllt mich mit Sorge.« Ehe Kazuo ihn wieder unterbrechen kann, fährt er rasch fort: »Es geht nicht nur um Eure Ehe, es gibt Gerüchte, und wenn die stimmen, ist das gefährlich für die Familie und die ganze Firma. Kazuo, man sagt, daß Kaneda und Sato Verbindung mit der Yakuza haben, weißt Du das?« »Du bist ja verrückt«, entfährt es dem wütenden Kazuo. »Kaneda ist ein Top-Unternehmen und Sato einer der besten Manager, die ich je getroffen habe, Deine Vorwürfe sind vollkommen aus der Luft gegriffen.« »Verdammt, der Alte weiß mehr, als ich dachte, kein Wunder, daß er mich ständig in den Sitzungen angreift«, denkt er. Hosokawa ist jetzt auch ungehalten, Kazuo läßt jeden Respekt vermissen, das Gespräch wird zu keinem guten Ergebnis führen. »Kazuo, Du hast keinen Grund, so mit mir zu reden. Ich habe mir das nicht einfach ausgedacht. Es gibt viele Hinweise aus Osaka, und wir müssen der Sache sofort auf den Grund gehen, ehe der Ruf Ikedas gefährdet wird.«

Kazuo sieht jetzt rot und schreit Hosokawa an. Ito, Hosokawas Sekretärin, blickt erschreckt in ihrem Vorzimmer auf. Kazuos erregte Stimme dringt deutlich durch die dünne Wand. Sie kann fast jedes Wort hören. »Du denkst Dir doch alles nur aus, weil Du glaubst, ich könnte die Firma nicht leiten und weil Dir Deine Tochter mit unserem Privatleben in den Ohren liegt. Kümmere Dich um Deine eigenen Angelegenheiten und überlaß mir die Zukunft von Ikeda. Zusammen mit meiner Mutter habe ich jetzt ohnehin die Mehrheit und Du wirst uns nicht hindern können…«, am liebsten möchte er sich auf die Zunge beißen, daß dieser Satz ihm gerade herausgerutscht ist.

Hosokawa schaut ihn scharf und durchdringend an. »Hindern, an was? Was hast Du vor? Was spielt Kaneda für eine Rolle in Deinen Plänen?« Frage auf Frage schießt Hosokawa auf Kazuo ab. Es ist ihm jetzt kristallklar, was Kazuo vorhat. Also sind auch andere Gerüchte wahr, geht es ihm durch den Kopf. Ein Freund, Chef einer der wichtigsten Geschäftsbanken Ikedas, hatte ihn vor einiger Zeit gefragt, warum Kazuo so viele Informationen über Kaneda einziehen wollte, und letzte Woche hatte Hosokawa zufällig Machiba, Kazuos Sekretärin, im Kopierraum gesehen, wo Sie ganze Berge von Geschäftspräsentationen für Kazuo kopierte. Irgendetwas von Vorbereitungen für eine Vorstandssitzung hatte Kazuo ihr gesagt, wie Machiba auf sein Nachfragen antwortete.

»Kazuo, Du willst Ikeda und Kaneda zusammenbringen, ist es das?« fordert er Kazuo gerade heraus. »Ikeda Industries muß sich endlich weiterentwickeln, wir müssen alle Möglichkeiten zum Wachstum und zur Zukunftssicherung prüfen«, weicht Kazuo aus. Er ist wieder gefaßt und hat beschlossen, nichts weiter zu sagen.

Hosokawa weiß, daß Kazuo lügt, er ist jetzt außer sich und verliert seinerseits die Kontrolle. Ito nebenan wird bleich und möchte sich die Ohren zuhalten. Zu schrecklich ist, was sie mit anhören muß. Dieser bittere Streit zwischen zwei Männern, die bis vor kurzem wie Vater und Sohn zusammenhielten. »Du weichst mir aus, sag die Wahrheit. Dein Vater wäre entsetzt, wenn er dies jetzt miterleben könnte...«, brüllt er zurück. »Er kannte Sato und hat nichts von ihm gehalten. Er hat mir immer gesagt, daß er ihm nicht trauen würde. Dein Vater hat noch geklagt, als Du unbedingt wolltest, daß er sich mit Sato und Dir zum Essen treffen sollte...« Er stockt, seine Augen verdüstern sich, steile Falten auf der Stirn. Ein schrecklicher Gedanke hat sich gerade in seinen Kopf geschlichen. Nein, das kann nicht sein, darf nicht sein. Er darf diesen Gedanken nicht aussprechen.

Aber als ob seine Stimme von einer fremden Kraft beherrscht würde, flüstert er: »Du wußtest, daß Dein Vater allergisch gegen Saba ist!« Der Satz lastet im Raum, tonnenschwer. Kazuo wird kreidebleich, aber statt herauszuplatzen, verläßt er ohne ein Wort den Raum und geht zurück in sein Büro. Er bemerkt weder den besorgten Blick Itos, noch antwortet er auf eine Frage Machibas, als er durch sein Vorzimmer geht.

Hosokawa sitzt in seinem Sessel, entsetzt über das, was er gerade ausgesprochen hat. Sein Herz schlägt wieder hart, und die Brust schmerzt fast unerträglich. Automatisch greift seine Hand in die Rocktasche mit den Herztropfen. Aber er hat einen Entschluß gefaßt, er wird der Sache auf den Grund gehen, mit Kazuos Mutter sprechen und diesen Sato zur Rede stellen.

Kazuo läßt sich schwer in seinen Sessel fallen, die Fäuste geballt und kaum fähig, einen klaren Gedanken zu fassen. Langsam beruhigt er sich und findet seine Kaltblütigkeit wieder. »Hosokawa wird gefährlich. Er kann zwar nichts beweisen, aber er weiß zuviel, und er wird nicht nachlassen. Ich werde mit Sato sprechen müssen«, beschließt er. An Arbeit ist jetzt nicht zu denken. Ich brauche Ablenkung, und bei diesem Gedanken hebt sich seine Laune. Er wählt eine geheime Nummer von seinem Handy aus, Ineko wird in ihrer Wohnung auf ihn warten. Er verläßt kurz darauf das Büro, eine verblüffte Machiba zurücklassend, die den plötzlichen Stimmungswechsel von einem auf den anderen Augenblick nicht nachvollziehen kann.

»Mit Rekordtemperaturen von einundvierzig Grad in der Kanto Region, verzeichneten wir heute den heißesten

Tag des Jahres«, verkündet am Abend fröhlich die piepsige Stimme des Wetterfroschs vom lokalen Radiosender J-Wave, offensichtlich in einem gut gekühlten Raum sitzend. Es ist Obon, die Stadt scheint fast verwaist, als ob die Hälfte der Bevölkerung auf der Flucht wäre.

Mit fast 270 $^{km}/_{h}$ rast der Nozomi, der schnellste der Shinkansen-Züge, auf sein Ziel Osaka zu. Es ist schon dunkel, und alles, was die wenigen Passagiere sehen, sind Lichter von Häusern, die vom Tempo verwischt sind. Es regnet, und die Wassertropfen laufen fast waagerecht in dicken Strömen über die kleinen Fenster des Zuges. Im Inneren des Green Car, des Erste-Klasse-Wagens, ist es still, alle scheinen zu schlafen oder zu lesen. Die Stöße, verursacht durch die Betonschwellen der Gleise, sind gut gedämpft und das Abrollgeräusch ist mehr wie ein fernes Rauschen. Vor wenigen Minuten flog Yokohama vorbei, aber der Nozomi wird erst in Nagoya den ersten Stop nach Tokyo einlegen, etwa eineinhalb Stunden später. Danach noch ein kurzer Halt in Kyoto, der alten Kaiserstadt und 15 Minuten später in Shin Osaka, alles in allem zweieinhalb Stunden für 500 Kilometer.

Hosokawa schläft nicht, seine Gedanken eilen dem schnellen Zug voraus, Osaka. Was er vorhat, ist gefährlich. Sato von Kaneda ist der Schlüssel. Sato hatte erst abgelehnt, sich noch in dieser Nacht mit Hosokawa zu treffen. Ikeda Industries ist der wichtigste Kunde Satos und für ihn der profitabelste, dachte er, aber es war ihm klar, daß es schon etwas besonders Wichtiges sein mußte, das diesen alten Knaben dazu gebracht hatte, ihn anzurufen, und sicher nichts Gutes. Erst als Hosokawa, der vollkommen außer sich klingt, erwähnt, daß er mit Sato alleine über Ikeda jr. und merkwürdige Vorgänge sprechen wolle, willigt er zögerlich ein. Also 11 Uhr in der Lobby des Nankai South Tower Hotels.

Der Anruf von Hosokawa kam um zwei Uhr nachmittags. Kaum hat er den Hörer aufgelegt, hebt Sato wieder ab und wählt die Durchwahl Kazuos, der schon auf diesen Anruf gewartet zu haben schien, auch er klingt aufgeregt; »Sato-san, gut daß Du anrufst, Hosokawa dreht durch, er weiß irgendetwas und wir haben gerade eine riesige Auseinandersetzung in seinem Büro gehabt. Er drohte, etwas zu unternehmen. Ich habe geglaubt, er kriegt einen Herzinfarkt, so rot war er im Gesicht, aber der Alte ist zäher als man denkt.«

»Kazuo, er hat schon etwas unternommen, er will heute abend in Osaka mit mir über Dich und einiges andere sprechen. Kapierst Du, er weiß schon mehr, als Du denkst.« Kazuo ist geschockt, als Sato ihm den Anruf schildert. »Hosokawa muß weg, und zwar dauerhaft und noch heute!«, schreit er fast ins Telefon. »Du bist verrückt, glaubst Du, ich kann das so schnell organisieren, ohne daß Spuren zurückbleiben? Nein, nicht mal ich kann das organisieren. Außerdem wissen vielleicht andere, daß er mich besuchen wollte. Nein, so geht das nicht.« Sato ist fest in seinem Entschluß. »Du hast ja auch nicht so viel zu verlieren, vielleicht weiß er noch mehr, als von unseren kleinen Abmachungen?«, wirft Kazuo ein. »Ich weiß, daß Hosokawa mich schon seit Wochen verdächtigt, die Firma mit Kaneda verschmelzen zu wollen, aber viel schlimmer, er macht sogar Andeutungen, daß ich am Tod meines Vaters schuldig sei. Er weiß natürlich genau, wie das Verhältnis mit meinem Vater war und wie oft wir uns im Büro und zu Hause über seine vorsintflutliche Geschäftspolitik gestritten haben.«

»Ja, aber solange er nichts beweisen kann, kann er doch sagen, was er will. Jeder wird denken, daß er nur ein verbitterter alter Greis ist, der sich ärgert, daß Du neue Wege gehst. Und unser Merger, na wenn schon, Du hast die Aktienmehrheit und kannst verhandeln, über was und mit wem Du willst. Wenn das jetzt rauskäme, wäre der Zeitpunkt schlecht, und er kann mit seinen Aktien den Deal blockieren, wenn er Deine Mutter auf seine Seite ziehen kann. Unangenehm, aber kein Grund, jemanden umzubringen«, beruhigt ihn Sato.

»Ja, aber der Rest, unsere Preisabsprachen, vielleicht hat Iwata doch etwas gesagt«, erwidert Kazuo, »und es paßt mir nicht, daß er rumstochert, wie mein Vater gestorben ist. Alles zu riskant, der Alte muß weg!«

»Laß mich erst mit ihm reden, dann wissen wir wenigstens, was er denkt«, schlägt Sato vor. Kazuo hört nicht mal richtig hin, er weiß, was er zu tun hat, schon lange, und jetzt ist es soweit. »Okay, triff ihn kurz und ruf mich dann zu Hause an, sofort nach dem Treffen«, lenkt er ein.

Kazuo legt langsam den Hörer auf und denkt angestrengt nach. Was weiß er über Hosokawa? Er ist 69 und nicht sehr gesund. Aber außer Kazuos Frau, Hosokawas Tochter, und ihm weiß keiner in der Firma, in Ikedas Familie oder selbst im engsten Freundeskreis davon, daß er schon vor 5 Jahren einen leichten Herzinfarkt erlitten hat. Damals wurde alles als »Erschöpfung von der harten Arbeit« vertuscht.

Man hatte ihm einen Herzschrittmacher eingesetzt, und seitdem ging es ganz gut. Ein Medikament für die trotz des Herzschrittmachers gelegentlich auftretenden Herzrhythmusstörungen hat Hosokawa seither ständig in seiner Jackentasche. Um den Hals trägt er eine Kette mit einer kleinen Marke, auf der Anweisungen für den Notfall eingraviert sind. Hosokawa vermeidet Anstrengungen und vor allem Aufregung. Er will, daß niemand von dieser Schwäche weiß, nur der alte Ikeda, sein bester Freund, und seine Tochter, sonst niemand. Hosokawa ist stolz. Als Nachkomme zahlloser Generationen von Samurai ist sein Herzfehler ein Makel für ihn.

Mitsuko hatte Kazuo trotzdem davon erzählt, für alle Fälle, falls sie selbst mal nicht da sein würde, um im Notfall zu helfen. Aber sonst ist es ein gut gehütetes Geheimnis.

Sein Plan entstand zufällig, als er im Wartezimmer der Tokyo Medical Clinic, gegenüber vom Tokyo Tower, auf eine Zahnarztbehandlung wartete. Er überflog gelangweilt einen der abgegriffenen Gesundheitsratgeber, gute Ernährung, Bewegungen für Schwangere, Kräuterbäder bei Schnupfen usw. Unter »Wichtige Tips« ein Hinweis für Herzschrittmacherträger: »Vermeiden Sie zu nahen Kontakt zu elektronischen Geräten, von denen Störungen für den empfindlichen Herzschrittmacher ausgehen können, insbesondere CD-Player, tragbare Telefone oder Funkgeräte...« Hosokawas Schrittmacher fiel ihm ein, und er fragte sich, ob dieser das auch wußte.

Nicht, daß auch nur die geringste Gefahr bestand, Hosokawas Vorstellung von Musikgenuß lag in der Live-Vorführung einer Koto- oder Shamizenkünstlerin, CDs gehörten für ihn zu den Zivilisationskrankheiten. Seit Jahren weigerte er sich standhaft, das im Unternehmen von allen eingesetzte Handy regelmäßig zu nutzen. Nur in seltenen Ausnahmefällen war er zum Tragen dieses Sklavenmachers zu überreden.

Aber der kleine Artikel ging Kazuo nicht aus dem Sinn. Je mehr sich die Beziehung zu Hosokawa verschlechterte, um so öfter begann er zu wünschen, ein plötzliches Elektronengewitter möge Hosokawas Herzschrittmacher erledigen und Hosokawa damit auch.

Besonders schlimm wurde es, seitdem Kazuo offiziell zum Präsidenten des Unternehmens ernannt wurde. Als Senior wurde Hosokawa gleichzeitig Vorsitzender des Aufsichtsrates. Mehr und mehr kritisierte er Kazuos Entscheidungen, sogar in Managementsitzungen vor Untergebenen. Ständig prangerte er die immer enger werdende Beziehung zu Kaneda in Osaka an. Kazuos Plan, Hosokawa zu beseitigen, reifte heran. Heute dann, bei ihrem lautstarken und hitzigen Streit hatte Hosokawa ihm zum ersten Mal vorgeworfen, daß er, Kazuo, mit Gangstern verkehre und er, Hosokawa, sich frage, ob mit dem plötzlichen Tod des alten Ikedas nicht etwas seltsam sei.

Die bittere Auseinandersetzung regte Hosokawa so auf, daß er fast blau anlief. Mehrfach griff er sich an die Brust und schien Atembeschwerden zu haben. Jetzt hätte es sicher nicht mehr viel bedurft, um Hosokawas Herz so aus dem Rhythmus zu bringen, daß nicht einmal sein Schrittmacher ihn hätte retten können. In diesem Augenblick stand für Kazuo fest: Hosokawa ist reif für eine Pensionierung vom Leben.

Alles fällt Kazuo nach dem Telefonat mit Sato ein, und er entscheidet sich, jetzt zu handeln. Zwei Dinge sind zu tun. Er ruft seine Sekretärin: »Machiba-san, reservieren Sie mir heute abend um 8.30 Uhr einen Tisch für meine Frau und mich im Sabatini, und sagen Sie ihr, daß wir essen gehen. Ich werde sie gleich im Restaurant treffen«.

Schritt zwei: auf dem Weg zur Toilette schaut er durch die immer offenstehende Tür zu Hosokawas Büro. Glück gehabt, Hosokawa ist nicht da, er ist wahrscheinlich an seinem Lieblingsort, in der Produktion. Rasch tritt Kazuo in den Raum. Bei den Temperaturen trägt nicht einmal der konservative Hosokawa seine Anzugjacke. Sie hängt wie immer über einem Bügel an der Wand. Ein schneller Griff in die rechte Rocktasche, seine Hand schließt sich um eine kleine Flasche, die Herztropfen. Die Hand gleitet in seine eigene Hosentasche, und schnell verläßt er das Zimmer, niemand in Sicht.

Zurück in seinem Büro, schließt er die Tür, er öffnet die kleine Flasche und leert sie fast vollständig in eine Topfpflanze aus. Nur wenige Tropfen verbleiben. Das Fläschchen ist aus dickwandigem dunkelbraunen Glas, um die empfindliche Medizin vor Licht zu schützen. Er wägt die fast leere Flasche in der Hand, es ist kaum ein Unterschied im Gewicht zu spüren, sehen kann man ohnehin nichts. Zufrieden schraubt er den kleinen Plastikdeckel auf und steckt das Fläschchen wieder in die Hosentasche.

Kazuo verläßt sein Zimmer und wiederholt seine Schritte in umgekehrter Reihenfolge. Er hat Glück, es ist wieder niemand zu sehen, und Hosokawa ist immer noch auf seinem Rundgang, die Medizin ist wieder an ihrem Platz. Rasch kehrt er in sein Zimmer zurück. Demonstrativ trocknet er sich noch die Hände ab, als komme er vom Waschraum, obwohl Machiba kaum aufschaut.

Zwei Stunden arbeitet er konzentriert an verschiedenen Fällen, telefoniert, diktiert Machiba mehrere Briefe, trifft Verabredungen für die nächsten Tage. Alles erscheint vollkommen normal. Nur in seinem Inneren herrscht Spannung und Ungeduld.

Kurz vor fünf schließt er wieder seine Tür, Mashiba ist ohnehin im Kopierraum. Er setzt sich hinter seinen Schreibtisch, denkt kurz nach, was er nun zu sagen hat, er atmet tief ein und aus, um seine Nervosität zu kontrollieren. Jetzt hebt er den Telefonhörer ab und wählt Hosokawas Durchwahl.

Es klingelt nur einmal, als ob Hosokawa schon auf seinen Anruf gewartet hätte. Er hat die Telefonnummer des Anrufers auf dem Display seines Gerätes gesehen, und meldet sich kurz angebunden »Ja«. Kazuo faßt sich und antwortet: »Hosokawa-san, wir müssen dringend miteinander reden, ich rufe Dich heute abend zu Hause an, es geht um Kaneda«.

»Heute abend bin ich nicht da, ich habe zu tun, können wir nicht jetzt darüber sprechen?«, erwidert er kalt. »Nein, es ist zu gefährlich, niemand in der Firma darf mithören, und unsere Wände hier haben manchmal Ohren. Ich glaube, wir müssen uns offen aussprechen, ehe eine Katastrophe passiert. Es ist wirklich wichtig«, bittet Kazuo.

»Das geht nicht, ich fahre heute abend mit dem Shinkansen, und ich kann diese Reise nicht verschieben. Wir können morgen sprechen«, antwortet Hosokawa. »Wenn Du ausnahmsweise Dein Handy mitnimmst, rufe ich Dich im Zug an, es wird nicht mehr als 15 oder 20 Minuten dauern, und Du brauchst nur zuzuhören. Ich möchte erklären, was ich mit Kaneda vorhabe. Bitte tu mir diesen Gefallen. Danach wirst Du alles besser verstehen«, Kazuo klingt fast flehend.

»Vielleicht sollte ich ihn anhören, bevor ich Sato treffe, vielleicht weiß er ja schon von ihm, daß ich nach Osaka fahre. Vielleicht finde ich so schneller die Wahrheit heraus«, denkt Hosokawa. »Gut, ich werde mein Telefon mitnehmen. Du kannst mich zwischen neun und zehn anrufen«, willigt er ein. Hosokawa sieht nicht das triumphierende Grinsen auf Kazuos Gesicht, der unterwürfig dankt und einen pünktlichen Anruf verspricht. Beide hängen ein, beide voller Anspannung, aus sehr unterschiedlichen Gründen.

Hosokawa weiß, daß er heute Klarheit in die Angelegenheit bringen kann, und er fragt sich besorgt, was er herausfinden wird. Wie tief ist Kazuo in unsaubere Geschäfte verstrickt? Er denkt an seine Tochter, seine Enkelkinder und natürlich an die Firma, sein Lebenswerk, in das der alte Ikeda und er alle Energie, oft auf Kosten der Familie, gesteckt haben. Wird Ikeda Industries Schaden erleiden? Er fühlt, daß dunkle, drohende Wolken über seinem Leben aufgezogen sind. Ihn fröstelt, und zum ersten Mal seit Jahren zittern seine Hände leicht. Er lehnt sich zurück und schließt die Augen.

Kazuo ist auch aufgeregt, aber es ist mehr Ungeduld und Unruhe, ob sein teuflischer Plan zum Erfolg führen wird. Wenn Hosokawa erst beseitigt ist, dann droht keinerlei Gefahr mehr. Mit Hosokawas Aktien, die seine Frau Mitsuko erben wird, hat er dann die absolute Mehrheit im Unternehmen und der Weg ist frei. Auch er lehnt sich zurück und träumt von neuer Macht.

Hosokawas Nerven sind angespannt, nicht nur das baldige Gespräch mit Sato beschäftigt ihn. Was ist es, was sein Schwiegersohn so dringend zu besprechen hat? »Es geht um Kaneda«, hat er gesagt. Hosokawa schaut auf die Uhr, fast neun. Vor wenigen Augenblicken war ein junges Mädchen mit Tee und Erfrischungen auf ihrem Wagen durch die Reihen gekommen. Hosokawa, sonst einem Bier nicht abgeneigt, nimmt ein Wasser, seine Kehle ist wie ausgedörrt.

Mit einem lauten Geräusch der plötzlich zusammengepreßten Luft taucht der Nozomi in einen Tunnel, um wenige Augenblicke später wieder auf der anderen Seite herauszuschießen. Hosokawa, der doch eingenickt war, wird unsanft geweckt, aber nicht vom Geräusch des Zuges, sondern weil sein Handy in der Brusttasche vibriert – das Klingeln hat er aus Rücksicht auf die Mitreisenden abgestellt. Für einen Moment verwirrt, desorientiert, braucht er mehrere Sekunden, bis er das Gerät in der Hand hält. Sein Herz schlägt hart und rasend schnell. Er drückt den kleinen grünen Empfangsknopf, das Vibrieren hört auf. Er atmet tief durch, sein Herz beruhigt sich etwas. Er nimmt das Gerät ans Ohr und will antworten. »Hosokawa, bist Du es, hallo, hallo?«, hört er schon Kazuos Stimme. Er räuspert sich und krächzt ins Telefon: »Ja, ich bin es, was willst Du mir so dringend sagen?«

Kazuo und Mitsuko, seine Frau, trinken schon ihren Campari Soda, den der Chef des Sabatini persönlich serviert hat. Er hatte die beiden wie üblich mit viel italienischem Charme begrüßt und wie jedesmal übertrieben. Aber der Präsident von Ikeda Industries ist natürlich ein gern gesehener, sehr gut verzehrender Gast, da kann etwas mehr Mühe und Schmeichelei nicht schaden.

Kazuo schaut zum wiederholten Mal unauffällig auf seine Uhr, fast neun, Zeit für den Anruf. Er gibt vor, zur

Toilette zu müssen, verläßt den Tisch und geht zu den Waschräumen, die sich außerhalb des Hauptraumes befinden. Mitsuko schaut ihm nach, sein ständiges Auf-die-Uhr-Schauen und seine Anspannung sind ihr nicht verborgen geblieben. Traurig denkt sie, daß er wahrscheinlich seine Geliebte anrufen will. Er glaubt immer noch, daß sie nichts von ihr weiß, oder es ist ihm egal. Sie wird ihn wohl konfrontieren müssen, nicht ihretwegen, ihre einstige Liebe zueinander ist schon länger einer fast kalten, höflichen Beziehung gewichen, es ist geht um ihre beiden kleinen Kinder. Ungewollt werden ihre Augen feucht, schnell trinkt sie einen Schluck, um den Augenblick der plötzlichen Depression zu überwinden.

Direkt unter der Treppe, die zu den Toiletten führt, ist im Vorraum eine Telefonkabine. Kazuo tritt ein, schließt sorgfältig die Tür und wählt die Nummer, die er sich eingeprägt hat. Es klingelt mehrere Sekunden, ehe die Verbindung hergestellt ist. Er hört nur Rascheln, schweres Atmen. Ungeduldig bellt er in den Telefonhörer: »Hosokawa, bist du es, hallo, hallo?« Hosokawa meldet sich endlich, seine Stimme klingt gepreßt und schwach, gut!

Kazuo hat sich genau überlegt, was er jetzt sagen wird. »Hör zu, du alter Greis«, spuckt er haßerfüllt aus. Er spricht Hosokawa, dessen langes Leben von seiner vornehmen Herkunft und der strengen, von Regeln und Formen bestimmten Erziehung geprägt wurde, absichtlich in unerhört direkter und geradezu herabwürdigender Weise an. »Ich habe Jahre darauf gewartet, dir dies zu sagen. Du hast schon, als ich in die Firma eintrat, gegen mich intrigiert, mich bei meinem Vater und den Managern schlecht gemacht. Du hast jede Gelegenheit genutzt, dich bei Mitsuko über meine Lebensführung zu beschweren. Du hast mir nie verziehen, daß deine feine Tochter nicht einen Adligen aus Kumamoto, sondern den Sohn eines Emporkömmlings geheiratet hat«.

Hosokawa ist geschockt, sprachlos, er weiß nicht, was in Kazuo gefahren ist. Nichts von dem ist wahr, im Gegenteil, der junge Kazuo war ihm der Sohn, den er nie gehabt hatte. Als Kazuo in die Firma eintrat, mußte der alte Ikeda Hosokawa oft ermahnen, streng genug mit seinem Sohn umzugehen. Und als Mitsuko heiratete und ihm zwei Enkel schenkte, vergaß er zum ersten Mal den Schmerz über den Verlust seiner Frau. Warum sagt Kazuo das alles, und warum spricht er wie ein Yakuza? Hosokawa wird es schlecht und sein Herz rast wieder.

»Von jetzt an kommst du mir nicht mehr in die Quere, nie mehr«, setzt Kazuo seine Tirade fort. Die Worte purzeln nun leicht heraus, er braucht nicht mehr zu schauspielern. Sein Haß ist brennend und findet endlich ein Ventil. »Ich weiß, du triffst Sato noch heute Abend. Schon wieder versuchst du, mich von hinten anzufallen, du widerlicher Verräter. Aber Sato und ich kümmern uns schon um dich. Wir drängen dich aus der Firma und du kannst nach Kyushu zurückgehen und von alten Tagen glorreicher Samurai träumen. Sato und ich werden Ikeda Industries und Kaneda verschmelzen und ein Weltunternehmen daraus machen«, verkündet er triumphierend.

Hosokawa starrt ungläubig auf sein Telefon, er hört die Stimme, aber er kann den Sinn der Worte nur unklar erfassen. Es sind nicht die Pläne Kazuos, die ihn erschüttern, er hatte es bereits geahnt und wollte nur letzte Klarheit von Sato, nein, es ist dieser ungeheure Haß, der aus den Worten seines »Sohnes« Kazuo herausschlägt, die beleidigenden Worte, die Erniedrigung.

»Kazuo, bitte hör auf, so zu reden, das bist nicht du«, ist alles, was er herausbringt. Sein Herz scheint nun fast zu zerspringen, es flimmert immer mehr vor seinen Augen und ein ungeheurer Druck scheint seine Schädeldecke sprengen zu wollen. Er kennt die Symptome, er greift mit der freien Hand nach der Jacke, die an einem Haken am Fenster hängt, reißt sie fast herunter auf seinen Schoß. Verzweifelt sucht seine Hand in der Jackentasche nach der kleinen Flasche, falsche Seite, jetzt die andere Tasche. Seine Hand schließt sich um das Glas.

»Hosokawa, wenn du gehst, kannst du deine vornehme Tochter gleich mitnehmen, sie geht mir auf die Nerven, und ich habe etwas wesentlich Besseres. Die Kinder bleiben bei mir, dafür werde ich sorgen«, fügt er noch als spontanen Einfall hinzu.

Hosokawa kann es nicht mehr ertragen, die Stimme, die Worte, seine Tochter leiden zu sehen und die Enkel. Mühevoll drückt er den roten Knopf, der die Verbindung trennt und läßt das Telefon kraftlos in seine Brusttasche gleiten.

Er fällt erschöpft in den Sitz zurück, sein Gesicht ist kreidebleich, der Körper zittert unkontrolliert, und er kann fast nichts sehen. Mühsam öffnet er den Plastikverschluß der kleinen Flasche, der Verschluß fällt auf den Boden und rollt unter den Nachbarsitz. Kaum einer kontrollierten Bewegung fähig, führt er das offene Fläschchen mit dem lebensrettenden Medikament an die Lippen. Er hebt an, aber nur eine winzige Menge kommt heraus, er schüttelt, saugt, nichts. Die Flasche ist leer. Sie sollte voll sein, war voll. Jetzt gerät er in Panik, er möchte um Hilfe rufen, aber kein Ton kommt heraus. Er versucht aus seinem Sitz herauszukommen, aber seine Glieder sind wie abgestorben. »Ruhe, atmen, entspannen«, geht durch seine Gedanken.

Das Handy in seiner Brusttasche vibriert wieder. Hosokawa spürt, wie ein gewaltiger Stich in seiner Brust sein Herz zum Stillstand bringt. Die elektromagnetischen Wellen des Telefons haben schon zum zweitenmal den kleinen empfindlichen Herzschrittmacher, der bisher das Schlimmste verhinderte, aus dem Rhythmus gebracht. Dieses Mal ist es zu viel. Hosokawa ist tot. Er merkt nicht mehr, daß das Telefon schon bald wieder aufhört zu vibrieren. Die kleine Flasche entgleitet der schlaffen Hand und rollt auf den Boden, nicht weit von der Verschlußkapsel. Unbemerkt von den wenigen Mitreisenden hat sich eine Tragödie abgespielt. Der Nozomi wird bald Nagoya erreichen.

Kazuo hat den Zeitpunkt für seinen zweiten Anruf richtig gewählt, Hosokawa meldet sich nicht mehr. Zufrieden legt er auf und geht zurück zu seinem Tisch, sich noch geschäftig die Finger mit dem Taschentuch trocknend. »Ein guter Abend«, bilanziert er.

Pünktlich um zehn Uhr dreißig, mit einem schrillen Warnton, läuft der Nozomi im Shin-Osaka-Bahnhof ein, die wenigen Passagiere des vorderen Erste-Klasse-Abteils steigen aus dem Zug und sind nach wenigen Sekunden von der Plattform verschwunden. Der Schaffner geht langsam durch die Reihen, um zu sehen, ob keiner etwas vergessen hat. Ein Reinigungsteam wird in wenigen Augenblicken eintreffen und das Abteil wieder auf Hochglanz polieren. Ein Passagier sitzt noch in seinem Sessel. Wahrscheinlich ist er fest eingeschlafen. Ein typischer Anblick. In den späten Zügen muß der Schaffner fast immer irgendjemanden aufwecken. Er schmunzelt und nähert sich dem Sitz des älteren Herrn.

Hosokawas Kinn ist auf seine Brust gesunken, seine Hände seltsam verkrampft. Der Schaffner klopft ihm vorsichtig auf die Schulter: »Aufwachen, mein Herr, Shin-Osaka, Endstation.«

Der Krankenwagen mit dem Notarzt ist in wenigen Minuten da, der Nozomi wird heute mit Verspätung weiterfahren. Routinemäßig, wie bei allen Zwischenfällen im Zusammenhang mit dem Shinkansen, nimmt ein Polizist ein Protokoll auf. Der Arzt kann nur noch den Tod konstatieren, und ohne jede Eile fährt der Krankenwagen zur Pathologie.

Der Polizist hat keine Probleme, das Opfer zu identifizieren, er findet dessen Führerschein und Visitenkarten in der Brieftasche. Er protokolliert: Hosokawa Seicho, wohnhaft in Shiroganedai in Tokyo, 69 Jahre; Vizepräsident der Ikeda Industries, geht aus der Visitenkarte hervor. Man wird seine Angehörigen und die Firma informieren müssen, aber er überläßt diese unangenehme Aufgabe gerne seinem Vorgesetzten.

Sorgfältig notiert er die weiteren Details, die er vor sich sieht. Auf dem Boden eine kleine, dunkelbraune Flasche mit für ihn unverständlicher pharmazeutischer Beschriftung, der Schraubdeckel liegt nicht weit entfernt. Das Fläschchen ist dem Mann wahrscheinlich aus der Hand gefallen, als er seinen Anfall hatte. Es ist leer, aber offensichtlich nicht ausgelaufen, sonst müßten ja noch Spuren zu sehen sein, wahrscheinlich leergetrunken, notiert er. Der Verstorbene hatte ein auf Empfang geschaltetes Handy in der Brusttasche seines Hemdes.

Gepäckstücke wurden nicht gefunden. Der Tod des Mannes ist vom diensthabenden Schaffner bemerkt und sofort gemeldet worden. Aussagen von Passagieren liegen nicht vor, da alle den Zug bereits verlassen hatten und offensichtlich nichts bemerkt hatten.

Der Pathologe schreibt kurze Zeit später: »Der Tod des Mannes trat etwa gegen zweiundzwanzig Uhr ein, verursacht durch einen massiven Infarkt. Deutliche Spuren an den Herzkranzgefäßen sowie der eingepflanzte Herzschrittmacher weisen auf eine Vorgeschichte von Problemen hin. Es gibt keine Hinweise auf äußere Gewalteinwirkung. Die Flasche des beim Verstorbenen gefundenen Herzmittels wurde von einem Polizeibeamten leer unter dem Sitz entdeckt. Es fand sich allerdings keine Spur des Mittels im Blut des Opfers. Vermutlich war die Flasche bereits leer.«

Da Hosokawa aus Tokyo stammt, gehen Kopien der beiden Berichte an die dortige Polizei.

KAPITEL VII

Obon ist vorbei, die Stadt wieder verstopft, wie eh und je. Es ist immer noch heiß. Allmählich bekomme ich Routine in Bestattungen. Zwar hatte ich eine gute, wenn auch nicht derart vertraute Beziehung zu Hosokawa wie zu Ikeda, aber nicht zuletzt wegen der engen Freundschaft zu seiner Tochter Mitsuko sind Anna und ich da gewesen. Mitsuko schien vollkommen verloren, als habe sie überhaupt noch nicht begriffen, daß ihr Vater nicht mehr da ist. Ihre Schwiegermutter, Sonoko, und Anna saßen ständig bei ihr, um sie zu trösten. Nur Kazuo wirkte auf mich unberührt, als ob ihm die ganze Zeremonie nur lästig sei. Fast unbeteiligt saß er da, von Zeit zu Zeit unauffällig auf seine Uhr schielend. Kein Wort zu Mitsuko, nur Unverbindliches zu anderen. Ich wußte natürlich nichts vom wahren Verhältnis zwischen Hosokawa und Kazuo, außer, daß es früher besser war als in den letzten zwei Jahren, wie Mitsuko Anna anvertraut hatte.

Seitdem Kazuo als Präsident Ikeda Industries übernommen hat und auch Hosokawa verstorben ist, treffe ich ihn gelegentlich im Rahmen unserer Geschäftsbeziehungen. Unsere Besprechungen sind förmlich, höflich, ganz anders als der Kontakt mit seinem Vater, der mein Freund war, oder Hosokawa, zwar immer streng, aber mir gegenüber schon mal nachgiebig, »Hen na Gaijin, komischer Ausländer«, wie er immer zu spotten pflegte, wenn ich mal wieder in eines der scheinbar eigens für mich aufgestellten Fettnäpfchen getreten war.

Kazuo und ich trafen uns früher auch gelegentlich privat, hauptsächlich weil Anna und Mitsuko sehr gute Freundinnen sind. Wir beide haben, außer daß wir etwa gleich alt sind, eher wenig gemein. Unsere Begegnungen wurden in den letzten zwei Jahren immer seltener, und wenn ich ehrlich bin, bedaure ich es nicht. Ich mag Mitsuko und die beiden Kinder, aber Kazuo ist nicht mein Typ.

Heute sitzen Kazuo und ich zusammen und diskutieren das Projekt einer neuen Produktionsstätte, die Kazuo in Gunma aufbauen möchte. Für unsere Firma bemühe ich mich, wichtige Werkzeugmaschinen für diese neue Fabrik zu verkaufen. Mit Kazuos Vorgängern wäre es vielleicht etwas einfacher, aber unsere Maschinen sind gut und der Preis stimmt ebenfalls. Ich bin zuversichtlich, daß wir den Auftrag erhalten werden. »Ikeda-san«, beginne ich förmlich, wir sind nie zum Gebrauch der Vornamen übergegangen, obwohl unsere Frauen sich duzen, »ich möchte Ihnen noch mal mein tiefes Beileid über den Tod zweier für Sie so wichtiger Menschen in so kurzer Zeit ausdrücken, Sie haben jetzt eine schwere Aufgabe vor sich.« »Sehr freundlich von Ihnen, Wolf-san«, antwortet er eher beiläufig, als sei ihm das Thema lästig. Ein wenig bin ich schon irritiert, schließlich weiß er, wie sein Vater und ich zueinander standen. »Na gut, zurück zum Geschäft«, denke ich.

Der Rest des Treffens läuft gut, und wir kommen ein gutes Stück voran. Nur bei Bestückungsautomaten für Leiterplatten scheinen wir nicht zum Zug zu kommen, eigenartig, gerade da sind wir sehr leistungsfähig. Auf mein Drängen deutet er an, diese von einer Firma aus Osaka, mit der Ikeda die neue Fabrik gemeinsam betreiben will, zu besonderen Bedingungen beziehen zu wollen. Das ist neu für mich, eine andere Firma als Partner? Ich erinnere mich an mein letztes Gespräch mit Ikeda und unversehens rutscht mir heraus: »Kaneda?« Ich könnte mir auf die Zunge beißen, »Jan, Du Idiot«, denke ich sauer. Zu spät, Kazuo schaut mich scharf an, sagt aber nichts, sondern geht zu einem anderen Thema über.

»Was weiß Wolf, hat mein Alter ihm etwa von unseren Plänen erzählt oder Hosokawa?«, fährt es Kazuo durch den Kopf. »Das kann gefährlich sein, alles muß geheim bleiben bis zur letzten Sekunde. Ausgerechnet Wolf, ich kann diesen Typ eh nicht ausstehen. Benimmt sich, als ob er der Größte wäre, dabei leitet er nur eine Niederlassung. Aber mein Vater hat ja immer große Stücke auf ihn gehalten, als ob ich nichts könnte«, denkt er erbittert. »Nimm Dir ein Vorbild an Wolf-san, der ist in Deinem Alter, aber bereits Chef einer großen Firma, sehr erfolgreich, anerkannt und trotzdem respektvoll«, hatte sein Vater ihm einmal bei einem Krach ins Gesicht gesagt. Wahrscheinlich hätte er lieber Wolf als Sohn gehabt. Selbst Mitsuko schwärmt mir immer was von ihm vor, wer weiß, vielleicht haben die beiden irgendetwas miteinander, das würde mich nicht wundern«, grübelt er eifersüchtig.

Der weitere Verlauf unseres Gesprächs ist merklich kühler und endet ziemlich schnell. Ich weiß, ich habe einen Fehler gemacht, und der ist Kazuo nicht entgangen. Wir verabreden, eine schriftliche Bestätigung aller Vereinbarungen auszufertigen, damit die Details von unseren jeweiligen Experten ausgearbeitet werden können, es geht um ein Projekt von mehreren hundert Millionen Yen.

Ich bleibe für einen Moment sehr nachdenklich im Wagen sitzen, bevor ich den Motor anlasse. Kazuo macht also ernst mit Kaneda, seine Reaktion war ganz eindeutig. Ich muß ihn irgendwie warnen, aber ich kenne ihn gut genug, er wird keinen Rat von mir annehmen. Jemand anders muß ihn auf die Risiken bei Kaneda und Sato hinweisen. Wenn Andos Informationen stimmen, gibt es eine Katastrophe für Ikeda Industries. Die Yakuza sind wie die vielen Köpfe der Hydra; wo man einen vom Rumpf trennt, wachsen blitzschnell zwei neue hervor. Kazuo hat nicht die Erfahrung und den Instinkt seines Vaters, und der alte Hosokawa, der ihn vielleicht hätte beeinflussen können, ist auch nicht mehr da.

»...ich habe eine Heidenangst, daß Kazuo in die Machenschaften der Yakuza verwickelt werden könnte. Menschenkenntnis und eine gesunde Portion Mißtrauen sind nicht seine Stärke«, gehen mir unvermittelt die Worte meines alten Freundes durch den Kopf, als wir unser langes Gespräch in Yamadas Bar hatten. Ikeda und Hosokawa, beide kurz hintereinander gestorben, Ikeda Industries seiner führenden Köpfe beraubt. Ein vager Gedanke entsteht irgendwo in meinem Hinterkopf, zu schrecklich, um konkret formuliert zu werden.

Ich drehe den Zündschlüssel meines Wagens um und schaue noch mal hoch zu dem Fenster, hinter dem Kazuos Büro liegt. Kazuo scheint mir direkt in die Augen zu blicken. Schnell tritt er von seinem Fenster zurück. Ich habe ein schlechtes Gefühl in der Magengrube.

KAPITEL VIII

Wochen waren vergangen seit dem merkwürdigen Gespräch mit Kazuo, ich hatte aber keine Gelegenheit, intensiv darüber nachzudenken, mit wem ich über meine Befürchtungen sprechen sollte. Fast den ganzen September war ich in Europa und Asien unterwegs, von einem Meeting zum nächsten hetzend. Anna hatte schon ein Bild von mir aufgestellt, um mich nicht zu vergessen, klagte sie hin und wieder. Aber zurück in Tokyo, entschloß ich mich, endlich etwas zu unternehmen. Ich wußte jetzt auch, wer es schaffen könnte, Kazuo von seinen gefährlichen Plänen abzubringen. Morgen würde ich anrufen.

Kazuos Mutter war mir zuvor gekommen und hatte mich heute morgen überraschend im Büro angerufen. »Sehr ungewöhnlich«, dachte ich. Ich kannte Ikeda Sonoko zwar sehr gut von vielen gegenseitigen Besuchen, aber es war immer der alte Ikeda, der die Initiative ergriff, oder zumindest schien es mir so. Aber wer weiß?

Die Besuche waren seit dem Tode ihres Mannes nicht abgerissen, aber seltener geworden. Sie hatte sich mehr als je zuvor auf das Studium des Chado, der Teezeremonie und der Blumensteckkunst, des Ikebana, konzentriert, aus denen sie ihre innere Kraft zu beziehen schien, um mit ihrem Verlust fertig zu werden.

Sonoko ist eine sehr feinsinnige Frau, klein, leicht gebaut, aber trotzdem zäh und sportlich. Ihre andere große Leidenschaft ist das Golfen, besonders mit ihrer Freundin in Arizona. Auch nach dem Tode ihres Mannes ist sie zunächst zu Yasuko gefahren. Anna und ich hatten immer den Eindruck, daß die heute Dreiundsechzigjährige in den Jahren, seit wir uns kannten, immer die wichtigste Stütze ihres Mannes gewesen ist. Die beiden lebten zwar so, daß es den weitverbreiteten Vorstellungen über das japanische Rollenverständnis zwischen Mann und Frau äußerlich entsprach, aber es gab nie einen Zweifel daran, daß sie ein absolut ebenbürtiger Partner für Ikeda war. Selbst bei schwierigen geschäftlichen Entscheidungen, wie Ikeda mir mal bei einem unserer Abende anvertraute, hat er sie um Rat gefragt und sie ihm aus der Sicht des Außenstehenden geraten.

Sonoko, die ihren Mann für viel zu streng gegenüber Kazuo hielt, vermittelte oft zwischen Vater und Sohn. Trotz seines schwachen Charakters liebt sie Kazuo, ihr einziges Kind. Sie glaubt immer noch daran, daß Kazuo eines Tages erwachsen werden wird. Immer wieder hatte sie dies als Trost bereit für ihre Schwiegertochter, mit der sie eine äußerst enge Beziehung, fast wie Mutter und Tochter hat, wenn Mitsuko niedergeschlagen war, weil Kazuo sich mal wieder eine seiner Eskapaden gestattet hatte.

Sie sagte nicht, warum sie mit mir sprechen wollte, aber ich wollte ja ohnehin mit ihr über Kazuo und sein Projekt mit Kaneda reden. Wir hatten uns für heute abend in ihrem Haus verabredet, sie würde ein Abendessen vorbereiten, hatte sie gesagt, und ich wußte, es würde wie immer köstlich sein.

Auf dem Weg zu ihr halte ich kurz an einem kleinen Blumenladen, der sich auf Ikebana spezialisiert hat. Nach kurzem Suchen finde ich ein eigenwillig geformtes Keramikgefäß, von dem ich sicher bin, daß es bald mit einem der kunstvollen Gestecke Ikeda-sans gefüllt sein wird. Sie hat eine Sammlung von Hunderten dieser Gefäße, manche schlicht, manche kurios geformt, jedes für einen bestimmten Zweck oder Stil beim Blumenstecken.

Vom Wagen muß ich bis zum Haus rennen, es gießt mal wieder in Strömen. Die Taifunzeit hat schon begonnen. Ikeda-san freut sich sehr über das Gefäß und bittet mich als erstes in ihren Raum, in dem sie die Blumen steckt. Sie überlegt kurz, setzt einen Metallkern, stachelig wie ein Igel, in das Gefäß, sucht einige wenige Blumen und Gräser aus ihrer Sammlung, die in vielen Töpfen und Eimern im Raum stehen, und mit sicherer Hand entsteht in wenigen Minuten ein in seiner Einfachheit bestechendes Gesteck in voller Harmonie mit dem Gefäß. Ich bin begeistert.

Sie trägt es vorsichtig vor sich her, und im großen Wohnzimmer findet es seinen Platz im Tokonoma. Erst jetzt bietet sie mir ein Bier an. Während sie das Essen vorbereitet, reden wir nur über Belangloses, und ich schaue mir zum x-ten Mal die wunderschönen Bilder im Hause an.

Erst als die vielen kleinen Gerichte auf dem Tisch stehen und wir mit dem Essen angefangen haben, ist der Moment für Ernsteres gekommen. Ich will gerade anfangen mit meiner Geschichte, aber unvermittelt sagt sie, »Wolf-san, mein Mann hat Sie sehr gemocht und volles Vertrauen zu Ihnen gehabt, mehr als zu meinem Sohn«, fügt sie bedauernd hinzu. »Ich weiß nicht, mit wem ich sonst sprechen könnte. Was ich zu sagen habe, ist sehr schwierig, und ich bitte Sie, es mit niemandem, auch nicht mit Ihrer Frau zu teilen. Aber ich möchte Ihren Rat.«

Ohne meine Antwort abzuwarten, beginnt sie mit dem, was sie bedrückt. »Kurz bevor mein Mann starb, erwähnte er mehrmals seine Streitereien mit Kazuo, und daß er ernsthaft überlegte, ihn aus der Firma zu entfernen. Ich war damals so entsetzt, daß ich wissen wollte, warum sich die Beziehung der beiden dermaßen verschlimmert hatte. Er erzählte mir dann von Kazuos Vorschlag, Ikeda Industries mit einer Firma aus Osaka zu verschmelzen, einen Merger, wie man wohl in der Fachsprache sagt. Mein Mann war nicht vollkommen gegen die Idee, aber anscheinend ranken sich um dieses Unternehmen ungute Gerüchte, und er machte sich große Sorgen, daß seine Firma unter dieser Beziehung leiden könnte.

Mein Mann hat Kazuo darauf aufmerksam gemacht, aber mein Sohn hat alles nur als Blödsinn abgetan und meinem Mann vorgeworfen, er suche nur nach Gründen, mal wieder eine seiner Ideen abzulehnen. Es stimmt in der Tat, daß mein Mann nicht viel von Kazuos Geschäftstüchtigkeit hielt, Wolf-san. Für ihn waren Sie immer das bessere Beispiel.

Aber schließlich hat er sich breitschlagen lassen und ist zu diesem unglückseligen Treffen nach Uji gefahren, um sich mit Kazuo und diesem Mann aus Osaka zu treffen.

Als ich in jener Nacht plötzlich einen Anruf von Kazuo bekam, wußte ich sofort, daß etwas Schreckliches passiert war. Er erzählte mir von einem Abendessen, und daß sein Vater plötzlich einen Herzanfall bekommen hätte. Der Notarzt traf zu spät ein und konnte nur den Tod feststellen. Er sagte, er würde bei meinem Mann bleiben und alles für die Überführung nach Tokyo regeln. Ich war wie gelähmt und weiß nicht mehr, was ich den Rest der Nacht angestellt habe.

Einige Tage später las ich im Bericht des Arztes, daß der Herzinfarkt meines Mannes offensichtlich durch eine starke Allergie, vermutlich Saba, ausgelöst wurde. Ich konnte das nicht verstehen. Yasunari wußte genau, daß Saba für ihn sehr gefährlich war, schließlich hatte er schon zwei starke Allergieanfälle hinter sich, und unser Hausarzt hatte ihm unmißverständlich zu verstehen gegeben, daß das nächste Mal das letzte Mal sein könnte. Ich habe sofort Kazuo befragt, der auch von der Allergie wußte, er hat meinen Mann sogar damals ins Krankenhaus gefahren.

Kazuo war ebenso erstaunt und erzählte mir, daß sie zwar Fisch gegessen hatten, es aber Aji gewesen sei, soweit er sich jedenfalls erinnerte. Wolf-san, ich verstehe das ganze nicht. Yasunari war wirklich immer sehr vorsichtig.« Ich hatte nie erfahren, woran mein Freund eigentlich gestorben war – Herzversagen hatte man gesagt. Seine Frau wollte nie über Ikedas Tod sprechen, und so blieb das Thema bei unseren Besuchen unberührt.

»Aber was ich Ihnen eigentlich erzählen wollte«, fährt sie fort, »seitdem Hosokawa Seicho auch gestorben ist, führt Kazuo die Firma ganz alleine. Ich halte zwar die Mehrheit der Aktien und einen Sitz im Vorstand, aber von Geschäften verstehe ich nichts. Kazuo muß allerdings in den vorgeschriebenen Sitzungen alle wichtigen Aktivitäten berichten, und ich weiß, daß die Pläne mit der Firma in Osaka weit gediehen sind.« Ich möchte Sonoko jetzt auf keinen Fall unterbrechen, obwohl ich es vor Spannung kaum aushalten kann. Sie ist noch nicht am Ende ihrer Erzählung.

»Ich habe Kazuo direkt gefragt, ob die Firma auch keine Schwierigkeiten habe, und er hat mir versichert, daß alles vollkommen in Ordnung sei.« Sie überlegt einen Augenblick, als ob das, was sie sagen möchte, zu ungeheuerlich sei, um ausgesprochen zu werden. »Wolf-san«, ringt sie sich endlich durch, »mein Mann ist tot, Hosokawa ebenfalls plötzlich gestorben und vor einigen Wochen ist der engste Mitarbeiter Kazuos im Einkauf, Herr Iwata, durch einen Unfall ums Leben gekommen.« Iwata, tot? Das war neu für mich. Ich kannte ihn ganz gut, weil er für die Einkäufe bei uns verantwortlich war, hatte ihn aber seit einiger Zeit nicht gesehen, ohne mir deswegen Gedanken zu machen.

»Und dann diese merkwürdige Firma und ihr Chef. Ich habe ihn neulich zum ersten Mal getroffen, und er ist mir nicht geheuer, zu glatt. Ich traue diesem Mann nicht. Zu viele schlimme Zufälle passieren in letzter Zeit. Wolf-san, ich mache mir große Sorgen, daß Kazuo in etwas verwickelt ist, das er nicht alleine in den Griff bekommt«, endet sie, indem sie mich bittend ansieht.

»Ich nehme an, Sie reden von Sato und Kaneda Electronics?«, antworte ich endlich. Sie schaut mich erstaunt an. »Ja, ich weiß davon, Ihr Mann hat mir davon erzählt und mich gebeten, Auskünfte für ihn über die Firma einzuholen. Das habe ich gemacht, und darum wollte ich auch heute mit Ihnen sprechen, sie sind mir aber zuvorgekommen«, kläre ich sie auf.

Ich berichte ihr ausführlich über meine Gespräche mit meinem Bekannten bei der Handelskammer in Osaka und meinem Freund von der Tokyoter Polizei. Sie schaut mich besorgt an. »Wolf-san, ich möchte nicht, daß irgendjemand von dieser Sache erfährt, schon gar nicht die Polizei.« Ich beruhige sie und erzähle ihr, daß ich Ando unter dem Vorwand, es sei für meine Firma, befragt hatte.

Eine Zeitlang schweigen wir beide, darüber nachsinnend, was zu tun ist. Draußen ist es jetzt stockfinster, und Taifun Nummer Zehn peitscht den Regen mit voller Wucht gegen die Fenster. Hin und wieder wird das ganze Haus von den Windböen geschüttelt.

»Ikeda-san, ich wollte Sie bitten, mit Kazuo zu sprechen und ihn vor Kaneda und Sato zu warnen. Ich schlage vor, Sie erzählen ihm von den Dingen, die ich herausgefunden habe. Wenn auf irgendwen, dann wird er auf Sie hören. Von mir wird er das nie annehmen, unsere Beziehung ist zu schlecht«, mache ich endlich meinen Vorstoß.

Sie ist froh, ihre Sorgen mit jemandem teilen zu können und willigt ein. Wir trennen uns wenig später. An der Tür ergreift sie meine beiden Arme und schaut mich durchdringend an. »Wolf-san, ich fühle, daß etwas Furchtbares geschieht. Ich bitte Sie, mir zu helfen. Ich möchte die Wahrheit wissen, egal wie sie aussieht, das bin ich Yasunari schuldig. Aber ich beschwöre Sie, was immer Sie herausfinden, ich möchte es zuerst erfahren.« Ich gebe ein Versprechen ab, von dem ich nicht weiß, was es wirklich bedeutet und ob ich es halten kann.

Auf der Heimfahrt bin ich bedrückt, Ikeda-sans Appell lastet schwer, immer wieder schwirrt mir das Gespräch durch den Kopf. Etwas ist oberfaul.

»Es reicht jetzt, Wolf geht mir auf die Nerven, warum kümmert er sich nicht um seine eigenen Angelegenheiten?« Kazuo gerät allmählich in Panik, die Ereignisse der letzten Monate machen ihm mehr zu schaffen, als er gedacht hatte. Es vergeht kaum ein Tag, an dem ihm nicht wie Geister sein Vater oder Hosokawa mit ihren Vorwürfen erscheinen. Selbst Iwata, der seinen Tod ja schließlich selbst verschuldet und verdient hat, taucht ab und zu in seinen Träumen auf. Jedesmal erwacht er schweißgebadet. Nicht einmal Ineko kann ihn in letzter Zeit so richtig ablenken.

Neulich hat Mitsuko ihn gefragt, was mit ihm los sei und warum er nachts im Schlaf spreche. Und jetzt noch dieser verfluchte Ausländer, der sich in seine Angelegenheit einmischt. Es muß was geschehen, sonst wird es gefährlich. Seine Mutter hatte ihm gerade vom Besuch Wolfs bei ihr und dem Gespräch erzählt. Sie erwähnte die Verdächtigungen über Kaneda, und daß Wolf einen Tip von einem Freund bei der Polizei erhalten habe. Wieder und wieder hatte sie ihn gebeten, den Kontakt zu Sato abzubrechen. Kazuo hatte versucht, sie zu beruhigen und ihr versichert, daß alles Zufall sei und er selbst Auskünfte eingeholt habe, die klar zeigten, daß es keinerlei Probleme weder mit Kaneda noch mit Sato gebe. Sie schien nicht sehr überzeugt, als sie ihn verließ.

»Ich muß wissen, was Wolf wirklich weiß und was es mit der Polizei auf sich hat«, beschließt Kazuo. Eine Gelegenheit ergibt sich schon wenige Tage später. Die deutsche Botschaft lädt ein, es ist der dritte Oktober, Tag der Deutschen Einheit. Mehr als tausend Gäste aus Politik, Wirtschaft, Militär und den Botschaften vieler Länder haben sich seit dem Vormittag versammelt. Ein ständiges Kommen und Gehen, eine schwere Limousine nach der anderen fährt vor. Eine Chance der Begegnung zwischen Deutschen und Japanern.

Ich gehe nicht sehr gerne zu diesem Empfang, weil es immer schlicht zu voll und auch langweilig ist. Am Eingang steht der deutsche Botschafter und begrüßt den Expremier Japans, Nakasone, der immer dabei ist, ich treffe einen anderen Ex, Kaifu, den kenne ich flüchtig, weil er jährlich die große Aikido-Veranstaltung im Budokan eröffnet.

Ein Lichtblick, mein Freund Hubertus von Hahn, der Wirtschaftsattaché, ein dicker, immer lustiger Profi auf dem diplomatischen Parkett. Wir kennen uns gut von vielen Empfängen und von unserer gemeinsamen Arbeit in den Fachkreisen der deutschen Industrie- und Handelskammer in Japan, in der ich seit Jahren im Vorstand vertreten bin. Wir haben uns schon oft gegenseitig bei unserer Arbeit helfen können, und ich schätze sein Fachwissen. Von Hahns Witze sind so furchtbar, daß sie schon wieder lustig sind. Anna findet Hubsi, wie sie ihn in Anlehnung an einen Adligen in einem alten deutschen Heimatfilm nennt, knuffelig, was immer das heißt. Wir unterhalten uns kurz, bevor er das nächste Opfer für seine Neuigkeiten erspäht und weiterzieht.

»Ah, gut Sie hier zu treffen, Wolf-san«, spricht mich jemand von hinten an und klopft mir auf die Schulter. Es ist Kazuo, als neuer Präsident von Ikeda ist er natürlich auch eingeladen. Ich hätte es wissen müssen. Zivilisiert mache ich in Konversation, Hubsi wäre stolz auf mich. »Wolf-san, können wir einen Augenblick in den Garten gehen, ich muß etwas mit Ihnen besprechen?«, fragt er endlich. Das beste an der Deutsche Botschaft ist der riesige, wunderschöne Park mit den verschlungenen kleinen Pfaden. Wir gehen nach draußen, es ist sonnig und warm. Nach einigen Schritten sind wir alleine, die meisten Besucher entfernen sich nicht weit vom kalten Buffet und von den Bierfässern – hierin zeigt sich der Überlebensinstinkt erfahrener Partybesucher.

»Ikeda-san, was kann ich für Sie tun?«, ermuntere ich ihn. »Es geht um Ihr Gespräch mit meiner Mutter neulich, wegen Kaneda. Sie sagte mir, mein Vater hätte Sie über unsere Pläne informiert und Sie würden sich Sorgen machen, daß etwas mit Kaneda nicht in Ordnung sei.« Ich schaue ihn gespannt an, erwarte Vorwürfe, aber er fährt freundlich fort: »Natürlich paßt es mir nicht, daß mein Vater unsere streng vertrauliche Strategie mit jemandem von außerhalb diskutiert hat, schließlich ist Ihre Firma ja nicht nur unser Partner, sondern auf dem Weltmarkt auch unser Wettbewerber, aber ich weiß ja, daß Sie zu meinem Vater ein besonderes Verhältnis hatten und er Ihnen sehr vertraut hat.« Ein wenig Sarkasmus kann er bei den letzten Worten nicht verbergen.

»Trotzdem ist es natürlich für mich wichtig zu hören, welche Information Sie haben, vielleicht gibt es ja tatsächlich irgendetwas, was ich übersehen habe und ich möchte natürlich meine Firma in keiner Weise gefährden.« Ich schildere noch einmal, wie vorher seiner Mutter, was ich in Osaka und von meinem Kontakt bei der Polizei erfahren hatte. Natürlich erwähne ich keine meiner Quellen mit Namen. »Falls Sato wirklich Yakuza ist, sind Ihre Firma und Sie selbst möglicherweise in großer Gefahr. Bedenken Sie, daß der plötzliche Tod der zwei Topmanager und eines wichtigen Angestellten Ikedas doch seltsam ist«, schließe ich meine Schilderung. Die letzten Worte haben sichtlich Eindruck bei Kazuo hinterlassen, er wird kreidebleich und murmelt nur etwas von »Danke schön für die Information und die Warnung, ich weiß es zu schätzen, ich werde nachdenken, was ich weiter tun werde.« Ich biete ihm noch an, mit meinem Freund bei der Polizei zu sprechen, aber er lehnt dankend ab, »Familienangelegenheit«, lautet seine abwehrende Begründung, mit der er sich abrupt verabschiedet.

»Okay, denke ich, jetzt hat er es wohl kapiert. Vielleicht wird er ja jetzt vernünftig und sucht sich einen anderen Partner für seine Pläne, wenn es nicht schon zu spät ist«, geht mir mit Sorge durch den Kopf.

Kazuo kann kaum erwarten, bis sein Wagen vorgefahren wird. Sobald er im Auto sitzt, greift er sein Handy und wählt die geheime Nummer. »Ja«, meldet sich Sato kurz angebunden. »Ikeda hier, ich muß Dich sofort sprechen, noch heute, ich komme nach Osaka, wir treffen uns am Bahnhof, ich will noch heute wieder zurück«, bringt er vor. Sato widerspricht nicht, obwohl er es nicht mag, wenn jemand ihn praktisch dirigiert. Kazuo ruft Machiba, seine Sekretärin, an und informiert sie, daß er heute nicht mehr ins Büro kommt, und sie möge doch mit seiner Frau telefonieren, daß er spät nach Hause kommen werde. Er lenkt den Wagen in Richtung Parkhaus des Tokyo-Bahnhofs und sitzt eine halbe Stunde später im Shinkansen nach Osaka.

Es ist später Nachmittag, und Sato erwartet ihn schon am Ausgang des Bahnhofs. Sie gehen in eine der umliegenden Kneipen, bestellen zwei Bier und einige Kleinigkeiten zum Essen. Ohne Verzögerung berichtet Kazuo, was ihm Wolf heute erzählt hat. Sato unterbricht nur ab und zu, um Einzelheiten noch einmal zu hören. Besonders die Sache mit dem Polizisten in Tokyo interessiert ihn. Eine Untersuchung gegen Kaneda und ihn? Seine

Quellen bei der Polizei in Osaka haben nichts davon erwähnt. Warum nicht? Das klingt gefährlich für ihn, in Gedanken macht er sich eine Notiz für den nächsten Tag, einige Leute mit sehr guten Beziehungen, die ihm Gefallen schuldig sind, werden jetzt ihre Dankbarkeit zeigen können oder müssen, schließlich ist Ineko nicht die einzige, die für ihn arbeitet, um den ein oder anderen potentiell wichtigen Mann an Sato zu binden.

»Wir können Wolf nicht auch noch beseitigen, meine Mutter, Mitsuko und wahrscheinlich auch dieser mysteriöse Polizist würden Verdacht schöpfen. Aber wir müssen was unternehmen. Ich kenne ihn, der wird nicht aufgeben, es sei denn, wir helfen nach«, beendet Kazuo seinen Bericht und schaut Sato erwartungsvoll an. Sato weiß immer Hilfe. Dieser nippt an seinem Bier und denkt lange nach. »Vielleicht können wir ihn überzeugen, Japan zu verlassen, vielleicht braucht er eine lange Erholungskur in Deutschland?«, hat Sato eine erste Idee und denkt dabei an den Spezialisten. »Er müßte einen schweren Unfall haben oder etwas Ähnliches...«

Sie beschließen, zunächst herauszufinden, was Wolf so täglich treibt; das wird sich leicht über Mitsuko machen lassen, die sich ja ständig mit Wolfs Frau Anna trifft. Sato wird den Rest erledigen. »Mach Dir keine Sorgen und vor allem, keine Panik«, rät er Kazuo, obwohl er sich, nach dem, was er gerade erfahren hat, mehr Sorgen um seine eigene Haut macht. Diese geheime Untersuchung, das ist ein Problem, das ihm im Magen liegt. Wolf ist nur ein lästiges Nebenproblem. Der Spezialist wird das schon regeln.

Auf der Rückfahrt nach Tokyo ist Kazuo alles andere als beruhigt. Er hat Angst, tiefsitzende, zermürbende

Angst. »Was ist, wenn alles herauskommt? Ich wäre erledigt, lebenslänglich Gefängnis, ich könnte das nicht ertragen, denkt er mit Grausen. Vielleicht droht sogar die Todesstrafe?« Seine beiden Kinder fallen ihm ein. »Sie dürfen das nie erfahren, ich liebe sie.« Voller Selbstmitleid kommen ihm jetzt Tränen, aber gleich darauf bestimmt wieder die Wut auf seinen Vater sein Denken. »Der Alte ist an allem schuld, er hat mich gezwungen, was zu unternehmen«, rechtfertigt er sich.

KAPITEL IX

Kazuo hat Glück, er braucht Mitsuko nicht einmal nach Wolfs Aktivitäten oder Plänen zu befragen. Sie hat ihm gerade beiläufig erzählt, daß ihre Freundin Anna nächsten Dienstag mit ihrem Mann nach Hongkong fahren werde. Sie plant, ihn ausnahmsweise auf seiner Dienstreise zu begleiten, weil ihr Hochzeitsstag in diese Zeit fällt. Wolf wird die Niederlassung seiner Firma besuchen und Anna die großen Kaufhäuser abklappern. Im Conrad werden sie wohnen, berichtet Mitsuko, an glücklichere Tage denkend, als sie mit Kazuo ebenfalls in diesem schönen Hotel abgestiegen war und sie den ganzen Tag das Zimmer nicht verlassen hatten, so hungrig waren sie aufeinander. »Heute befriedigt Kazuo seinen Appetit woanders«, denkt sie bitter.

Sato ist nicht erfreut, als Kazuo ihm davon berichtet. Wolf hat seine Frau dabei, es wird schwieriger, an ihn heranzukommen, soll es keine Zeugen geben. Aber schlimmer noch: der Spezialist arbeitet nie außerhalb Japans, jeder Grenzübertritt verursacht Spuren, außerdem spricht er keine Fremdsprachen. Sato muß seine Pläne ändern, kein Problem. »Besorg mir irgendein gutes Foto von Wolf.« »Kein Problem, wir haben genug davon zu Hause. Ich schicke es Dir noch heute per Courier Service«, antwortet Kazuo und beendet das Telefonat.

Sofort greift Sato wieder zum Hörer und wählt eine bestimmte Nummer auf dem chinesischen Festland. Seit ihm Kazuo von der polizeilichen Untersuchung erzählt hat, benutzt er einen hochmodernen Scrambler, um das Telefon abhörsicher zu machen. Er weiß es nicht, aber die Osaka Spezialeinheit der Polizei gegen organisiertes Verbrechen hat es zu ihrem Mißvergnügen inzwischen bemerkt. Eine wichtige Informationsquelle ist versiegt.

Es dauert nur Sekunden, und Sato hat Cheung Tzekeung direkt am Ohr. Cheung, auch »Big Spender« genannt, beherrscht mit seiner Tong so ziemlich alle lukrativen Sparten von Rauschgift über Schmuggel bis zur Prostitution. Ein neuer, sehr schnell wachsender Zweig ist der Menschenschmuggel, unter anderem nach Japan. Satos Organisation arbeitet hier eng mit ihm zusammen. Der Schwerpunkt von Cheungs Aktivitäten liegt in der Nachbarprovinz von Hongkong, Guangdong, aber seit der Vereinigung Chinas mit der Kronkolonie dehnt er seine Macht mehr und mehr auch auf die Stadt aus.

»Cheung, mein Freund, ich brauche Ihre Dienste«, kommt Sato nach kurzem höflichem Vorgeplänkel zur Sache. Er beschreibt Wolf, wann und wo dieser wohnen wird, daß man auf keinen Fall etwas unternehmen soll, wenn seine Frau oder andere Zeugen in der Nähe sind. Erheblich verletzt werden soll Wolf, wenn es geht, aber nicht draufgehen. Sato verspricht Cheung eine angemessene Bezahlung und ein Foto, das bereits per Courier unterwegs ist. Cheung, für den das ein kleiner Routinejob ist, wird sich um die Details kümmern. »Sato-san, Du kannst Dich ganz auf mich verlassen. Übrigens, ich habe was sehr Appetitliches für Dich, wenn Du interessiert bist. Gerade siebzehn, frisch vom Land, aber besondere Klasse.« Sato lacht, »aber immer, bewahr sie gut für mich auf, ich komme im nächsten Monat nach Hongkong.«

Sie müssen vor dem Hotel auf mich gewartet haben, vielleicht beobachteten sie mich schon seit meiner Ankunft am Flughafen. Es war nicht schwierig, mich zu finden. Vielleicht hatten sie sogar den Fahrer des Limousine Service des Hotels bestochen, sie zu informieren, sobald ich einstieg. Sie waren Profis.

Der Abendhimmel ist klar, ungewöhnlich für Hongkong um diese Jahreszeit, es ist weniger heiß und feucht, und ich beschließe, zu Fuß vom Hügel des Conrad nach Wanchai runter zu gehen. Anna und ich haben uns direkt an der Fähre verabredet, wir wollen heute auf der anderen Seite der Bay essen gehen.

Es ist ein kurzer Spaziergang, und ich kenne den Weg gut, sogar eine Abkürzung. Es dauert nur einige Minuten, und ich erreiche den kleinen Weg, der statt der gewundenen Straße steil in Richtung Wasser führt. Stellenweise komme ich an noch ursprünglich erscheinenden Teilen dieser dem Kommerz vollkommen verfallenen Stadt vorbei. Niedrige, baufällige Häuser, kleine Geschäfte und simple Restaurants. Ich sehe nur Chinesen, meist kleine Kinder und ältere Männer und Frauen. Es ist laut, aber der Lärm ist anders als in den moderneren Teilen der Stadt. Angenehme Düfte und deren Gegenteil wechseln einander ab, gebratene Enten hängen an Haken in den Fenstern der Händler, Müll, der in alten Blechtonnen langsam verrottet, alle Gerüche vermischen sich.

Ich habe jetzt die Baustelle erreicht, auf der bei meinem nächsten Besuch sicher schon der nächste Wolkenkratzer seinen Anfang genommen haben wird. Jetzt ist es nur eine große, öde Fläche, die darauf wartet, von den Bautrupps aufgerissen zu werden. Der Pfad windet sich zwischen den Resten von abgerissenen Bauten, alte Balken, Steintrümmer, viel Müll und alles schon überwachsen mit Unkraut, das in diesem tropischen Klima nicht lange zaudert, diese desolate Stelle zu verdecken. Keine Menschenseele ist auf der Baustelle zu sehen, falls jemand dort schon arbeitet, sind sie jedenfalls schon wieder weg. Unbewußt beschleunige ich meine Schritte, um möglichst schnell die andere Seite zu erreichen.

Jetzt bemerke ich seitlich hinter mir doch drei junge Männer, einer mit einer Sporttasche in der Hand, wohl wie ich auf dem Weg in den unteren Teil der Stadt. Die drei Chinesen sind gut gekleidet, tragen helle Anzüge, vielleicht Angestellte in einem der Hotels. Ich bin nicht der einzige, der diese Abkürzung kennt, denke ich.

Die drei, die wesentlich schneller gehen, überholen mich fast in der Mitte der Baustelle, und kaum vor mir, stoppen sie und drehen sich um zu mir. Ich kann jetzt ihre Gesichter sehen. Es sind keine jugendlichen, freundlichen Mienen, es sind harte, brutale Gesichtszüge, die ich vor mir sehe. Der Mann in der Mitte greift in seine Sporttasche, die er fallen läßt, und hat einen Baseballschläger aus Aluminium in der rechten Hand. Sein Kumpan auf der linken Seite greift in die Innenseite seiner Jacke und heraus kommt ein langes, sehr gefährlich aussehendes Messer. Der Dritte hat keine Waffe, sondern steht nur leicht geduckt auf den Fußballen federnd da, die Arme angewinkelt, die Hände öffnen und schließen sich flexibel.

Sie verlieren keine Worte, halten sich nicht mit Vorreden auf, ohne Warnung greifen die drei mich an. Meine Nackenhaare sträuben sich. Die meisten Leute, die ja gewöhnlich nicht täglich mit so etwas konfrontiert sind, würden jetzt wahrscheinlich nur wie Salzsäulen erstarren und hilflos ihre Peiniger erwarten oder im besten Falle noch versuchen, die Beine unter die Arme zu nehmen. Ich denke, letzteres ist das beste, und das würde ich mir auch empfehlen, jedenfalls, wenn ich Zeit zum Nachdenken hätte.

Aber in diesem Augenblick, als die drei Gangster auf mich zu rennen, übernimmt ohne die geringste Verzögerung und völlig unbewußt etwas anderes als der Fluchtinstinkt die Kontrolle über mich. Es ist das jahrelange Training, die oft wiederholten Bewegungen, die mittlerweile automatischen Reflexe beim Aikido. Kaum hat sich der erste der drei bewegt, gehe ich in eine Hanmi-Stellung, eine flexible und gleichzeitig stabile Dreiecksposition. Mit einem Fuß vor und leicht seitlich stehend, erwarte ich den Angriff. Noch etwas anderes treibt mich jetzt: im Grunde genommen bin ich rechthaberisch und stur und habe schlichtweg Wut im Bauch, daß die drei mich so einfach verprügeln oder ausrauben wollen.

Man wird mich deswegen wahrscheinlich für einen Angeber halten. Aber in meinem Leben gab es zwei Schlüsselmomente, die vielleicht erklären können, warum ich in so einer Situation, statt wegzulaufen, mich sehr entschlossen meiner Haut wehre. Ich war ungefähr fünfzehn Jahre alt und half oft im Restaurant meiner Eltern aus, um Geld zu verdienen. An einem Abend, es waren schon keine Gäste mehr da, ging die Tür auf und ein Mann, Mitte Zwanzig, kam herein. Er sah südländisch aus, beiger Anzug, gepflegt. Er trat an die Theke, hinter der mein Vater gerade aufräumte. Mein Vater sah auf und wollte ihm gerade sagen, daß das Restaurant in wenigen Minuten schließen werde, als der späte Besucher abwinkte und leise mit freundlichstem Gesicht auf meinen

Vater einredete. Ich spülte gerade Gläser und stand etwas zu weit weg, um alles hören zu können. Der einzige Kellner, der noch da war, räumte gerade Tische ab und bekam gar nichts mit. Ich sah, wie sich der Ausdruck im Gesicht meines Vaters verfinsterte. »Wir können Sie schützen..., kostet nur tausend Mark im Monat...«, war alles, was ich von den Gesprächsfetzen mitbekam. Das nächste, was ich sah, war, wie mein Vater plötzlich den Mann an der Krawatte faßte und ihn mit einer Handdrehung in Atemnot brachte. Mein Vater, obwohl nur mittelgroß, war zu dieser Zeit noch kerngesund und bärenstark. In seiner Jugend, in einem der kleinen Dörfer in der Nähe Bonns, hatte er bei vielen handfesten Auseinandersetzungen mit den jungen Männer der Nachbarorte kräftig mitgemischt. Eine Zeitlang versuchte er sich als Boxer in einem Amateurverein. Seine Rechte war gefürchtet. Mein Vater ging im Gegensatz zum Rest der Familie keinem Ärger aus dem Weg. An diesem Abend war der Schutzgelderpresser an den Falschen geraten. Wenn es etwas gab, was meinen Vater zur Weißglut brachte, dann waren es solche Schmarotzer. »Verschwinde und laß Dich nie mehr hier sehen, sonst breche ich Dir alle Knochen!«, konnte ich nun meinen Vater deutlich verstehen. Der Erpresser zappelte regelrecht an seinem über die Theke ausgestreckten Arm, er war bleich und sein Lächeln verschwunden. Er röchelte nur, seine Stimme versagte, so eng war es um seinen Hals. Mein Vater ließ ihn los und stieß ihn dabei heftig zurück, so daß der Kerl sich auf den Hintern setzte. Mein Vater machte Anstalten, um die Theke herumzugehen, aber der Mann sprang auf und rannte zur Tür. »Wir kommen wieder...«, schrie er aus sicherer Entfernung und war verschwunden. Die Tür pendelte noch einige Sekunden nach. Ich sah meinen Vater an, der kreideweiß vor Wut war. »Jan, laß Dich nie von diesen Typen unterkriegen, das ist Abschaum«, war alles, was er sagte, und er verschwand für einige Minuten in der Küche, wahrscheinlich, um sich abzuregen. Ich stand nur ziemlich verdattert da. Auch der Kellner wußte nicht, was vorgefallen war.

Die Schutzgelderpresser fackelten aber nicht lange, schon zwei Abende später, wieder kurz vor Feierabend, flog plötzlich die Tür auf, und vier kräftige, gewalttätig aussehende Männer kamen herein. Auf dem Weg zur Theke fegten sie Blumenvasen oder noch übriggebliebene Flaschen und Gläser von den Tischen, einer stieß unseren Kellner brutal aus dem Weg. Eine leere Weinflasche, die noch auf einem der Tische stand, segelte mitten in die aufgereihten Schnapsflaschen hinter der Theke und riß ein halbes Dutzend vom Glasregal runter, mit lautem Klirren zerschellten sie am Boden, wo sich die verschiedenen Flüssigkeiten vermischten. Mein Vater, nicht untätig, wartete nicht ab, bis unser Restaurant vollkommen zerstört war. Während ich mir vor Angst buchstäblich in die Hosen machte, sauste er wie ein Kugelblitz hinter der Theke hervor, und ohne auch nur ein Wort zu verlieren, setzte er dem ersten Ganoven, den er erwischen konnte, die fürchterliche Rechte unters Kinn. Der Effekt war bemerkenswert, obwohl der Mann sicher über Einsachtzig maß und mindestens neunzig Kilo wog, hob er vom Boden ab und ging rückwärts in einen steilen Sinkflug. Bewußtlos blieb er am Boden liegen. Noch ehe die restlichen drei kapierten, was los war, fiel der nächste. Unser Kellner, sonst eher ein stilles Wasser, blieb ebenfalls nicht untätig, eine weitere Weinflasche mußte als Waffe herhalten, da war es nur noch einer. Dieser zog aber plötzlich eine Pistole hervor, und alles wäre übel ausgegangen, wenn, ja wenn ich nicht in diesem Moment außer meinem Mut auch den Gummiknüppel, den mein Vater für alle Fälle unter der Theke bereit hielt, gefunden hätte. Obwohl ich es furchtbar fand und vor Angst fast gelähmt war, schlug ich den harten Knüppel mit aller Kraft auf den Hinterkopf des Mannes, der mir seinen Rücken zugewandt hatte. Er schaffte es zwar noch abzudrücken, ehe er wortlos zusammenbrach, aber die Kugel schlug nur in ein Stilleben aus Öl ein, an dessen Qualität das kleine Loch auch nichts ändern konnte. Erst als die Polizei gekommen war und die vier einkassiert hatte, beruhigte ich mich. Mein Vater war stolz wie Oskar auf seinen Sohn. Mir war nur schlecht, Gewalt, so viel Blut, und mir war auch klar, daß ich im Gegensatz zu meinem Vater nur aus Panik gehandelt hatte.

Einige Jahre später, ich war mit meiner ersten festen Freundin in meinem nagelneuen Citroen 2 CV, dem Entchen, unterwegs. Plötzlich fuhr von hinten ein aufgedonnerter BMW fast auf meine zierliche Stoßstange auf, hupte wie wild, und als ich nicht sofort Platz machte, drehte der Fahrer vollends durch. Er überholte über den Bürgersteig, scherte scharf vor mir ein, und nur durch eine Notbremsung konnte ich einem Unfall ausweichen. Ich blinkte ihn empört mit den Glimmlämpchen in den Froschaugen meines Entchens an, er reagierte abwechselnd mit Vollbremsungen und Gasgeben. Meine Freundin hatte Angst, und mir war auch mulmig, aber langsam stieg kalte Wut in mir auf. »Besoffenes Schwein, Du bringst uns noch um«, dachte ich, als ich wieder scharf bremsen mußte. »Jetzt langt's«, beschloß ich und hielt den Wagen an. Der BMW hielt ebenfalls und der Fahrer sprang im gleichen Augenblick wie ich heraus. Wie damals im Restaurant setzte rationales Denken aus, und ich stürzte mich in eine gewaltige Schlägerei, getrieben in erster Linie von Angst und Wut. Der Kerl, nur wenig älter als ich, war so besoffen, daß ich rasch die Oberhand gewann und ihn festhielt. Meine Freundin, ebenfalls in Panik, erledigte ihn dann mit ihrem Knirps, nachdem ihre Hilferufe in der Nachbarschaft ungehört verhallt waren. Es war eine blutige Angelegenheit für den anderen, aber plötzlich beruhigte er sich, und nachdem er sich wohl ausgetobt hatte, war er jetzt regelrecht freundlich und lud uns zum Bier ein. Wir bedankten uns höflich und lehnten aus verständlichen Gründen ab. »Nichts wie weg von diesem Irren«, dachten wir wohl beide. Später erfuhr ich, daß es sich bei dem Knaben um eine der schlimmsten Unterweltgrößen der Stadt handelte. Mein Magen dreht sich noch im nachhinein um, bei dem Gedanken, was hätte passieren können.

Ich weiß nicht, ob es die Gene sind oder ob es diese beiden Ereignisse waren, egal, hier stehe ich jetzt, fest entschlossen, nicht zurückzuweichen. Allerdings während früher Panik oder Jähzorn mein Handeln beherrschten, bin ich jetzt ein bißchen weiser. Meine Arme sind halb hoch angewinkelt, mein Körper ist jetzt entspannt und bereit. Der schnellste der drei Chinesen ist der Baseballspieler. Er schwingt den Schläger wild und mit aller Kraft in Richtung der linken Seite meines Kopfes, sein Gesicht verzieht sich zu einer häßlichen Fratze. Blitzschnell tauche ich unter dem Baseballschläger her und richte mich jetzt außerhalb des tödlichen

Halbkreises, fast hinter ihm auf. Mit beiden Händen greife ich nach seiner rechten Hand, die den Schläger oberhalb hält, meine Linke schließt sich von oben, die Rechte von unten um sein Handgelenk, mit einem eisernen Griff.

Mein Körper vollzieht eine 180-Grad-Drehung, einen Tenkan, und ich drehe damit das Handgelenk meines Angreifers, der immer noch den Baseballschläger hält, mit einem scharfen Ruck nach außen, eine Technik die man Kotegaeshi nennt. Die Doppelwirkung dieses Hebelgriffs im Zusammenspiel mit der Zentrifugalkraft meines herumwirbelnden Körpers ist zuviel, auch für das stärkste Handgelenk. Das Grinsen des Chinesen friert ein, und mit einem schmerzerfüllten Schrei folgt er seinem verdrehten Handgelenk, damit der Schmerz nachläßt. Mein Schwung ist so groß, daß der relativ leichte Mann in einem hohen Bogen fliegt und dann mit einem dumpfen Geräusch seiner Hüfte auf dem Boden aufschlägt.

Ich weiß, dies hier ist kein Training, sondern ich kämpfe um mein Leben, und es sind noch zwei andere Angreifer da. Ich darf keine Zeit verlieren. Mit der einen Hand halte ich weiter das Handgelenk des Chinesen am Boden, mit der anderen nutze ich die Hebelkraft des Baseballschlägers, den er immer noch festhält, und verdrehe sein Handgelenk noch schärfer, bis es mit einem häßlichen Knacken bricht. Der Schmerz ist so groß, daß der Mann sofort das Bewußtsein verliert.

Es bleibt keine Zeit, mich über den Erfolg zu freuen. Mit Haß und voller Wut über das, was sie gerade sehen mußten, was dieser Gwailo mit ihrem Kumpan angestellt hat, stürzen sich die beiden gleichzeitig unkontrolliert auf mich. Jetzt ist klar, ihr Auftrag war, mich zu verprügeln, selbst zum Krüppel zu schlagen, aber jetzt wollen sie nur eins, mich umbringen. Der Jackie Chan der beiden springt hoch und versucht, mich mit dem ausgestreckten Fuß in die Brust zu treten. Ein schneller Schritt nach außen und sein Schuh schießt knapp an meinem leicht gedrehten Körper vorbei. Mit meinem linken Unterarm führe ich die Bewegung seines Beins fort, ohne es zu blocken. In dieser Position würde er letztlich an mir vorbeisausen und wieder auf seinen Füßen landen. Statt dessen nutze ich Chans Momentum, indem ich blitzschnell meinen rechten Arm strecke und gleichzeitig auch die rechte Hüfte eindrehe. Ich erwische den vorbeifliegenden Kungfu-Artisten mit der Vorderseite meines Oberarms unter dem Kinn. Meine Armbewegung setzt sich aber, ohne zu stoppen, in einer Kreisbewegung, einem Kokyunage, fort. Jackie wird mitten im Flug aus der Bahn gerissen, und geführt von meinem Arm, landet er hart auf dem Kopf, K.O. Meine 90 kg Lebendgewicht, verteilt auf 185 durchtrainierte Zentimeter, sind hier durchaus von Vorteil.

Ohne die geringste Verzögerung hechte ich einfach über Chans schlaffen Körper hinweg, keine Zeit mehr zu schauen, was der mit dem Messer so anstellt. Erst einmal raus aus dem Gewühl, Kontrolle und Übersicht sind jetzt gefragt. Keine Sekunde zu früh, aus der Rolle vorwärts in den Stand mit einer gleichzeitigen Drehung hin zum letzten Angreifer sehe ich, daß er gerade sein Messer erhoben hat, um mich von hinten abzustechen. Unfein. Aber ich bin jetzt bereit, und er ist kein Anfänger und weiß inzwischen, daß ich gefährlich bin. Er duckt sich, das Messer wechselt von der einen in die andere Hand, er wartet auf den richtigen Augenblick.

»Nehmt Euch diesen Ausländer vor, ich möchte, daß er im Krankenhaus landet. Er steht einem meiner Freunde im Weg,« hatte der Unterboß der Tong ihnen gesagt. »5.000 Hongkong-Dollar für jeden nach der Arbeit. Eine kleine Routinearbeit«, hatte er gesagt. Kein Wort davon, daß dieser harmlose Geschäftsmann Rambo persönlich zu sein scheint. »Na ja, ich werde ihn erledigen, aber der Boß muß mir dann das Geld für alle drei auszahlen, das ist schließlich nur fair,« denkt er. Mit diesem erfreulichen Gedanken rammt er plötzlich das lange Messer mit einer ausholenden Bewegung in meinen Bauch, oder jedenfalls ist es das, was er vorhat.

Dieses Mal drehe ich mich und weiche nur leicht nach rechts aus, gehe aber gleichzeitig mit dem ganzen Körper tief in seine Vorwärtsbewegung, beide Arme etwa in Körperbreite mit Spannung vor mir ausgestreckt. Die Handkante meiner linken, leicht gespreizten Hand schneidet wie ein Schwert in die Innenseite des Ellbogens meines Angreifers und blockt abrupt seinen Messerangriff, während ich mit dem hart gespannten Handballen meiner Rechten von unten sein Kinn mit einem Atemi erwische. Sein Kopf wird regelrecht nach hinten gerissen und bringt seinen Körper vollends aus der Balance.

Unversehens findet sich Mackie Messer auf dem harten Boden wieder. Sich ein bißchen Geld zu verdienen, kann ganz schön harte Arbeit sein. Er rafft sich schnell wieder auf und greift gleich wieder an, dieses Mal kreist er aber vorsichtig um mich herum. Ich lasse ihn nicht aus den Augen und biete ihm ständig meinen seitlich gedrehten Körper als möglichst kleine Angriffsfläche an. Die Chancen sind zwar jetzt ausgeglichener mit nur einem Gegner, aber das ist kein Grund, leichtsinnig oder gar überheblich zu werden. Mackie und sein Messer sind gefährlich und der kleinste Fehler, ein Moment der Unachtsamkeit, und Jan Wolf steht nur noch als Name in einer Todesanzeige.

Die Hand des Gangsters hält das Messer von oben, die Klinge zeigt einwärts, er wird versuchen, mich von oben herab zu erwischen. Plötzlich, mit einem kleinen Seitenschritt zur Ablenkung, reißt er blitzschnell seinen Arm hoch, und sofort stößt er, begleitet von einem Triumphschrei, das Messer in seiner Faust auf mein Herz zu. Ich habe gerade noch Zeit, den herabsausenden Arm mit meinem linken Unterarm zu blocken, aber statt Mackies Arm zu stoppen, führe ich seine Bewegung nach unten weiter, meine linke Hand gleitet an seinem Unterarm spiralförmig herunter und schließt sich fest von oben um seine Faust, die das Messer hält. Mit der Rechten presse ich seine Finger um den Messergriff und in einer einzigen schnellen und gestreckten Bewegung hebe ich seinen Arm an, gleite mit einem Schritt darunter her. Mackie muß meiner Bewegung folgen, wird herumgewirbelt und sein Arm mit dem Messer befindet sich jetzt über seiner rechten Schulter, die um 180 Grad verdrehte Faust und das Messer weiter hinter seinem Kopf. Als ob ich an einem Glockenstrang ziehen würde, vollende ich mit einer halbrunden, nach unten gerichteten Bewegung meiner Arme und einem kleinen Schritt auf seinen Körper zu meinen Shihonage-Wurf.

Mackie fegt es förmlich von den Beinen, und sein Rücken macht auf sehr schmerzhafte Weise Bekanntschaft mit dem Asphalt. Noch eine kleine Drehung seines Handgelenks und Mackie läßt mit einem Schmerzensschrei das Messer fallen. Mit meinem Fuß kicke ich es außer Reichweite.

Dieses Mal warte ich nicht ab und gebe ihm keine Chance für eine weitere Attacke. Ich umgreife die vier Finger seiner jetzt messerlosen Hand mit meiner Rechten und biege sie hart in einer Drehbewegung nach außen. Der scharfe Schmerz, den Mackie verspürt, zieht von der Hand bis in seinen Ellbogen, und er schreit auf. Ich lasse nicht nach, im Gegenteil, ich verstärke den Druck noch ein wenig, und zum ersten Mal in den wenigen Augenblicken, die diese Angriffe gedauert haben, kann ich nachdenken, und ich weiß, was ich zu tun habe. »Who the fuck do you think you are messing with?« Auf gut deutsch etwa: »Was zum Teufel denkst Du eigentlich, wen Du vor Dir hast«, entfährt es mir wütend und eigentlich vollkommen unsinnig. Aber irgendwas muß man halt sagen, nicht wahr?

Ich ahne, es handelt sich bei den dreien nicht um gewöhnliche Straßenräuber, die mal eben einen Touristen ausnehmen wollten. Sie hatten mich weder nach meinem Geld gefragt oder markige Sprüche geklopft noch hatten sie lange gefackelt, sondern mich einfach und ohne jegliches Zögern angegriffen, im rechten Moment und am rechten Ort. »Wer hat Euch geschickt?« will ich, auf englisch fragend, wissen und verdrehe seine Finger zur Aufmunterung noch etwas weiter. Der Chinese hat jetzt arge Schmerzen, aber er weiß, sein Boß toleriert keine Singvögel in seiner Gang. Er beißt auf die Zähne, aber mit einem scharfen Knacken brechen zwei der überdehnten Fingergelenke und damit bricht auch sein Widerstand und sein Wille zu schweigen. »Hören Sie auf«, heult er auf. »Meine Finger, ... ich sage es Ihnen«, stammelt er. »Ich bin ganz Ohr«, antworte ich und habe dabei ein Auge auf Jackie Chan und Baseball, die sich gerade wieder zu regen beginnen. Ich habe nicht viel Zeit. Zur Unterstreichung greife ich noch etwas fester zu, ohne aber einen weiteren Finger zu brechen, eigentlich bin ich ja eher ein weicher Typ.

Mackie kann jetzt gar nicht mehr aufhören, in seiner Begeisterung, mir alles zu erzählen, »Ich weiß nicht, wer den Auftrag erteilt hat, unser Boß hat uns nur gesagt, wir sollten Sie am Conrad Hotel abfangen und an einer passenden Stelle auseinandernehmen. Er hat gesagt, es wäre ein Gefallen für einen seiner Geschäftspartner und hat uns Ihr Foto gezeigt. Das ist alles, was ich weiß«, preßt er hervor. »Wer ist euer Boß, ich will mit ihm reden.« »Sie sind wahnsinnig, Sie können mir lieber alle Knochen brechen oder mich umbringen, ehe ich das verrate. Mein Boß würde mir die Haut bei lebendigem Leib abziehen. Wir sind Tong-Mitglieder, das ist eine Frage der Ehre, ich habe schon zuviel gesagt, lassen Sie uns gehen«, fleht er, das Gesicht vor Angst und Schmerzen zu einer Fratze verzerrt. Seine Kumpanen wachen jetzt vollends auf, und ich will mein Glück nicht noch mehr herausfordern. Sich mit drei Schlägern anzulegen, war schon riskant genug. Ich weiß genug über die asiatischen Mafia-Vereinigungen und ihre mörderischen Regeln, dieser Mann wird mir nie verraten, wer ihn geschickt hat. Ich verabschiede mich jetzt ganz schnell mit einem leichten Druck auf seine Finger und laufe schnell die wenigen Meter bis zur Straße, Mackies Wutgeheul noch im Rücken.

»Für einen Geschäftspartner, ... ein Foto hatten wir, wir haben am Conrad gewartet«, gehen mir Fetzen seiner

Aussage durch den Kopf. Nicht viele Leute wußten davon, aber wer hat so einen gewaltigen Haß auf mich, um so etwas zu organisieren, wer kann so etwas, ... ein Geschäftspartner?, grübele ich immer noch, als ich an einer kleinen Bar vorbeikomme. In der Toilette renoviere ich mich ein wenig und bürste mir den Staub von den Kleidern, die bei meiner lebensrettenden Rolle über Jackie Chan schmutzig geworden waren. Ich setzte mich an die Theke und als ich mein erstes kaltes Bier trinke, sinkt allmählich die Erkenntnis ein, daß ich zum ersten Mal in meinem Leben angegriffen worden bin und jetzt tot sein könnte. Jetzt, wo ich Zeit zum Nachdenken habe, rutscht mir doch gewaltig das Herz in die Hose. Trotz der Hitze in der Bar, friere ich für einen Moment, und ich schwöre mir, herauszufinden, wer es auf mich abgesehen hat. Ich muß es wissen.

An diesem Abend erzähle ich Anna nur kurz von einer Schlägerei, in die ich versehentlich geraten bin, aber nichts über meine Vermutungen. Sie ist nicht sehr belustigt. Nicht so sehr wegen meines verschmutzten Hemdes, sondern mehr weil sie mich kennt und vermutet, daß ihr weißer Ritter mal wieder die Ehre einer unschuldigen Jungfrau oder so etwas ähnliches retten mußte. Ich habe gewisse Tendenzen, mich einzumischen, auch wenn, wie wir beide aus gewissen peinlichen Erfahrungen wissen, es nicht immer angebracht ist. Wie zum Beispiel vor vielen Jahren, als wir in Frankfurt wohnten und an einem der verkaufsoffenen Samstage durch die Stadt schlenderten. Ich beobachtete schon seit geraumer Zeit einen verdächtig wirkenden Typ, ungepflegtes Äußeres, ständig um sich blickend, na Sie wissen schon. Er blieb ständig ziemlich nah hinter einer jungen Frau, die zwei volle und sicherlich schwere Einkaufstüten schleppte. An einem Fußgängerüberweg, die Ampel war auf Rot, blieb sie stehen. Der Typ schlich sich noch näher, blickte sich wieder um und, ich hatte es doch gewußt, blitzschnell griff er in einen der Beutel. Noch ehe seine Hand wieder mit der Beute herauskam, hatte ich ihn schon mit eisernem Griff am Genick gepackt und die Frau davor bewahrt, ausgeraubt zu werden. Anna, die das alles nicht mitbekommen hatte, sie hat eben nicht diesen Detektivinstinkt, schaute nur fassungslos drein. Der Schuft zappelte nur in meinem Griff und sagte nichts. Um so mehr hatte die Frau was zu sagen: »Was machen Sie da, lassen Sie meinen Mann los, sind Sie verrückt, Sie Flegel?«, schrie sie mich an. Ich ließ ihn los, als sei er plötzlich glühend heiß geworden. Die umstehenden Leute schauten erst die laut schimpfende Frau, dann mich an, neugierig, was sich aus dieser Szene entwickeln würde. Ich bin ja nicht der langsamste, und mir war der Lapsus, der mir unterlaufen war, sofort glasklar. Ich lief rot an wie eine holländische Treibhaustomate und vermochte nur eine Entschuldigung zu stottern. »Ich, ich dachte, der Mann wollte Sie beklauen…«, brachte ich raus. Nicht sehr gut. Jetzt war die Frau erst recht aufgebracht, während ihr Mann, der schließlich durch sein verdächtiges Verhalten Anlaß zu diesem kleinen Faux Pas gegeben hatte, sich aus der Sache ganz heraus hielt, brüllte sie mir voller Wut ins Gesicht: »Sieht mein Mann etwa aus wie ein Dieb?« Klugerweise blieb ich ihr eine ehrliche Antwort schuldig und entfernte mich statt dessen unter ständigem Murmeln von Entschuldigungsformeln, so schnell es ging. Anna folgte, wie mir schien, mit ziemlich großem Abstand, sie wollte anscheinend an diesem Tag nicht in direktem Zusammenhang mit mir gesehen werden. »Na, kann doch passieren, oder? Ich habe es doch nur gut gemeint, das hat man davon«, dachte ich trotzig, mein geknicktes Selbstbewußtsein wieder aufbauend. An diesem Abend hat mich Anna noch einige Male mit meiner fehlgeschlagenen Heldentat aufgezogen. Ich nahm mir vor, nur noch bei eindeutiger Sachlage einzugreifen, aber was ist schon eindeutig?

Man könnte jetzt vielleicht denken, daß ich ein gewalttätiges Leben führe, bedenkt man aber, daß zwischen diesen drei, vier Fällen ungefähr achtundzwanzig Jahre liegen, relativiert sich das wieder. Eigentlich lebe ich eher sehr friedlich, außer gelegentlichen Wortgefechten mit Eltern, Freunden, Kollegen oder Anna habe ich in den Jahren wenig Aufregendes erlebt, es sei denn, man zählt es als Gewaltakt, wenn man zum Beispiel einem miserablen Lehrer die Krätze an den Hals wünscht oder einem Nebenbuhler mörderische Blicke zuwirft. Nein, die meiste Zeit siegt bei mir der Fluchtinstinkt oder, wie ich es lieber sehe, der Verstand über den Wunsch zu kämpfen.

»Wolf ist zurück aus Hongkong, und zwar putzmunter! Was ist passiert, haben Deine tollen Leute ihn nicht gefunden?«, will Kazuo von Sato wissen. Er kocht voller Wut, daß sein Plan offensichtlich fehlgeschlagen ist und seine Stimme klingt zynisch. Sato ist auch nicht gerade erfreut, und der Ton Kazuos paßt ihm schon gar nicht, aber er hat recht, die ganze Aktion war eine Pleite.

Kazuo hatte heute morgen gleich mit Sato telefoniert, und sie haben sich in Inekos Appartement getroffen, die zur Zeit zu ihren Eltern gefahren ist, wie sie Kazuo zumindest gesagt hat. »Nein, meine Kontaktperson hat mich angerufen, seine Leute haben ihn leicht gefunden und versucht, sich, wie besprochen, um ihn zu kümmern, aber irgendwie ist es schief gegangen. Drei waren es, alles erfahrene Schläger. Einer liegt im Krankenhaus mit einer Gehirnerschütterung, und die zwei anderen haben gebrochene Knochen. Dein Wolf ist wohl nicht ohne«, berichtet Sato mit ironischen Ton. »Ich hätte doch den Spezialisten auf ihn ansetzen sollen«, denkt er, aber es gibt ja noch weitere Gelegenheiten. Kazuo kann es nicht glauben, aber plötzlich fällt ihm ein, daß Wolf, wie sein Vater früher, sehr viel Zeit mit Aikido-Training verbringt. Er hätte Sato vielleicht warnen sollen, aber drei brutale Gangster gegen einen Geschäftsmann, der nichts von seinem Glück ahnt? Kazuo kann es nicht glauben und schüttelt den Kopf. »Dein Freund hat wohl die dritte Garnitur geschickt?«, spottet er bissig, »diese Chance ist hin, und wer weiß, wann wir wieder so unauffällig an ihn herankommen können. Außerdem ist er jetzt vielleicht gewarnt, daß ihm einer ans Fell will.«

Sato verspricht ihm, die Sache selbst in die Hand zu nehmen und seinen besten Mann anzusetzen. »Es ist jetzt nur eine Frage der Zeit, Kazuo. Bleib an Wolf dran, und versuch herauszufinden, was er tut. Und, sei freundlich zu ihm, wir wollen nicht, daß er zu eifrig wird, nicht wahr«, schlägt Sato vor. Sie trennen sich kurze Zeit später. Sato macht sich Gedanken um Kazuo, er wird unkontrollierter und ausfallender. Vielleicht muß ich mich bald auch um ihn kümmern, grübelt er auf dem Weg zurück nach Osaka. Kazuos bisheriges Vertrauen in die Unfehlbarkeit Satos hat einen Knacks erhalten. Er hat mehr Angst als je zu vor, daß die ganze Sache auffliegt. In dieser Nacht wird er wieder Alpträume haben.

KAPITEL X

Das nie nachlassende Interesse der Zentrale zwang mich schon kurz nach meinem Abenteuer in Hongkong, wieder nach Deutschland zu fliegen. Es gab nur Gutes zu berichten, und alle schienen zufrieden. Um dem ganzen Besuch etwas Positives abzugewinnen, kaufte ich einen neuen Anzug und ein paar Hemden bei meinem langjährigen Ausstatter Henry, traf meine Freunde zum Abendessen im Omonia, dem besten Griechen Frankfurts nach meiner maßgeblichen Ansicht, und erstand ein kleines Geschenk für Anna.

»Meine Damen und Herren, wir sind jetzt fertig zum Start unseres Fluges LH 710 von Frankfurt nach Narita International Airport und bitten Sie, die Sitzgurte fest anzuschnallen, die Rückenlehnen geradezustellen und die Tische vor Ihnen hochzuklappen. Bitte schalten Sie alle mitgebrachten elektronischen Geräte, wie PCs, CD-Player und tragbare Telefone aus, da diese Geräte die empfindliche Bord-Elektronik stören können. Vielen Dank, und ich wünsche Ihnen einen angenehmen Flug mit Lufthansa«, klingt die freundliche, aber gestrenge Stimme der Purserin an mein Ohr.

Der letzte Satz hängt mir noch irgendwie in den Gedanken. Elektromagnetische Wellen, ein echtes Problem für viele Steuerungsgeräte. Einer unserer Bereiche im Konzern stellt medizinische Produkte her, und die komplette Abschirmung von Störstrahlungen ist eines ihrer großen Probleme. Es trifft mich wie ein Blitzschlag. Ich weiß jetzt, warum Hosokawa einen Infarkt im Zug hatte, der Herzschrittmacher…, das Handy, das könnte es gewesen sein! Ich muß einen klaren Gedanken fassen. Ando hatte mir erzählt, man habe bei der Obduktion festgestellt, daß Hosokawa einen Herzschrittmacher trug und eine leere Flasche eines Beruhigungsmittels bei ihm gefunden wurde. Nur gab es keine Hinweise darauf, warum Hosokawa ausgerechnet im Zug sitzend einen Infarkt hatte. Man fand keine Erklärung für den Auslöser. Bei seinen Schilderungen hatte Ando auch nebenbei Hosokawas Telefon erwähnt.

Es gab zwar einige Ungereimtheiten, aber der Fall wurde schon Tage später als Tod durch Herzversagen deklariert und zu den Akten gelegt. Ando war nur routinemäßig informiert worden und hatte mir davon erzählt, weil er wußte, daß ich Hosokawa sehr gut gekannt hatte. Ich kann kaum erwarten, in Tokyo zu landen, ich muß sofort mit Ando sprechen.

Nach einem ausgedehnten Essen und einigen Gläsern Bordeaux versuche ich, ein Buch zu lesen, schlafe aber trotz meiner beunruhigenden Gedanken bald fest ein. Erst nach einigen Versuchen kann die freundliche Stewardess mich zum Frühstück wecken. Ein heißes Tuch und ein frisches Glas Orangensaft erwecken meine Lebensgeister. Noch knapp eineinhalb Stunden und Japan hat mich wieder, denke ich mit Vorfreude.

Gerade bin ich im nagelneuen Terminal 2 von Narita, dem internationalen Flughafen Tokyos eingetroffen. Ich habe Glück, an der Paßkontrolle bin ich einer der ersten, und das hübsche junge Mädchen, das meine Papiere abstempelt, ist meine erste erfreuliche Begegnung an diesem regnerischen Tag. Bei der Landung war die Wolkendecke und der Regen so dicht, daß man die Landebahn erst im allerletzten Augenblick vor dem Aufsetzen des Fahrwerks sehen konnte.

Das Gepäck kommt auch schnell und, als ob »Nationaler Freundlichkeitstag« wäre, fertigt mich der junge Mann beim Zoll mit fröhlicher Miene und ohne Verzögerung ab. Ein kurzer Blick auf meinen zerfledderten Paß mit den vielen Ein- und Ausreisestempeln. »Aha, Sie sprechen Japanisch!« stellt er fest. Ich habe es mir zur eisernen Regel gemacht, dies nie zu gestehen, das bringt einen nur in Schwierigkeiten und hält auf. Manche Zöllner sind ganz versessen darauf, ihren Fragekatalog loszuwerden, und nur eine gewisse Einschränkung bei der Kommunikation in einer ausländischen Sprache hält sie zurück. Aber heute, angesteckt durch die Fröhlichkeit des Zöllners, lasse ich mich zu einem »ein kleines bißchen« hinreißen, ohne schlimme Folgen.

Ich habe weiter Glück, der nächste Bus zum Shinjuku-Bahnhof fährt schon in 5 Minuten. Jetzt sitze ich an Bord, neben mir eine junge Frau mit zu kurzem Rock, schönen Haaren, sie riecht gut. Prima, der Tag fängt gut an. Einziger Schönheitsfehler, der obligatorische Kopfhörer des Walkmans. Na, okay, es könnte ja auch ein Tourist sein, der mir in den anderthalb Stunden Fahrt alles über Japan erzählen will, was er je gelesen hat.

Es gießt in Strömen, das Wasser läuft schräg an den Fenstern des Busses herunter, fast alle Passagiere schlafen schon fest und werden erst genau am Bahnhof aufwachen. Dies ist eines der Phänomene, die ich in all den Jahren nie richtig begriffen habe. Japaner müssen innere Wecker haben.

Ich bin müde nach dem elfstündigen Flug von Frankfurt nach Narita und die acht Stunden Zeitverschiebung machen es auch nicht leichter, aber der Gedanke an die Durchsage im Flugzeug und die Idee, die mir daraufhin durch den Kopf schoß, läßt mir keine Ruhe. Was ist, wenn mein Verdacht sich bestätigt? Ich muß noch heute mit einem unserer Physiker sprechen, ob es theoretisch möglich ist, einen Herzschrittmacher mit elektromagnetischen Wellen aus dem Takt zu bringen.

Ich kann nicht länger warten, und kaum zu Hause angekommen, greife ich zum Telefonhörer. »Shusaku, wenn Du Zeit hast, möchte ich Dir ein kleines Experiment vorführen«, schlage ich meinem Freund Ando von der Tokyoter Polizei vor. »Du erinnerst Dich an Hosokawa von Ikeda, der an Herzversagen gestorben ist; ich glaube, ich weiß wie«, appelliere ich an seine Neugierde. Er läßt sich nicht lange bitten und kommt schon am nächsten Tag, es ist Abend und die meisten unserer Mitarbeiter schon auf dem Weg nach Hause. Niemand ist mehr in unserem firmeneigenen Labor, das ist mir recht. Während Ando mir über die Schulter schaut, setzte ich einen unserer Herzschrittmacher auf einen Plastikblock und schließe zwei dünne Kabel an die dafür vorgesehenen Meßkontakte. Die Kabel enden in einem Oszillograph mit einem großen Monitor, auf dem jetzt regelmäßig gezackte Linien zu sehen sind. Ich warte einige Minuten, um zu sehen, ob es Unregelmäßigkeiten gibt, aber unsere Herzschrittmacher sind von erstklassiger Qualität, denke ich zufrieden.

Ando ist verwirrt und schaut mich etwas zweifelnd an. »Shusaku, gib mir mal Dein Telefon für einen Augenblick«, bitte ich ihn. Allmählich an meinem Verstand zweifelnd und zögerlich übergibt er mir das Gerät. Schließlich ist es Eigentum des Staates, er beäugt mich mißtrauisch. Ich wähle unsere Nummer zu Hause und während das Handy automatisch die Verbindung herstellt, lege ich das Gerät direkt neben den Schrittmacher auf dem Plastikblock.

Die Verbindung ist hergestellt und ein Anrufton ist zu hören. Ich weise den armen Ando auf den Monitor des Oszillographs hin, die bisher regelmäßigen Zacken weisen kleine Unregelmäßigkeiten auf. Ando runzelt die Stirn, versteht aber immer noch nicht. Schnell, bevor Anna womöglich antwortet, trenne ich die Verbindung. Die Linien sind wieder sauber. »Mmh«, höre ich Ando hinter mir. Es scheint, er beginnt zu begreifen. Experiment Nummer zwei: ich bitte Ando, sein Handy von einem der Labortelefone anzurufen. Aber zuvor stelle ich sein Gerät um, vom lautem Klingeln auf die unauffällige Vibrationsfunktion, die dazu dient, andere nicht zu stören, wenn man angerufen wird.

Das Handy vibriert sichtbar auf dem Plastikblock als die Verbindung hergestellt ist, auf dem Monitor schlagen die Linien jetzt wie wild aus, keine Spur mehr von Regelmäßigkeit. Bei jedem Rufsignal gibt es starke Störmuster, abgelöst von den bekannten Linien, wenn kein Signal das Handy erreicht.

Ando hat jetzt kapiert. Ich baue das Experiment ab und gebe ihm das Handy zurück. »So könnte es passiert sein, Shusaku«, hole ich ihn aus seinen Gedanken zurück. »Jemand mit einem schwachen Herz, der vielleicht schon aufgeregt ist, das Handy würde ihm den Rest geben.«

»Jan, Du machst mir Sorgen, ich verstehe Dein Experiment, und es könnte so passiert sein, aber was macht es für einen Unterschied für Hosokawa? Deine Firma sollte höchstens an einer besseren Abschirmung arbeiten. Warum, hast Du mich dafür gerufen? Hat das was mit Deinen seltsamen Fragen von neulich zu tun, wegen Kaneda und Sato?« will er jetzt wissen.

»Ich weiß es nicht, ich finde nur manches seltsam an der ganzen Geschichte, und Du kennst mich, ich möchte dem auf den Grund gehen«, weiche ich aus. Ich kann sehen, daß mein Freund mir kein Wort glaubt. »Jan, misch Dich nicht in polizeiliche Untersuchungen ein, das ist nicht Dein Gebiet, überlaß das mir«, warnt er mich. »Die Sache mit Kaneda und Sato ist zu gefährlich und in dessen Dunstkreis sterben zu viele Leute zu plötzlich und unerwartet.« Ich schaue ihn fragend an. »Was meinst Du damit?«

Ando ist unwillig, aber er weiß, ich nehme es nicht hin, keine Antwort zu bekommen. »Na, Ikedas Fischallergie, Hosokawas Herzinfarkt und dann dieser Iwata, von Ikeda Industries, rutscht beim Baden aus, ertrinkt, und einige Tage später findet seine Mutter zehn Millionen Yen im alten Zimmer ihres Sohnes. Alles Zufall, alles natürliche Umstände? Vielleicht. Wir haben nichts finden können, was auch nur den geringsten Verdacht rechtfertigt, aber ich habe die Sache nicht aus den Augen gelassen. Und jetzt schnüffelst Du auf eigene Faust herum. Laß die Finger davon«, rät er mir.

Iwata? Meine Leute hatten mir nur gesagt, daß der Controller in Ikedas Einkaufsabteilung bei einem Unfall ums Leben gekommen sei. Die Sache mit dem Geld läßt diesen Vorfall natürlich in einem anderen Licht erscheinen, schießt es mir durch den Kopf. Ich verspreche ihm, nichts zu unternehmen und ihn sofort zu informieren, falls mir etwas Wichtiges ein- oder auffällt. Ich habe das natürlich nicht vor, aber ich möchte Ando nicht beunruhigen.

Ando ist schon beunruhigt, er kennt mich zu gut, und was ich ihm vorgeführt habe, paßt zu genau in die Gedanken, die er sich zu diesen mysteriösen Todesfällen macht. »Ich muß auf Jan aufpassen«, denkt er besorgt, »ich habe Angst, er unterschätzt die Yakuza und ihre brutalen Methoden«.

Am nächsten Tag bin ich noch keinen Schritt weiter mit meinen Überlegungen, was zu tun ist. »Tadaima«, ruft meine Frau wie immer beim Öffnen der Haustür. »O kaeri nasai«, kommt meine prompte Antwort. Ich bin heute früher als sie zu Hause gewesen. Sie kommt gerade von einem Abend mit ihrer Freundin Mitsuko. Kazuo, ihr Mann, ist auf Dienstreise, und die beiden haben einen ungestörten Abend in Mitsukos Wohnung verbracht.

Ich schaue Anna erwartungsvoll an, und sie drückt mir einen ungewöhnlich dicken Kuß auf die Wange; gut. Aber sie ist nicht so fröhlich wie sonst, so quirlig, wenn sie von einem Treffen mit Freundinnen kommt, bei denen meistens ebenso handfest gezecht wird, wie bei manchen meiner Abende, besonders nach dem Training. Ich bin vielleicht nicht sehr sensibel, aber ich spüre doch, daß irgendetwas Anna bedrückt.

Im Wohnzimmer gieße ich uns zwei solide Malt Whisky ein, lege eine CD mit Keith Jarretts Köln Concert auf, lösche die Deckenlampen, der Raum wird nur von einer kleinen Stehlampe mild erleuchtet. Noch eine Kerze und alles ist perfekt. Wir setzen uns auf die große Couch, und ich nehme Anna fest in die Arme. Wir sitzen so eine Weile und hören Jarrett zu, das Klaviersolokonzert stammt noch aus unseren Studententagen, hat aber nichts an seiner Wirkung verloren. Überhaupt liebe ich modernen Jazz, ob Jarrett, DiMeola, Gabarek, Doldinger, keiner fehlt in meiner umfangreichen Platten- und CD-Sammlung.

»Jan, ich mache mir Sorgen um Mitsuko, sie war heute Abend vollkommen fertig und hat geheult wie ein Schloßhund«, beginnt Anna endlich. »Du weißt, normalerweise gehen Dich unsere Gespräche nichts an, aber irgendetwas geht hier vor; und ich habe Angst, daß es mehr ist als nur eine unglückliche Beziehung.« Ich nehme nur einen Schluck von meinem Glas und reduziere die Lautstärke der Stereoanlage. Selbst ich weiß, wann es besser ist zu schweigen, meistens jedenfalls, denke ich, an meinen Patzer beim Gespräch mit Kazuo neulich schmerzlich erinnert.

Anna erzählt mir zuerst von Mitsukos Problemen mit Kazuo, von denen ich im Prinzip schon weiß und über die ich mich nicht wundere. »Mitsuko fürchtet, ihre Ehe hat keine Zukunft mehr, und sie macht sich große Gedanken um ihre Kinder, an denen sie, aber auch Kazuo sehr hängt. Aber in letzter Zeit wird es immer schlimmer, er kommt oft nicht nach Hause, ist unfreundlich, gereizt. Im Bett läuft schon länger nichts mehr, sagt sie. Mitsuko ist ziemlich sicher, daß Kazuo eine Freundin hat. Sie hat ihn mal gefragt, aber er hat sie nur als hysterisch bezeichnet.

Ich wollte wissen, ob sie mit Kazuos Mutter darüber spricht, aber Mitsuko hat Angst, daß ihre enge Beziehung zu Sonoko, die sehr an ihrem Sohn hängt, zerstört werden könnte und außerdem, was sollte sie ihr sagen, bei so einer Sache zwischen Ehepartnern«, Anna holt Luft, nimmt einen tiefen Zug aus dem Glas und fährt fort. »Der Grund, warum ich Dir das überhaupt erzähle ist ein anderer.« Sie windet sich aus meiner Umarmung und setzt sich jetzt im Schneidersitz direkt vor mich – Annas Haltung, wenn sie was Wichtiges zu erzählen hat. »Jan, was ich Dir jetzt sage, ist streng geheim, aber ich möchte Deine Meinung hören«, eröffnet sie und schaut mich dabei scharf an. Ich kenne den Blick, und ich unterbreche sie nicht, aber je mehr sie erzählt, desto kälter wird mir. Ich gieße noch mal die Gläser voll, es hilft nicht.

»Mitsuko hat letzte Woche die Sachen aus dem Nachlaß ihres Vaters durchgesehen und dabei den Anfang eines Briefes gefunden, den Hosokawa wohl kurz vor seinem plötzlichen Tod begonnen hat. Der Brief ist an ihre Schwiegermutter Sonoko gerichtet. Darin bittet er sie dringend um ein vertrauliches Gespräch, weil er ihr etwas sehr Wichtiges mitteilen muß. Hier bricht der Brief ab, vielleicht ist er beim Schreiben gestört worden und wollte ihn ein anderes Mal beenden.

Ihr Vater und Kazuos Mutter haben immer ein sehr enges Verhältnis gehabt, wie Bruder und Schwester. Obwohl, so weiß Mitsuko von Sonoko, die beiden in jungen Studentenjahren ein kurzes heftiges Verhältnis hatten, bevor Sonoko sich für Yasunari entschied. Beide haben niemals mehr darüber gesprochen, Ikeda hat nie etwas davon erfahren, obwohl er sicher ahnte, daß seinen Freund Seicho und Sonoko mehr verbindet als eine lange Freundschaft. Ihm ist sicher nicht entgangen, daß, wann immer Hosokawa über Sonoko sprach, seine Augen vor Wärme strahlten.

Der Brief alleine heißt nicht viel, aber Mitsuko hat mir weiter erzählt, daß in letzter Zeit oft, wenn sie ihren

Vater traf, dieser ärgerlich, ja wütend erschien und ziemlich schlecht auf Kazuo zu sprechen war, den er eigentlich immer wie einen Sohn geliebt hat. Er kam nie mit der Geschichte heraus, sondern machte nur Andeutungen, was von Kazuos eigenen Plänen und dauerndem Streit mit seinem Vater hatte er erwähnt und von seiner Befürchtung, daß Kazuo Umgang mit zweifelhaften Elementen pflegt.«

Für einen Augenblick unterbricht Anna ihren Bericht, umarmt mich kurz und fest, als ob sie sicher sein möchte, daß ich noch da bin und erzählt weiter: »Kurz vor dem Tod ihres Vaters hat sie ihm dann offen von ihren eigenen Problemen mit Kazuo und ihren Befürchtungen erzählt. Kazuo hatte oft Alpträume und sprach im Schlaf. Was sie verstehen konnte, ergab für sie keinen rechten Sinn. Immer wieder kam ein Name vor: Sato.«

Ich richte mich plötzlich aus meiner bequemen Haltung auf und sitze jetzt kerzengerade. »Und weiter?«, will ich wissen. »Sie hat mir nur gesagt, daß ihr Vater an diesem Abend sehr schweigsam geworden sei und sie bald nach dem Abendessen und ihrem Gespräch nach Hause geschickt habe, offensichtlich wollte er alleine sein«, antwortet Anna und schaut mich mißtrauisch an.

»Was weißt Du von der Sache?«, will Anna wissen, sie sieht mir an, daß ich nicht nur aus Höflichkeit aufmerksam zuhöre. Ich denke an meine Versprechen, aber Anna ist meine Frau, ich kann ihr mehr vertrauen als mir selbst. Ohne zu zögern, erzähle ich ihr von meinem Gespräch mit Ikeda vor seinem Tod, der Begegnung mit Kazuo und der plötzlichen Einladung, die ich von Kazuos Mutter erhielt, ich erwähne die Warnung Andos, mein kleines Experiment und all die anderen kleinen Informationen.

Als ich den Zwischenfall in Hongkong schildere, zeichnet sich auf Annas Gesicht zum ersten Mal nicht nur große Sorge, sondern echte Angst ab. »Jan, Du bist verrückt, die hätten Dich umbringen können! Warum bist Du nicht weggelaufen, statt den Helden zu spielen?«, wirft sie mir zornig vor, »warum bist Du nicht zur Polizei gegangen?« Ich weiß, wie sie es meint, und halte sie für einen Moment fest umschlungen. Mit einem kleinen Kuß lasse ich sie los, um weiter zu berichten. Anna hat Tränen in den Augen.

Je mehr ich erzähle, desto mehr fügen sich die vielen scheinbar zufälligen Ereignisse wie die Teile eines Mosaiks zusammen. Vieles wird mir an diesem Abend klar, aber es fehlen wichtige Teile. Ich beschließe, Kazuo direkt mit den Ungereimtheiten zu konfrontieren. Die Sache stinkt zum Himmel, und ich muß ihr auf den Grund gehen. »Laß uns zur Polizei gehen, Jan«, drängt Anna, die mir ansieht, daß ich etwas vorhabe. »Das geht nicht, was sollen wir denn erzählen, das kann doch alles reiner Zufall sein, es gibt nichts Konkretes an Beweisen, und außerdem habe ich Ikeda-san versprochen, niemanden zu informieren. Mach Dir keine Sorgen, ich bin vorsichtig«, versuche ich sie vergebens zu beruhigen, sie kennt mich zu gut.

KAPITEL XI

Der späte Herbst ist eine der schönsten Jahreszeiten Japans, die Ahornbäume flammend rot gefärbt, die Gingkos leuchtend gelb, ein Farbenspiel, wie man es sonst nur im amerikanischen Maine findet. Es ist trocken und nicht zu kühl, die letzten Taifune sind Richtung China abgezogen. In diesem Jahr kann ich dem aber nicht so viel abgewinnen wie sonst. Die Geschehnisse um Ikeda beschäftigen mich mehr als alles andere, und das Sonoko gegebene Versprechen lastet schwer auf mir.

Kazuo hat erstaunlicherweise gleich unserem Treffen zugestimmt. Aus bestimmten Gründen habe ich eines der zahlreichen, immer rappelvollen Fischlokale am Tsukiji Fischmarkt vorgeschlagen, in dem ich regelmäßig esse, wenn ich in der Nähe zu tun habe. Es ist gerade zwölf Uhr, und wir sind erst in einer halben Stunde verabredet. Ich kenne den Wirt ganz gut und spreche kurz mit ihm, er verdreht die Augen und schüttelt scheinbar bedenklich den Kopf, als er meine Bitte hört. »Kein Problem Wolf-san, wird erledigt«, stimmt er mit einem verschmitzten Zwinkern zu.

Wenige Minuten später steht Kazuo vor mir, wie immer gut gekleidet, leicht mißbilligend dreinschauend, wahrscheinlich entspricht das Restaurant nicht seinen Erwartungen. Ich werde auch gleich aufgeklärt. »Guten Tag Wolf-san, ich habe das Restaurant kaum gefunden, beim nächsten Mal zeige ich Ihnen eines meiner Lieblingsrestaurants in Aoyama, ein erstklassiges...«, begrüßt er mich mit ironischem Unterton und sehr unhöflich. »Das fängt ja gut an, aber mal sehen, was er gleich so alles zu sagen hat, ob er dann immer noch arrogant ist«, denke ich schon leicht sauer.

Ich zögere deshalb auch nicht lange und komme nach kurzem Vorgeplänkel, wie immer übers Wetter und die Wirtschaftslage, gleich zur Sache. »Ikeda-san, seit unserem letzten Treffen bei der deutschen Botschaft geht mir Ihre Beziehung zu Kaneda nicht aus dem Kopf. Es gibt einige seltsame Ungereimtheiten, die ich gerne verstehen würde.« Kazuo blickt mich nur prüfend an.

»Ich weiß, ich mische mich in Ihre geschäftlichen Beziehungen ein, aber wenn Ikeda Industries Schaden nehmen würde, wäre das auch für mein Unternehmen schlecht, wir haben zu viele enge Beziehungen. Offen gesagt, Ikeda-san, ich glaube, Sie machen einen Fehler, Ihre Pläne mit Sato fortzusetzen, der Mann und seine Firma sind nicht sauber.« »Woher wollen Sie wissen, daß ich überhaupt noch mit Sato spreche, und was genau geht Sie das eigentlich an?«, unterbricht er mich, jetzt doch sichtlich gereizt.

Auf die erste Frage möchte ich nicht antworten, um Mitsuko nicht bloßzustellen. »Ich vermute es, weil Sie in Ihrem Gunmaj-Projekt die Bestückungsautomaten nicht von uns beziehen werden, und außer Kaneda und uns hat keiner vergleichbare Maschinen anzubieten...« »Ach darum geht es Ihnen, das ist ein Versuch, Ihr Geschäft mit Ikeda zu retten, Wolf-san, ich bin enttäuscht, zu welchen Methoden Sie greifen«, stoppt er meinen Erklärungsversuch, seine Stimme trieft vor Verachtung. »Ich glaube, wir sollten unser Treffen besser gleich beenden, ehe es noch peinlicher wird.« Kazuo verspürt jetzt

Oberwasser, zum ersten Mal kann er diesen überheblichen Wolf richtig abfahren lassen, und offensichtlich weiß der viel weniger, als Kazuo befürchtet hat. »Nur eine kleine Krämerseele«, denkt er triumphierend.

Das Gespräch läuft nicht so, wie ich mir das vorgestellt hatte. Jan, reiß dich zusammen! »Ikeda-san, nein, das ist es nicht.« Um Zeit zu gewinnen, trinke ich einen Schluck Eiswasser. Kazuo macht Anstalten aufzustehen, obwohl gerade die ersten Vorspeisen kommen. »Ikeda-san, setzen Sie sich«, fahre ich ihn scharf an, »Sie unterschätzen mich, unsere Geschäftsbeziehungen haben nichts mit dem zu tun, was ich Sie fragen will. Sie haben die Wahl, Sie können jetzt hierbleiben, und wir reden wie zwei Erwachsene, oder Sie laufen weg, in diesem Fall zwingen Sie mich, die Polizei einzuschalten.« Kazuo ist für einen Moment sprachlos, langsam sinkt er zurück auf seinen Stuhl. »Wolf-san, Sie sind verrückt, warum glauben Sie, sollte ich Ihnen noch eine Sekunde zuhören?« Eine rein rhetorische Frage, ich weiß, ich habe jetzt seine ungeteilte Aufmerksamkeit. Mein Bluff mit der Polizei hat gewirkt und gibt mir gleichzeitig zu denken.

»Ikeda-san, Ihr Vater und Hosokawa haben Sie schon vor Sato gewarnt, und ich habe Ihnen von den Untersuchungen gegen Kaneda berichtet. Es gibt noch mehr Hinweise, Sato ist Yakuza, einer der Topleute bei der Yamaguchi-Gumi in Kansai. Sie sind nicht blind, warum machen Sie trotzdem weiter? Sind Sie Sato irgendwie verpflichtet? Vielleicht kann ich Ihnen dann helfen«, versuche ich ihm eine Brücke zu bauen.

Aber Kazuo ist halt Kazuo, trotzig antwortet er: »Das ist doch alles Quatsch, mein Vater, Hosokawa und Sie haben sich wahrscheinlich gegenseitig hochgeschaukelt.

Es ist nichts, aber auch gar nichts an den Gerüchten. Ich habe Sato selbst darauf angesprochen, und er hat nur gelacht. Eine alte Geschichte, die immer wieder hochkocht, hat er mir erzählt. Vor Jahren hat die Yamaguchi-Gumi versucht, Einfluß auf Kaneda zu gewinnen, aber Sato hat sie erfolgreich draußen halten können. Das ist die ganze Geschichte, und jetzt hören Sie auf davon, ehe ich wirklich böse werde und die Beziehungen zu Ihnen und Ihrer Firma ganz abbreche. Es gibt auch andere potentielle Partner.«

»Gut, genug davon, aber es gibt noch einige Dinge, die ich nicht verstehe…«, mache ich einen weiteren Vorstoß. »Was wollen Sie denn noch, können Sie nicht über was anderes reden?«, versucht er mich zu unterbrechen. Ich bin jetzt fest entschlossen, und ehe er noch etwas sagen kann, schieße ich meine nächste Frage ab: »Wußten Sie, das Hosokawa einen Herzschrittmacher trug und akut infarktgefährdet war? Er hat das immer geheimgehalten, weil er nicht wollte, daß jemand von dieser Schwäche wußte. Außer Ihrer Mutter, mit der er immer ein enges Verhältnis hatte, Mitsuko und sicherlich Ihnen, wußte praktisch keiner davon.« »Na und, was wollen Sie damit sagen?«

»Ich habe mich erkundigt, Hosokawa trug immer ein starkes und schnell wirkendes Herzmittel bei sich, für alle Fälle.« Ich ziehe eine kleine dunkelbraune Flasche aus der Hosentasche und lege sie vor mich hin. Kazuo zuckt sichtlich zusammen. »So eine wie diese ist leer im Zug gefunden worden, aber keine Spuren in seinem Blut, seltsam, nicht wahr?« »Ich verstehe nicht, wie ich Ihnen dabei helfen kann, vielleicht war sie schon leer«, erwidert Kazuo.

»Vielleicht, nicht einfach zu sagen«, stimme ich zu, das Fläschchen in der Hand wiegend, »aber was niemand begreifen kann ist, warum Hosokawa ausgerechnet still im Zug sitzend einen Anfall erleidet. Was hat ihn so erregt, daß offensichtlich sein Herzschrittmacher alleine nichts mehr nützte und er von seiner Medizin trinken wollte?«

»Woher soll ich das wissen, vielleicht hat er ein Pornoheft gelesen«, spottet Kazuo häßlich.

»Ikeda-san, Hosokawa hatte ein eingeschaltetes Handy in der Brusttasche, er hat mit jemandem telefoniert oder einen Anruf erwartet, von wem wohl?« »Nicht von mir«, wirft Kazuo etwas zu unvermittelt ein. »Ich war an diesem Abend mit Mitsuko bei Sabatini essen«, präsentiert er ungefragt sein Alibi.

»Ich habe in unserem Labor Versuche gemacht, wenn ein Handy nahe genug an einem Herzschrittmacher ist, können die elektromagnetischen Wellen des Telefons den Rhythmus des Schrittmachers stören, ähnlich wie die Elektronik bei Flugzeugen. Ich bin ziemlich sicher: das ist es, was bei Hosokawa passiert ist. Und ich glaube, jemand hat gewußt, daß Hosokawa gefährdet war. Hosokawa muß an diesem Tag schon sehr aufgeregt gewesen sein. Vielleicht sollten Sie mal seine Sekretärin, Ito, befragen.«

»Ito arbeitet nicht mehr bei uns, als Hosokawa starb, gab es keine Aufgabe mehr für sie, ich weiß nicht, wo sie jetzt ist«, erwidert er. »Glauben Sie nicht, daß Sie sich Ihre Theorie aus den Finger gesogen haben, das klingt wie eine Räuberpistole? Ich finde, Sie haben eine zu reiche Phantasie. Ich schlage vor, wir beenden das Gespräch jetzt.«

»Nein, ich habe noch mehr Fragen und möchte auch dazu Ihre Meinung hören.« Ich habe nicht die Absicht, mich abwimmeln zu lassen. »Mitsuko hat mir auch erzählt, daß ihr Vater Mobiltelefone haßte wie die Pest und sich weigerte, eines zu tragen. Warum hat Hosokawa ausgerechnet auf seiner Reise nach Osaka ein Handy mitgenommen, und«, schiebe ich noch nach, »was hatte Hosokawa überhaupt in Osaka vor, oder mit wem hatte er sich verabredet? Sato? Keiner, nicht einmal Mitsuko weiß, was er in Osaka so spät am Abend wollte.«

Rot im Gesicht, zischt Kazuo mich an: »Sie wissen ja viel von Mitsuko, Sie haben wohl ein sehr enges Verhältnis zu meiner Frau, wie eng eigentlich? Schlafen Sie mit ihr?«

»Ikeda«, lasse ich jetzt die höfliche Form fallen, »Sie sind ein Idiot, Mitsuko ist eine Freundin von Anna und mir, nicht mehr. Und Sie sollten lieber vor der eigenen Türe kehren«, entfährt es mir wütend. Befriedigt sehe ich Kazuos betroffenes Gesicht, daß ich offenbar von seinem kleinen Verhältnis weiß.

Sofort setze ich nach. »Wissen Sie eigentlich, daß man bei Ihrem Iwata viel Bargeld gefunden hat, nachdem er bei einem Unfall ums Leben gekommen ist? Woher hatte er das wohl, die Polizei hat keine Erklärung und seine Mutter auch nicht. Bezahlen Sie Ihre Leute so gut oder haben Sie sonst eine Ahnung, woher Iwata das Geld hatte«, provoziere ich ihn.

»Was wollen Sie damit andeuten, Iwata war nur ein Mitarbeiter, ich kannte ihn kaum. Vielleicht ist er Spieler oder was immer, ich habe die Schnauze voll von Ihren seltsamen Andeutungen«, geifert Kazuo jetzt regelrecht. Bevor er noch mehr sagen kann, stellt der Wirt des

Restaurants gerade unser letztes Gericht auf den Tisch, Sashimi. »Bitte, ganz frisch gefangen, bester Aji«, verkündet er fröhlich.

Kazuo ist für einen Augenblick irritiert und abgelenkt von dem, was er mir gerade ins Gesicht sagen wollte, er blickt auf den großen Teller, »Aji? Das sieht doch aus wie Saba…« Ich kann regelrecht spüren, wie er sich auf die Zunge beißt. Er wird bleich im Gesicht. Unser Wirt, der keine Ahnung hat von dem, was sich wirklich abspielt, lacht nur, »Tja, Wolf-san, es hat nicht geklappt, Ihr Gast hat gewonnen. Herzlichen Glückwunsch, sie sind Experte, mein Herr«, sagt er zu Kazuo und entfernt sich, immer noch schmunzelnd.

Kazuo ist jetzt weiß im Gesicht, wie eine Kalkwand. Langsam erhebt er sich, sein Gesichtsausdruck verzerrt, drohend. »Wolf, Sie gehen zu weit, Sie wollen mir was anhängen, passen Sie nur auf, daß Sie dabei nicht auf die Nase fallen«, flüstert er und verläßt abrupt den Tisch. Ohne sich umzusehen, stürmt er aus dem Restaurant und läßt mich am Tisch zurück.

»Es tut mir leid, mir scheint, Ihr Gast kann einen kleinen Scherz nicht vertragen«, versucht mich mein Wirt zu trösten. Er hat keine Ahnung, daß ich gerade eine Antwort auf meine Vermutungen und Fragen erhalten habe. Eine Antwort, die mich betroffen macht, ich weiß nicht, was ich jetzt tun soll.

Auf dem Weg zurück in mein Büro überlege ich angestrengt, was ich mit meinen Erkenntnissen anfangen soll. Eigentlich müßte ich jetzt Ando informieren, ich habe ihm schließlich im Gegenzug für seine Hilfe zugesagt, ihn einzuschalten, wenn die Sache zu heiß wird. Aber andererseits gilt das Versprechen, daß ich Ikedas

Frau gegeben habe. Und vielleicht bin ich ja nur paranoid, und alles ist reiner Zufall. Was gibt es schon für handfeste Beweise? Daß Kazuo Aji von Saba unterscheiden kann? Ich weiß nicht, was ich tun soll, ich werde erst mit Anna sprechen, beschließe ich endlich.

Anna ist an diesem Abend nicht zu Hause, sie hatte beschlossen, für einige Tage zu Ihrer Freundin Yoshie, der Töpferin, zu fahren, um ihr bei der Arbeit über die Schulter zu schauen. Ich fürchte schon Ungutes, als nächstes werden wir wohl eine Töpferscheibe und einen kleinen Brennofen im Hause haben und Anna wird mich in blauer Schürze mit tonverschmierten Händen begrüßen, wenn ich abends erschöpft von meinem Tagwerk heimkehre..., klingt poetisch, nicht wahr, und ich tue mir auch schon etwas leid.

Also gehe ich, statt Rat bei Anna zu erhalten, in mein Dojo in Shinjukus Wakamatsusho-Viertel, um eine Stunde oder zwei zu trainieren und um auf andere Gedanken zu kommen. Hier im Hauptdojo der Aikido-Bewegung sind ständig hundert oder mehr Männer und Frauen, die unter Anleitung von einem Dutzend hochrangiger Lehrer von früh morgens bis spät abends versuchen, ihren eigenen Weg suchend, Aikido zu verstehen. Ein Ziel, das niemand jemals erreichen wird, aber wie in jeder buddhistisch beeinflußten Philosophie ist der Weg das Ziel.

Heute Abend bin ich nicht philosophisch eingestellt, sondern suche mir einen der jüngeren, vor Kraft und Energie fast platzenden Studenten als Partner aus. Nach dem Gespräch mit Kazuo verlangt mein Gemüt nach handfester körperlicher Anstrengung. Es dauert daher auch nur wenige Minuten, und ich bin schweißgebadet, habe die Ereignisse des Tages vollkommen verdrängt, bin gutgelaunt und entspannt. Mein armer Partner verabschiedet sich dann auch nach einer Stunde fix und fertig und kann nur noch, wie man immer am Ende der Übung sagt, ein förmliches »Vielen Dank, ich hoffe auf ein weiteres Mal«, röcheln. Prima, Jan ist noch gut in Form. Auf zum Tori-Hachi, mein athletischer Körper verlangt jetzt nach Bier und O-ne-sans speziellem Nabe-Eintopf.

Zwei Stunden später, nach einer ausdauernden heißen Dusche, liege ich im Bett, zufrieden, hundemüde, und jetzt spüre ich auch schmerzhaft, daß der Mann zum großen Teil aus Muskeln besteht, vielleicht habe ich es heute Abend beim Training doch leicht übertrieben? Aber es hat sich gelohnt, kein böser Gedanke, kein schlechter Traum stört meinen Schönheitsschlaf, und am nächsten Morgen bin ich bereit zu neuen Taten.

Kazuo weiß jetzt, er steckt bis zum Hals in der Tinte. Das Essen in Tsukiji war ein Desaster. Er fährt nicht zurück ins Büro, sondern beschließt, zum Takao-Berg am westlichen Rand Tokyos zu fahren, um in Ruhe nachzudenken. Wolf scheint fast alles zu wissen, obwohl er nichts beweisen kann. Sato und er haben immer sehr aufgepaßt, daß nichts, aber auch gar nichts nachzuweisen ist. Die Polizei hat sowohl beim Tod seines Vaters als auch bei Iwata und Hosokawa nichts Verdächtiges gefunden und jedesmal natürliche Ursachen konstatiert. Iwata ist weg, die Unterlagen, die besonderen Geschäfte mit Kaneda bloßlegen könnten, sind sorgfältig aus der Firma entfernt und bei Iwata sind keine Papiere, nur das Geld gefunden worden. Das perfekte Verbrechen, denkt er und dennoch, er muß Wolf stoppen, ehe die Polizei vielleicht doch mißtrauisch wird und die vielen zufälligen Mosaiksteinchen zusammenfügt.

Es ist ein klarer sonniger Tag. Um diese Tageszeit an einem Wochentag ist kaum jemand unterwegs am Takao. Er hat den Wagen am Eingang der Seilbahn geparkt, beschließt aber, den anstrengenderen Fußweg zum Gipfel zu nehmen. Er braucht die körperliche Anstrengung, um sich zu beruhigen und um klar denken zu können. Es ist ihm klar, er darf jetzt nichts überhasten, keine Fehler machen. Steil führt der schmale Weg nach oben, und obwohl er recht fit ist, atmet er schon nach wenigen Minuten nur noch stoßweise. Schweiß steht auf seiner Stirn, er zieht seine Jacke aus, legt sie locker um die Schultern.

Kazuo durchquert den alten, sehr schönen Yakuo-Tempel, von dem er für einen Augenblick den weiten Blick auf die Kanto-Tiefebene genießt. Gestärkt von einer Schüssel mit Tororosoba, eine Spezialität der vielen kleinen Restaurants am Tempel, Nudeln mit geriebenen Wurzeln, steigt er den Rest des Berges hoch bis zum Gipfel.

Kurzzeitig überlegt er, ob er wie üblich Sato um Hilfe bitten soll, aber erstens hat dieser schon einmal bei Wolf versagt, und instinktiv möchte Kazuo die Sache mit Wolf selber regeln. Es geht um etwas Persönliches, voller Verbitterung geht es ihm auf, daß Wolf schon immer sein Problem gewesen ist. Ohne Wolf wäre vielleicht alles anders gelaufen. Sein Vater hat ihn ständig als Vorbild für Kazuo gesehen, Mitsuko war von ihm mehr als angetan, und selbst jetzt ist es Wolf, der als einziger seine Pläne durchkreuzen kann. Kazuos Entschluß steht fest: Wolf muß verschwinden, für immer.

Langsam formt sich ein Plan, er wird Sato doch um Hilfe bitten, aber nur, um ihm etwas zu besorgen. Kazuo ist endlich auf dem Gipfel des Takao angekommen. Für einen Moment setzt er sich auf die Steinmauer um sich zu erholen. Keine Menschenseele ist zu sehen. Hier oben ist es merklich kühler, trotz der Sonne, und er zieht sich seine Jacke wieder an. Ein typischer Wintertag, trocken, sein Blick in der klaren Luft ungetrübt, fällt auf den schneebedeckten, fast viertausend Meter hohen, majestätisch wirkenden Gipfel des Fujiyama. Es sind fast hundersechzig Kilometer Luftlinie, aber Fuji-san, wie die Japaner ihn üblicherweise nennen, ist von hier so deutlich zu sehen, als sei er in greifbarer Nähe.

Kazuos Inneres krampft sich zusammen, die Schönheit des Berges löst bei ihm unerwartet kein Glücksgefühl aus, sondern im Gegenteil, für einen Moment ist es, als ob er Abschied nehmen muß. Tränen steigen in seinen Augen auf, wie ein Keulenschlag trifft ihn die Einsicht: er hat sein Leben verpfuscht, Elend über viele Leute gebracht. Es hätte alles ganz anders sein können. Er hält seine Hände vors Gesicht und heult jetzt hemmungslos, eine Mischung aus echtem Mitleid für seine Opfer, aber mehr Selbstmitleid und Wut auf Wolf, der seine Sicherheit bedroht. »Meine Kinder dürfen niemals erfahren, was ihr Vater gemacht hat», geht ihm durch den Kopf, «für die Zukunft meiner Kinder muß Wolf sterben.«

Kazuo hat den Augenblick gut abgepaßt, Mitsuko ist mit Anna bei einer gemeinsamen Freundin, und Wolf alleine zu Hause. Er wählt die private Nummer, es klingelt lange. Gerade will er enttäuscht auflegen, da wird der

Hörer auf der anderen Seite abgehoben. »Wolf«, antworte ich, gerade aus dem Bad gehetzt. »Wolf-san, Ikeda hier. Ich weiß«, beginnt er ohne abzuwarten, »Sie glauben, ich habe meinen Vater umgebracht, aber es ist nicht wahr. Sie hatten recht«, sagt er, nach einer schier endlosen Pause, »ich habe riesige Probleme mit Sato, ich bin voll in seiner Hand, aber ich bin kein Mörder, Sie müssen mir glauben«, fleht er eindringlich.

Ich weiß nicht, was ich denken soll. Um meine Füße bildet sich langsam eine kleine Pfütze, da ich mich nicht einmal richtig abgetrocknet habe. Was sagt Kazuo da? »Ikeda-san, wenn das stimmt, gehen Sie zur Polizei, ich kann Ihnen helfen«, biete ich an. »Nein, auf keinen Fall, wenn das rauskommt... meine Familie, meine Kinder, meine Mutter, ich könnte die Schande nicht ertragen, Wolf-san, helfen Sie mir!«

Seine Worte dringen an mein weiches Herz, Jan, der nette Helfer in allen Lebenslagen. »Ich verstehe nicht, wie soll ich Ihnen helfen?« »Bitte, wir müssen uns treffen, und ich erzähle Ihnen die ganze Geschichte. Danach können wir vielleicht entscheiden, was wir tun können, um den Klauen Satos zu entkommen«, schlägt Kazuo vor. Ich mag dieses »Wir«-Gerede nicht. Ich habe kein Problem mit Sato, ... oder doch? Hongkong fällt mir wieder ein.

Kazuo besteht darauf, daß wir uns heimlich treffen, Sato habe überall seine Spione in der Firma. Er schlägt vor, daß wir uns am nächsten Tag gegen elf Uhr abends in Kisarazu auf der Halbinsel Boso, auf der gegenüberliegenden Seite der Tokyo Bay treffen sollen. Der Parkplatz einer großen Freizeitanlage, die ich auch kenne, wo zu dieser Zeit niemand mehr sein wird, soll der Treffpunkt sein. Es erscheint mir übertrieben und ein merkwürdiger Ort für unser Gespräch. Er spürt mein Zögern. »Ich habe nachmittags in Kisarazu einen wichtigen Termin und treffe die Kunden zum Dinner. Praktisch jeder in meiner Firma weiß davon, und Satos Leute werden keinen Verdacht schöpfen, wenn ich dorthin fahre.«

Ich bin vielleicht manchmal leichtsinnig, aber nicht vollkommen naiv. Schließlich weiß ich nicht, ob ich Kazuo trauen kann, es könnte eine Falle sein. Aber auf irgendeine Art muß ich die Wahrheit herausfinden. Trotzdem, große Vorsicht ist angebracht. Eher widerwillig stimme ich zu.

Als ich an diesem Abend meiner Anna, die erst spät heimfindet, vom geplanten Treffen erzähle, reagiert sie heftig, zum ersten Mal seit Jahren ist sie ernsthaft böse. Schon seit ich ihr von Hongkong erzählt habe, hat sie ständig Angst, daß mir etwas zustoßen könnte, jetzt aber dieses Treffen: das Maß ist voll. Tränen schießen ihr in die Augen, und sie platzt heraus: »Du gehst nicht dahin, bist Du verrückt? Wenn alles stimmt, was Du vermutest triffst Du Dich mit einem Mörder oder wahrscheinlich gleich mit mehreren!« Sie denkt an Sato und seine Yakuza, was mir natürlich auch mit Sorge durch den Kopf gegangen ist. Sie faßt mich an den Schultern, schüttelt mich und sagt mit eindringlicher Stimme: »Ich will Dich nicht verlieren. Ruf Deinen Freund Ando an und laß ihn das machen. Du brauchst nicht den Helden zu spielen, ich liebe Dich auch so, vor allem lebend.«

Ich weiß nicht so recht, was ich antworten soll. Ich habe mich fest entschlossen, die Wahrheit herauszufinden. Ich will die Polizei nicht einschalten, weil es nach wie vor alles nur Zufälligkeiten und Vermutungen sind.

Was soll ich denn zu Ando sagen? »Verhafte diesen Mann, er hat sich immer mit seinem Vater gestritten und kennt einen verdächtigen Geschäftsmann aus Osaka.« Außerdem habe ich der Frau meines Freundes Ikeda ein Versprechen gegeben. Es ist eine Frage der Prinzipien, und ich würde mir das nie verzeihen, jetzt zu kneifen. Ando kann ich danach immer noch informieren.

Anna spürt, was ich denke; keine Antwort ist manchmal auch eine Antwort. Sie umarmt mich fest und wir bleiben einen Moment so, ohne uns zu bewegen oder etwas zu sagen. Sie begreift, sie kann mich nicht stoppen, ihr Mann, stur wie ein griechischer Esel, ist einer dieser High-Noon-Typen, die man in klassischen Western sieht, heldenhaft, galant, immer mit dem Kopf durch die Wand und leider am Ende meist tot.

»Anna, ich werde sehr vorsichtig sein, ich habe schon eine Idee, was ich tun kann, um rechtzeitig zu sehen, ob es eine Falle ist«, mache ich einen schwachen und eher erfolglosen Versuch, sie zu beruhigen. Ich erkläre, was ich vorhabe, und außerdem willige ich ein, mein Handy mitzunehmen und um Hilfe zu telefonieren, falls ich auch nur das geringste Gefühl habe, daß was faul ist. Es ist kein Spiel, und ich weiß, daß es leichtsinnig ist, alleine zu gehen.

Es ist neun Uhr, der Parkplatz in Kisarazu schon fast verwaist. Ein paar Laternen geben dem riesigen Feld eine spärliche Beleuchtung. Hier und da steht noch ein Wagen, aber nach und nach kommen die letzten Angestellten des Vergnügungsparks, und ein Auto nach dem anderen verschwindet.

Das ist mein Plan: ich bin einfach schon zwei Stunden früher gekommen, ich möchte sehen, ob Ikeda alleine kommt oder ob seine Freunde sich vielleicht schon vorher eingefunden haben.

Um eventuelle Verfolger abzuschütteln, bin ich bis acht Uhr im Büro geblieben und habe mir statt meines Wagens einen unserer kleinen Lieferwagen genommen, die wir in der großen Garage haben. Dem Wächter erklärte ich, ich wolle einen kleinen Schrank abholen, kein Problem. Als raffinierten Touch habe ich das Licht in meinem Büro angelassen, falls der Raum beobachtet wird. Ich weiß nämlich, nach neun kommen die Putzkolonnen und die werden das Licht löschen. Meine Baseballkappe tief im Gesicht, sauste ich mit Schwung aus der Garage und bog in die Straße ein. Den Rückspiegel im Auge behaltend, war ich bald auf dem Weg zur Tokyo Bay. »Ich bin halt Profi«, träume ich einen Moment von einer Zweitkarriere.

Alle Lichter des Parks sind jetzt verloschen. Auf dem halbdunklen Parkplatz steht nur noch ein uralter Honda Civic, niemand sitzt drinnen. Ich habe meinen Wagen schon fast einen Kilometer vorher unauffällig geparkt und sitze jetzt auf einem Stein hinter einem großen Busch am Rande des Parkplatzes. Warten ist angesagt. Ich kann auf den Leuchtziffern meiner Uhr erkennen, daß es fast zehn Uhr ist. Niemand ist zu sehen, wenn man absieht von einer fetten Ratte, die gerade mitten über den Platz läuft. Es ist unangenehm kalt, und die dünne Jacke wärmt kaum. Es ist die einzige dunkle, die ich habe. Wenigstens regnet es nicht, denke ich.

Obwohl nichts passiert, bin ich hellwach und gespannt, ein unangenehmes Gefühl in der Magengrube. Mist, ich muß mal, ausgerechnet jetzt. Vorsichtig erhebe ich mich, schleiche gebückt tiefer ins Dunkle und markiere einen Baum. Kaum zurück, biegen gerade zwei schwere Motorräder mit hoher Geschwindigkeit auf den Platz ein. Ich verharre regungslos. Sind das Kazuos Freunde?

Die beiden behelmten Fahrer halten ihre Maschinen am Rand des Parkplatzes, fast zum Anfassen nahe vor mir, an und steigen beide steifbeinig ab. Ich ducke mich noch tiefer und hoffe, sie können mich nicht sehen. Beide lachen und reden laut, stellen sich vor den Busch, hinter dem ich hocke, und ehe ich es noch recht begreife, pinkeln beide im hohen Bogen direkt in meine Richtung. Es reicht glücklicherweise bei beiden nicht ganz, außer meinen Schuhspitzen bleibt alles ganz trocken, wenn man von meinen feuchten Händen mal absieht. Allmählich kommt mir der Verdacht, daß jeder hier nur zu einem Zweck herkommt.

Erleichtert steigen sie wieder auf ihre heißen Öfen und lassen für einige Sekunden die Motoren aufheulen. Wie auf ein Zeichen rasen sie los, die Vorderräder hoch in der Luft, die breiten Hinterreifen qualmen und lassen vermutlich dicke Gummispuren auf dem Asphalt zurück. In wenigen Sekunden sind die zwei verschwunden. Ein Privatrennen, nur zwei Jugendliche, die ihren Spaß haben. Es ist wieder still.

Fast elf Uhr, immer noch kein Zeichen von Kazuo, noch von irgendwelchen anderen Personen. Vielleicht hat er ja nicht gelogen, denke ich hoffnungsvoll. Die Scheinwerfer eines Autos sind zu sehen. Langsam rollt Kazuos BMW auf den Parkplatz und hält in der Mitte der großen Fläche. Ohne den Motor oder das Licht auszuschalten, steigt Kazuo aus, die Wagentür steht weit offen. Er schaut sich um, zündet sich eine Zigarette an, lehnt am

Wagen und nimmt einige tiefe Züge, ich kann sein Gesicht beim Aufglühen der Zigarettenspitze deutlich sehen.

Eine letzte Kontrolle, es scheint niemand außer Kazuo und mir da zu sein. Ich erhebe mich und gehe langsam von hinten auf ihn zu. Meine Nerven sind jetzt doch zum Reißen gespannt, was ist, wenn Kazuo noch schlauer war? Er hört die Schritte und dreht sich schnell um. »Ah, Wolf-san, da sind Sie ja schon, wo ist denn ihr Auto? Ich habe es gar nicht bemerkt. »Ich habe es vor dem Park stehen lassen, ich dachte, es sei nicht erlaubt, hier nach Feierabend noch zu parken«, erkläre ich lahm. Es paßt nicht in Kazuos Plan, er wird den Wagen später suchen müssen.

Wir stehen uns jetzt gegenüber, Kazuo hat einen dünnen, hellen Mantel über seinem Anzug. Er kommt gerade von seinem Essen mit Kunden, ich kann Alkohol und Knoblauch in seinem Atem riechen. Er hat beide Hände in der Tasche, wahrscheinlich ist ihm genauso kalt wie mir. »Okay, Ikeda-san, ich bin hier, was ist wirklich los mit Sato und Ihnen. Wenn ich Ihnen helfen soll, müssen Sie offen sein«, eröffne ich. Ich will keine Zeit verlieren auf diesem ungastlichen Platz, ich bin froh, wenn es vorbei ist.

Er beginnt mit den Tagen, als er Sato kennenlernte und der Plan entstand, die beiden Firmen zu fusionieren, um ein starkes Unternehmen zu formen. Sein Vater sei von Anfang an dagegen gewesen. Aber Sato, dem er persönlich erhebliche Summen schuldete, habe ihn gedrängt weiterzumachen. Ich höre geduldig zu, wie Kazuo mir Dinge erzählt, die ich zum großen Teil schon kenne.

»Wolf-san, ich weiß, Sie vermuten mich hinter dem

Tod meines Vaters und Hosokawas«, wiederholt er seinen Spruch vom Vortag und kommt endlich zur Sache. »Aber die Wahrheit ist, Sato hatte uns zum Essen eingeladen. Wir haben alle ziemlich viel getrunken und ich wußte nicht, das mein Vater ein Problem mit rohem Fisch hatte...«

»Saba, Ikeda-san, nur Saba und Sie belügen mich, Ihre Mutter hat mir erzählt, daß Sie ihrem Vater nach dem letzten Anfall sogar ins Krankenhaus gefahren haben«, unterbreche ich seinen Redefluß.

Es ist mir klar, Kazuo hat nicht vor, mit der Wahrheit herauszurücken, er versucht nur, alles auf Sato abzuwälzen. Ich habe es satt. »Ikeda, hören Sie auf, sagen Sie die Wahrheit. Sie wußten, daß Saba tödlich für Ihren Vater sein würde. Sie wollten ihn aus dem Weg haben, und Sato hat Ihnen geholfen. Ich glaube, Hosokawa mußte sterben, weil er Ihnen beiden auf der Spur war, deswegen ist er an jenem Abend nach Osaka gefahren. Sie wußten von seinem Herzproblem, und ich bin sicher, Sie haben ihn im Zug angerufen. Sie müssen etwas gesagt haben, das ihn sehr aufregte, war es so?«, provoziere ich ihn.

Kazuos Gesicht verzerrt sich zynisch. »Ach und Sie glauben, ich rufe ihn an, sage »Buh«, und er kippt aus den Latschen mit einem Herzinfarkt? Das glaubt Ihnen doch keiner.« »Ikeda, es gibt nur wenige Menschen, die wußten, daß Hosokawa einen Herzschrittmacher trug, Mitsuko hat es Ihnen erzählt. Ich weiß auch, daß Hosokawa möglichst nie ein Handy mitnahm, er haßte die Dinger.« »Na und, was soll das jetzt heißen?« »Ich habe Ihnen doch von meinem kleinen Experiment erzählt, und ich bin sicher, so haben Sie es angestellt.« Hysterisch lacht Kazuo auf: »Und das wollen Sie alles beweisen, man wird Sie für verrückt erklären. Ich werde jedem erzählen, daß Sie mich aus dem Weg haben wollen, weil Ihnen Mitsuko so am Herzen liegt«, antwortet er spöttisch.

»Sie haben vielleicht recht, das ist alles schwer nachweisbar, aber ich werde dafür sorgen, daß der Fall Iwata noch einmal aufgerollt wird, ich bin sicher, hier liegt der Schlüssel, um Ihre Machenschaften mit Sato bloßzulegen. Iwata kannte alle Details der Beziehungen zu Kaneda. Warum hatte er Geld bei seiner Mutter deponiert, in einer Tasche versteckt?«, attackiere ich Kazuo, ihn keinen Augenblick aus den Augen lassend. »Iwata war ein alter Geizhals, und zehn Millionen Yen im Strumpf zu sparen, entspricht genau seiner knickrigen Seele – bloß keinen davon wissen lassen…«, hält Kazuo mir entgegen. Mir wird schlagartig klar, daß ihm gerade ein gravierender Fehler unterlaufen ist!

»Ikeda, ich habe nicht gesagt, wieviel Geld es war, und auch die Polizei hat das aus gutem Grund nie bekannt gegeben.« In der Tat hatte Ando dieses Detail eher aus Versehen erwähnt, als er mir von Iwata erzählte.

Kazuo weiß, er hat zuviel gesagt. Wut taucht in seinem Gesicht auf. Es ist ihm zwar klar, daß ich ihm nie und nimmer etwas beweisen kann, aber der Verdacht wird auf ihm lasten, seine Mutter, Mitsuko, die Mitarbeiter, alle werden glauben, daß er vielleicht doch etwas damit zu tun hat. »Die Pläne mit Kaneda sind in jedem Fall zunichte. Alles umsonst und nur wegen Wolf. Es reicht, ich verliere nur Zeit, es muß alles viel schneller gehen, Wolf muß weg, der gibt nie auf«, denkt Kazuo tückisch.

Die rechte Hand schließt sich um den kalten Griff des Revolvers, den Sato ihm besorgt hat. Im Kofferraum des

Wagens liegen schon eine Plastikplane, Drahtseil und fast hundert Kilo Gewichte von seiner Hantelbank. Wolf wird für immer verschwunden sein, ich habe ein perfektes Alibi für den Abend, selbst wenn er seiner Frau von unserem Treffen erzählt hat, was ich aber abstreiten kann. Ich werde die Nacht bei Ineko verbringen, und falls überhaupt nötig, kann sie bezeugen, daß ich gleich von meinem Dinner zu ihr gefahren bin. Ich werde mich sowieso von Mitsuko trennen, und Ineko wird alles tun, was ich will, denkt er in dem Gefühl, alles unter Kontrolle zu haben.

»Sie wußten auch, wann und wo genau ich in Hongkong war. Wahrscheinlich hat Ihr Freund Sato die drei Schläger auf mich gehetzt. Ich habe aus einem der drei herausgepreßt, daß sie im Auftrag gearbeitet haben…«. Ich kann meinen Satz nicht beenden. Ich höre ein scharfes Knacken und Kazuo reißt seine rechte Hand aus der Manteltasche, aus der ein kleiner, kurzläufiger Revolver zum Vorschein kommt. Für Sekundenbruchteile schaue ich tief in das kleine schwarze Mündungsloch.

»Wolf, Sie sind zu neugierig, und ich habe die Schnauze voll, daß Sie mir immer wieder in die Quere kommen. Ohne Sie wäre ich mit meinem Vater bestimmt besser ausgekommen, aber nein, immer wieder der perfekte Wolf. Aber jetzt ist Schluß.« Kazuo drückt ab, der scharfe, laute Knall und die lange rote Zunge des Mündungsfeuer sind eins.

Ich weiß nicht wie, aber ich habe den Moment geahnt, als er abdrückt. Meine etwas spärlichen Haare haben nicht einmal Zeit, vor Angst zu Berge zu stehen. Mein rechter Arm kommt fast zeitgleich mit dem Schließen seines Abzugsfingers hoch und erwischt seinen ausgestreckten Unterarm seitlich von unten. Es ist zu spät, um der Mündung durch den Stoß noch eine ganz andere Richtung zu geben. Die Kugel ist schon unterwegs, aber eine Winzigkeit aus der geplanten Spur. Etwas sengt heiß an meiner rechten Brustseite vorbei, ein Stück von meiner Jacke und auch etwas Haut mitreißend.

Die Kugel landet mit einem satten »Plop« im Honda. Der Besitzer wird sich sicher über das Loch wundern. Ich habe keine Zeit, mich zu wundern, ich will überleben. Im Revolver stecken noch mehr Kugeln. So fest ich kann, drille ich Kazuo meine linke Faust in die Rippen. Er gibt einen dumpfen Laut von sich und ist für einen Moment abgelenkt. Blitzschnell greife ich mit der Linken von oben auf seine Hand mit dem Revolver, unterstütze den Griff von unten mit der Rechten und verdrehe Hand und Revolver nach oben. Mit einer schnellen Drehung meiner Hüfte, meine Arme immer vor dem Körper, entsteht ein Momentum, dem Kazuo nicht widerstehen kann. Mit einem lauten Schmerzensschrei folgt er mit seinem ganzen Körper seiner verrenkten Hand und landet hart auf dem Asphalt. Der Revolver scheppert über den Boden, außer Reichweite für uns beide ist er unter den BMW gerutscht. Katzengleich springt Kazuo wieder auf, ehe ich ihn mit einem Haltegriff festnageln kann. »Er ist fitter, als ich dachte«, geht mir durch den Kopf.

Er greift mich auch sogleich wieder an, beide Fäuste wild schwingend. Ich gehe gerade in seinen Angriff hinein, mich halb mit meinem Rücken zu ihm drehend, und gleichzeitig geht mein rechter Arm hoch, erwischt ihn unter dem Kinn, und mitgerissen von seinem eigenen Schwung, der plötzlich geblockt ist, holt es ihn von den Beinen. Hart schlägt er mit dem Hinterkopf auf. Er bleibt liegen, schnaufend, das Gesicht vor Wut und Schmerzen vollkommen entstellt.

Ich warte ab, ob er genug hat. Hat er nicht, aber statt wieder anzugreifen, rafft er sich auf und rennt Richtung Gebüsch. Er will fliehen. Ich setze sofort nach, ohne zu denken. Nach weniger als dreißig Metern habe ich ihn eingeholt, meine Beine sind halt länger und ich jogge regelmäßig. Jetzt weiß ich wenigstens, wofür das gut ist. Noch im Lauf wische ich mit ausgestrecktem Bein seinen rechten Fuß zur Seite, der sich mit dem Linken verhakt, und Kazuo fällt der Länge nach aufs Gesicht. Nur nicht weiter zögern, denke ich und greife seinen ausgestreckten rechten Arm und verdrehe ihn in der Beuge meines linken Arms, unterstützt vom rechten. Mit einer kurzen Drehung des Oberkörpers arretiere ich Kazuo fest in meinen verschränkten Armen. Schmerzen gehen von seiner Schulter bis zum Rücken, er ist bewegungslos. Sein vom Sturz blutig geschlagenes Gesicht brennt höllisch.

Plötzlich schwindet alle Spannung aus seinem Körper, jegliche Energie scheint verflogen, er liegt da und fängt hemmungslos an zu heulen. Seine Schultern schütteln sich vor Weinkrämpfen. Monate der brutalen Anspannung mit immensen Schuldgefühlen und Angst lösen sich plötzlich. Sein Haß auf mich scheint verraucht. Es ist vorbei. Kazuo ist vielleicht sogar froh, daß es vorbei ist. Ich spüre die Veränderung und lasse vorsichtig los, jederzeit bereit, ihn wieder zu kontrollieren. Aber er regt sich nicht. Ich stehe in sicherem Abstand vor ihm, und er setzt sich nach einiger Zeit mühsam auf. »Wolf-san, bitte, die Kinder dürfen nie etwas erfahren, niemals«, fleht er und blickt mich jetzt direkt an. Ich weiß nicht, was ich antworten soll. Er tut mir jetzt nur noch leid.

Mit hoher Geschwindigkeit nähert sich ein Wagen, eine Polizeisirene heult auf, für einen Moment ist meine Aufmerksamkeit abgelenkt. Kazuo springt auf, schlägt mir die Faust direkt in den Magen, ehe ich auch nur im geringsten reagieren kann und rennt auf seinen Wagen zu. Für einen Moment kämpfe ich mit dem Würgen, den Oberkörper tief nach unten geklappt. Ich zwinge mich hoch, um gerade noch zu sehen, wie Kazuo in sein Auto springt, die Tür zuschlägt und wie ein Irrer vom Parkplatz rast. Ich stehe nur da wie angefroren und das, bis der Polizeiwagen mit quietschenden Reifen, die Scheinwerfer voll aufgeblendet, genau vor mir hält und Ando mit einer Pistole in der Hand aussteigt.

»Was machst Du hier, Sterne gucken?«, fragt er ironisch. Er hat nichts von den Geschehnissen mitbekommen, aber er ahnt, daß sich gerade vorher etwas Tragisches abgespielt haben muß. Er sieht mein fassungsloses Gesicht, »Anna hat mich angerufen, damit ich auf Dich aufpasse, unauffällig natürlich«, klärt er mich auf. «Ich habe oben am Berg gewartet und bin gleich losgesaust, als ich einen Schuß hörte. Offensichtlich zu spät! Wo ist er hin? Ich werde über Funk eine Straßensperre veranlassen.«

»Nein, Shusaku, nicht nötig, es ist nichts passiert. Laß ihn, er muß sich selber stellen. Wir werden niemals beweisen können, daß er ein Verbrechen begangen hat, wenn er es nicht selbst gesteht.« Ando schaut mich nur ernst und fragend an. Er kennt mich gut genug, daß ich ihn um so etwas nicht ohne Grund bitte. Langsam läßt er das Handy wieder sinken. »Gut, ich gebe ihm bis morgen Mittag, dann hole ich ihn mir. Ich werde ihn schon festnageln und seinen Freund Sato auch. Er nimmt ein

Taschentuch heraus und hebt den kleinen Revolver Kazuos am Lauf hoch, er schnuppert dran, wickelt den Revolver sorgfältig ein und steckt ihn in die Rocktasche. »Fingerabdrücke«, murmelt er erklärend.

Er bringt mich zu meinem Wagen und folgt mir die ganze Zeit, bis ich zu Hause ankomme. Anna reißt die Tür auf, sieht mich und fällt mir heulend um den Hals. Ando bleibt in seinem Wagen, hupt nur kurz, winkt und fährt davon. Er weiß mich sicher zu Hause. »Verrückter Jan«, denkt er.

Als Anna mich noch einmal richtig drücken will, werde ich schmerzhaft daran erinnert, daß ich nicht nur ein Loch in meiner Jacke habe, sondern auch einen Streifschuß an der Brustseite, der nach Verarztung ruft. Vorsichtig ziehe ich die Jacke aus, das Hemd ist an der Seite blutdurchtränkt. Anna schreit kurz auf, sie ist ganz bleich. Ich versuche so eine Art beruhigendes Grinsen, aber jetzt, wo die Anspannung nachgelassen hat, brennt die Wunde teuflisch. Langsam löse ich das Hemd, das mittlerweile vom getrocketem Blut an der Wunde festgepappt ist, von meiner Haut. »Autsch!« Ich beiße die Zähne fest zusammen, ein entschlossener kurzer Ruck, frisches Blut läuft mir die Seite herunter. Anna rast ins Bad und kommt mit dem Erste-Hilfe-Kasten zurück. »Du mußt sofort zum Arzt«, beschwört sie mich, während sie die Wunde desinfiziert und verbindet. »Quatsch, das ist doch nur ein Kratzer«, wehre ich heldenhaft ab. Der wahre Grund ist, daß ich nicht weiß, welche Erklärung ich einem Arzt geben könnte. »Anna, ich brauche jetzt einen großen Whisky!«

Eine Stunde, zwei Whisky und ein paar Aspirin später, geht es mir schon wieder gut. Anna und ich sitzen eng umschlungen auf der Couch und hören Leonard Cohens »Suzanne«. Cohen ist mein Allheilmittel gegen Depressionen, nach dem Motto: »Der klingt so deprimiert, daß es mir schon wieder besser geht...«

»Gestern abend gegen dreiundzwanzig Uhr dreißig, kam bei einem Autounfall kurz vor der Tokyo Bay Brücke der einundvierzigjährige Ikeda Kazuo, Präsident von Ikeda Industries, tragisch ums Leben. Er hinterläßt Frau und zwei kleine Kinder«, liest die Nachrichtensprecherin im Radio uns beim Frühstück vor. Anna und ich schauen uns nur vollkommen erschüttert an. »Aus noch ungeklärter Ursache muß der Fahrer, der sich zur Unfallzeit alleine auf dieser Straße befand, die Kontrolle über das Fahrzeug verloren haben. Der Wagen prallte mit hoher Geschwindigkeit gegen einen der Mittelpfeiler der Brückenauffahrt. Eine Blutuntersuchung sowie erste Aussagen von Personen, die er früher am Abend beim Essen getroffen hatte, bestätigen, daß Alkohol nicht im Spiel war. Und nun zum Sport, die Tokyo Lions ...« fährt die Sprecherin fort. Ich schalte das Radio ab. »Anna, ich glaube, Kazuo hat sich gestellt, gewissermaßen. Es ist vorbei.«

KAPITEL XII

Der kurze Tokyoter Winter ist endgültig gebrochen, und seit einigen Wochen herrscht Frühling. Die Zeitungen haben es täglich verkündet, Hanami, die Blütezeit der Sakura, der berühmten japanischen Zierkirschen, ist bald da, langsam von Süden heraufziehend, jeden Tag ein Stückchen näher an Tokyo.

Wir haben uns alle im Ueno-Park verabredet. Vielleicht gibt es vornehmere Parks oder Plätze, um Hanami zu feiern, am Kaiserpalast oder am Aoyama-Friedhof vielleicht, aber nur im riesigen Ueno-Park mit seinen unzähligen Kirschbäumen, verstreut um die vielen Museen, versammeln sich Hunderttausende von wild entschlossenen Frauen und Männer, die direkt aus den Büros und Fabriken zum Park strömen. Es herrscht während der ganzen Blütezeit eine echte Volksfeststimmung. Klassen- oder Rangunterschiede verwischen mehr und mehr, proportional zum Alkoholverbrauch, Sonneneinwirkung und der ansteckenden Atmosphäre.

Statt rasengrün oder asphaltgrau leuchtet der Boden an allen Stellen, wo Kirschbäume stehen, oder wenigstens zu sehen sind, hellblau. Jede Gruppe hat ihre eigene, in fast neunundneunzig Prozent aller Fälle, blaue Plastikplane mitgebracht und sorgfältig ausgebreitet. Die ersten sind schon am frühen Morgen eingetroffen, um sich die besten Plätze zu sichern; meist werden die jüngsten Mitarbeiter der Firmen, die sich hier versammeln, delegiert für diese strategische Aufgabe. Am Abend ist kein Fleckchen mehr frei vom Einheitsblau. Keiner würde wagen, die Plane mit Schuhen zu betreten. Ganz wie zu Hause sind die Schuhe ordentlich am Rand der Plane aufgereiht, die Jacken, die bei den Temperaturen keiner braucht, fein zusammengefaltet und Essen und Trinken in der Mitte, für jeden gut erreichbar, arrangiert. Später wird manch einer der Herren, nach reichlichem Bier- und Sake-Genuß, seine Jacke oder Schuhe, manchmal sogar seine Hose vergessen und ohne nach Hause gehen. Kein Problem, die Reinigungskolonnen werden alles am nächsten Tag einsammeln und aufbewahren. Der Park ist schon nach kürzester Zeit bereit für die nächste Welle von Kirschblütensüchtigen.

Auf unserer Plastikplane geht es im Gegensatz zu unseren ausgelassenen Nachbarn rundherum ruhiger, fast melancholisch zu, zu frisch sind die Erinnerungen an die vergangenen Ereignisse. Und trotzdem, zum ersten Mal seit langem, sehe ich Ikeda Sonoko lächeln, als ob der Frühling ihr Herz erwärmen würde. Auch Mitsuko scheint gelöster, fast ein wenig glücklich. Nur wer sie sehr gut kennt, kann sehen, daß sie durch eine Hölle gegangen ist, die sich auf ewig in ihrem schönen Gesicht eingeprägt hat. Wir, das sind Sonoko, Mitsuko, ihre beiden Kinder, Anna und ich hatten uns verabredet, und jeder hatte seinen Beitrag in Form von Essen und Trinken mitgebracht. Ich hatte extra zu diesem Anlaß eine nagelneue, besonders große Plastikplane erstanden, natürlich ist sie blau.

Taeko und Satoru, die Kinder, sind ausgelassen, sie scheinen sich schon daran gewöhnt zu haben, daß Kazuo, ihr Vater, nicht mehr kommt, obwohl sie immer noch nicht recht begreifen warum. Beide rasen gerade zwischen den Planen unter den Kirschbäumen herum, in der Hoffnung, daß ihnen ein Blütenblatt auf den Kopf oder die Schultern fallen möge – ein Glücksbringer. Die Erwachsenen warten auch darauf, mit dem Unterschied, daß ein Blatt, das direkt in das Glas fiele, noch von erheblich höherem »Glücksbringerwert« wäre, so jedenfalls hat mir ein nicht mehr ganz nüchterner Herr, schon im fortgeschrittenen Stadium des Feierns, erklärt.

Das schon vorher vertraute Verhältnis zwischen Sonoko und Mitsuko ist seit dem Tode Kazuos intensiver denn je, sie haben sich gegenseitig geholfen, die Tragödie zu überstehen. Auch die Beziehung zu Anna und mir ist enger geworden. Ermuntert vom Fest und kaltem herben Sake, haben wir gerade alle beschlossen, im Sommer zusammen für eine Woche nach Griechenland zu fliegen. Dort, auf der kleinen Insel Thassos, hat mein Freund Stamatis ein kleines Hotel direkt am Strand. Der ideale Ort, um uns alle ohne jede Ablenkung entspannen zu können.

Es ist etwas mehr als vier Monate her, seitdem Kazuo mit seinem Wagen in den Tod gerast war. Ich hatte ein Versprechen gegeben und rief seine Mutter Sonoko an, sobald ich die Nachricht im Radio gehört hatte. Sie war bereits von der Polizei informiert und zeigte sich am Telefon sehr gefaßt. Wir trafen uns dann an einem der folgenden Abende. Ich umarmte sie nur still, als ich im Haus stand. Für einen Moment ließ sie ihre eiserne Disziplin fallen und weinte still, ihr Körper wurde von Schauern durchzuckt. Nach einigen wenigen Minuten drückte Sie mich fest an sich, um sich sofort von mir zu lösen. »Ich weiß, es ist vielleicht unhöflich, aber ich möchte Jan zu Ihnen sagen.« Ich war einerseits überrascht, andererseits aber sehr berührt von diesem Zeichen der Vertrautheit. Und ehe ich noch etwas erwidern konnte, fuhr sie fort: »Und ich bestehe darauf, daß Sie mich Sonoko nennen. Jan, sie sind jetzt der einzige Sohn, den ich habe«. Bei diesen Worten schaute sie mich zwar verschmitzt an, doch ihre Augen waren noch feucht und rot gerändert. Dieser kurze Augenblick begründete eine enge, immerwährende Beziehung zwischen Sonoko und mir. Ich verstand sie sehr gut, schließlich war Ikeda nicht nur mein Freund, sondern auch wie ein Vater für mich.

Sie führte mich in ein Zimmer und forderte mich auf, Platz zu nehmen. Der Raum war leer bis auf zwei Seidenkissen auf beiden Seiten einer kleinen Feuerstelle in der Mitte, auf der schon ein kleiner Wasserkessel stand. Im Tokonoma ein Rollbild mit einer Winterszene, eine flache Vase mit kunstvoll gesteckten Ästen. Dieser Raum in Sonokos Haus ist nur für Teezeremonien reserviert. Erst stellte sie ein kleines Lacktellerchen mit süßer Sojabohnenpaste vor mich hin, ein kleiner Lackspieß lag präzise auf einer winzigen Papierserviette, dann bereitete Sonoko den grünen, schaumig geschlagenen Tee mit höchster Konzentration vor, jeder Griff voller Symbolik. Sie hatte eine schwarzbraune, unregelmäßig geformte Schale für mich gewählt. Eine Keramik von ungeheurem Wert. Ich ahnte, daß dies kein Zufall war, sondern ein Zeichen, daß sie dieser Zeremonie eine ganz besondere Bedeutung geben wollte. Langsam aß ich die süße Paste. Sie reichte dann mir die Schale, die ich behutsam mit einer Hand drehte, während sie auf der andern ruhte. Ich bedankte mich förmlich und schlürfte den bitteren, aber äußerst aromatischen Tee. Während der ganzen Zeit redeten wir kein Wort, und sie schaute mich kaum an, wie es Sitte ist. Ich hatte schon an vielen Teezeremonien teilgenommen, aber an diesem Abend spürte ich, welche besondere Bedeutung in diesem schlichten Vorgang liegen kann.

Erst als wir später nach einem kurzen Abendessen zusammen saßen, begann ich mit der Schilderung der Ereignisse, ich ließ nichts aus. Sonokos Gesicht spiegelte nur ungenügend wider, was in ihr vorgegangen sein muß, aber sie war trotzdem froh, alles zu erfahren. Jedes Verzeihen beginnt mit der Wahrheit. »Jan, ich kann nicht ausdrücken, was ich empfinde, es ist schrecklich, was Kazuo allen angetan hat. Aber ich glaube, er hat es zum Schluß begriffen und einen Ausweg gewählt, um uns alle vor weiterem Unheil zu schützen.« Ich ergriff ihre beiden Hände. »Sonoko, es ist vorbei, niemand wird je erfahren, was geschehen ist. Sie haben Mitsuko und ihre beiden wundervollen Kinder, und Sie haben uns. Wir alle haben Ihren Mann und Hosokawa-san in unserer Erinnerung, und vielleicht verzeihen Sie eines Tages auch Kazuo.« »Jan, ich bin unendlich dankbar und glücklich, Sie und Ihre Frau wie meine Familie zu kennen.«

Wir sprachen noch über viele kleine Erinnerungen, ehe ich endlich heimkehrte. Sonoko übernahm die schwierige Aufgabe, Mitsuko die Wahrheit über ihren Mann, den Vater ihrer Kinder zu sagen. Die Kinder würden nie erfahren, was wirklich geschehen war, das war wohl auch Kazuos Wunsch, als er sich das Leben nahm.

Sich tief unter einem niedrig hängenden Ast, voll mit Blüten, bückend, nähert sich ein großer Mann, locker und doch elegant gekleidet mit einem blauen Blazer über einer grauen Hose und einer dezent gemusterten Krawatte. Ich winke ihn heran. »Willkommen auf unserer Plane, Honda-san«, begrüße ich meinen Bekannten. »Darf ich vorstellen, Honda-san von Sony«, erkläre ich den anderen. Er verbeugt sich tief und antwortet förmlich: »Ich fühle mich sehr geehrt, darf ich mich zu Ihnen gesellen?« Alle fordern ihn enthusiastisch auf, und er zieht sich die Schuhe aus, ehe er die Plane betritt, sich nochmals verbeugt und dann auf die Knie niederläßt. Ich stelle alle vor und reiche ihm ein Glas mit Sake, »Kampai«.

Taeko und Satoru sind immer noch ganz fasziniert. Für einen Japaner ist Honda mit seinen fast zwei Metern Körperlänge nämlich außergewöhnlich groß. Ende vierzig, schlank, sympathisches Gesicht mit einem kleinen Schnurrbart. Durchaus sehenswert, denken auch meine drei erwachsenen Frauen, wie ich mit leichtem Unmut an den interessierten Gesichtern ablesen kann. Es dauert nicht lange, bis Honda in ein angeregtes Gespräch mit Sonoko vertieft ist. Sie ist eben eine überaus entschlossene Frau.

Ich habe ihn natürlich nicht zufällig eingeladen. Nach dem Tode Kazuos hatte Sonoko als Hauptaktionärin die Leitung von Ikeda Industries als Vorstandsvorsitzende übernommen, die eigentlichen Tagesaufgaben überließ sie den Managern des Unternehmens. Es war ihr von Anfang an klar, daß sie niemals eine Geschäftsfrau werden würde, und auch Mitsuko, ihre Schwiegertochter, fühlte sich nicht dazu berufen. Seit einiger Zeit war Sonoko daher auf der Suche nach einem geeigneten Kandidaten, der die Firma als Präsident erfolgreich weiterführen könnte. Mehrere Beratungsfirmen waren an der Arbeit, aber bislang ohne Erfolg.

Ich hatte ebenfalls meine Fühler ausgestreckt und war letztlich doch mehr zufällig auf Honda gestoßen. Er leitet eine größere Tochtergesellschaft im Sony-Konzern, und wir kennen uns von regelmäßigen Treffen, da Sony einer unserer großen Kunden in Japan ist.

Die Welt ist klein, und wir trainieren Kendo im selben Dojo. Als wir, Ando, Honda und ich, wie es gelegentlich geschieht, nach dem Training noch ein Bier tranken, hatte ich den genialen Einfall, daß Honda vielleicht geeignet wäre, Chef bei Ikeda zu werden. An jenem Abend behielt ich dies aber für mich und beschloß, die ganze Sache diskret einzufädeln.

Es scheint, Sonoko und Honda vertragen sich gut. Er bleibt, bis wir alle zusammen aufbrechen, und begleitet uns bis zum Bahnhof von Ueno, ehe er sich selbst unter erheblichen Verrenkungen in ein Taxi zwängt.

Ich brauche nicht lange zu warten. Es ist gerade zwei Tage her, daß wir Hanami feierten. »Jan-san, dieser Honda, ein sehr angenehmer Mann, kennen Sie ihn eigentlich näher?« fragt Sonoko scheinheilig. Betont lässig beschreibe ich, was ich weiß: Chef einer erfolgreichen Sony-Tochter mit fast tausend Mitarbeitern. Internationale Erfahrung in Europa und USA, fließend Englisch, Waseda Universität, MBA UCLA, 49 Jahre, verwitwet, eine Tochter, elf Jahre, lebt in Shimo-Ochiai, nicht weit von meinem Haus entfernt, aktiver Kendoka, sechster Dan im Go, dem japanischen Brettspiel. Im Geschäft ein harter, aber fairer Verhandler, immer sachlich, sehr kompetent. Nicht schlecht, was ich so alles weiß, wenn man bedenkt, daß ich so unerwartet befragt werde. Sonoko ist sichtlich zufrieden mit meiner Auskunft.

Hilfsbereit wie ich bin, frage ich, ob ich etwas für sie tun könne. »Ja, glaubst Du, Honda-san wäre eventuell interessiert an einer Aufgabe bei Ikeda?« »Ich kann ihn ja mal fragen«, biete ich an. Schritt zwei ist getan.

Als ich Gelegenheit habe, ihn zu fragen und ihm die Aufgabe bei Ikeda in den wärmsten Farben zu schildern, sagt er lange nichts, scheint vollkommen in Gedanken versunken. Als ich schon glaube, er ist vielleicht sauer oder gar eingeschlafen, schaut er mich an, grinst und sagt: »Warum nicht, es klingt interessant, und ich mag Ikeda-san, beide«, fügt er noch etwas verlegen hinzu.

Es dauert nur wenige Wochen, und Sonoko ist sich mit Honda einig geworden. Ein kleines Problem, sein jetziger Job, löst ein Gespräch zwischen dem Chefbanker Ikedas und dem Chairman von Sony, er gibt Honda frei, eine zehnprozentige Beteiligung, die Sony in diesem Rahmen an Ikeda erwirbt, macht die Entscheidung leichter. Die Kapitalerhöhung schafft Ikeda Industries Freiraum für eine Expansion im Ausland. Kaneda aus Osaka ist nicht mehr Lieferant von Ikeda, zumal die Leiterplatten der gleichen Qualität bei anderen, wie sich herausstellt, erheblich billiger sind.

Aber bevor die Dinge bei Ikeda und im allgemeinen wieder ins Lot gerieten, mußte ich noch zweierlei erledigen. Am Tage nach dem Tode Kazuos bestand Ando darauf, mich zu treffen. Er hatte miserable Laune, wie ich leicht sehen konnte. Wir saßen, wie immer im Torihachi, Bier und Yakitori vor uns, seines war praktisch unberührt. Die Wahrheit und nichts als die lautere Wahrheit wollte er wissen, ehe er entscheiden würde, was zu tun sei. Ich setzte mein ehrlichstes Gesicht auf und erzählte ihm die ganze Geschichte, jedenfalls das meiste davon. Von der Tatsache, daß der alte Ikeda vielleicht seinen Saba nicht nur aus Versehen gegessen hatte, Iwata als unangenehmer Zeitgenosse in der Firma galt und vielleicht in die engen Verbindungen mit Kaneda verwickelt war. Meine Theorie zu Hosokawas Tod, kannte Shusaku ja schon. Hongkong ließ ich aus, man will ja niemanden beunruhigen. Und von meinem letzten Abenteuer mit Kazuo, einschließlich meiner Wunde blieb nur eine etwas handfeste Aussprache zwischen Männern übrig. Warum auf der Pistole, die Shusaku gefunden hatte, Kazuos Fingerabdrücke waren, erschien mir auch nicht recht verständlich. Mein Freund schaute mich während dieser Schilderungen immer skeptischer an. Und als ich damit schloß, daß Kazuos Tod wohl ein unglücklicher Unfall gewesen sei, schüttelte Shusaku nur noch mit dem Kopf. »Jan, Du könntest mit Eurem Baron von Münchhausen verwandt sein, wenn man Deine Geschichte so hört«, seufzte er. Er wußte, ich würde unter gar keinen Umständen mehr sagen.

Er verstand meine Gründe sehr gut, und es blieb offiziell bei drei Unfällen mit Todesfolge und einem Herzinfarkt. »Gut«, willigte er endlich scheinbar widerwillig ein, »ich werde die Sache vergessen, Kazuo hat seine Strafe schon. Aber hör auf, den Detektiv zu spielen, und vor allem: bleib von Sato weg, um den werde ich mich kümmern, und wenn es Jahre dauert.« Große Sorge um mich, aber auch tiefe Abscheu gegen Sato klang aus diesen Worten. Die Luft zwischen uns war geklärt, und der Abend entwickelte sich noch ganz ordentlich. Irgendwann, nach dem fünften oder sechsten Sake, konnte Shusaku es sich doch nicht verkneifen: »Und wenn Du mal wieder in Hongkong spazieren gehst, nimm Deine Frau als Leibwächter mit!« »Sie hat geschwätzt«, dachte ich nur, »na warte«.

Ich hatte nicht vergessen, daß hinter dem ganzen Desaster ein Mann steckte, der auch mich ins Jenseits befördern wollte und das vielleicht immer noch vorhatte. Wenn ich eine einzige wesentliche Eigenschaft von meinem Vater übernommen habe, dann ist es die, keinem Ärger aus dem Wege zu gehen und den Stier bei den Hörnern zu packen. Also rief ich Sato an und kündigte meinen Besuch in seinem Büro in Osaka an. Ich brauchte noch nicht einmal ein Geschäftsinteresse vorzuheucheln, er war, ohne nach dem Grund zu fragen, einverstanden, mich zu sehen. Das Büro erschien mir ein relativ sicherer Ort, und am nächsten Morgen würde es sein. Ich dachte mir, um diese Zeit ist es schwierig, eingepackte Leichen aus dem Gebäude zu tragen. Vorsicht ist die Mutter aller, die noch ein bißchen leben wollen.

»Kommen Sie herein, Wolf-san«, begrüßte er mich äußerlich freundlich. Wir hatten uns bisher nur ein-, zweimal flüchtig bei offiziellen Angelegenheiten in Osaka getroffen. Wir saßen in seinem großen, spartanisch eingerichteten Büro von dessen Panoramafenster man den hohen Turm vom Osaka-Schloß sehr klar sehen konnte. Ich machte eine entsprechende Bemerkung und bestaunte auch seine Sammlung alter japanischer Schwerter, offensichtlich ebenso echt wie meine Bewunderung.

Der Tee wurde serviert, und ich dachte, ich könne zur Sache kommen. Während ich Punkt für Punkt aufführte, was sich meiner Ansicht nach ereignet hatte zwischen Kazuo und Sato, hörte er nur zu, ohne eine Miene zu verziehen. Aber die eiskalten Augen, mit denen er mich keine Sekunde aus dem Blick ließ, sprachen Bände. Ich beschuldigte ihn, die treibende Kraft hinter Kazuos Taten gewesen zu sein. Als Ikeda an Fischallergie starb, hatte Sato bestellt, als Hosokawa an einem Herzinfarkt starb, war er auf dem Weg nach Osaka, zu Sato.

Der Yakuza-Boß lachte nur verächtlich. »Und Iwata, der unglücklicherweise im Onsen ausgerutscht ist, der wußte über den Einkauf bei Kaneda alles!« Sato blieb das Lachen buchstäblich im Halse stecken. Ich sah mit Genugtuung, wie seine überhebliche Fassade bröckelte. Der letzte Hieb saß. »Verflucht, woher weiß er von Iwata, das war doch saubere Arbeit«, grübelte Sato, zum ersten Mal beunruhigt. Während ich meine Attacken fortsetzte, dachte er darüber nach, ob es neue Arbeit für den Spezialisten geben würde. Wolf ist eine Gefahr.

Doch er hatte rasch seine Gefühle wieder unter Kontrolle. »Sie haben eine reiche Phantasie, und wenn Sie nicht Ausländer wären, hätte ich Sie schon lange rausgeschmissen«, antwortete er, als ich meine Anschuldigungen beendet hatte. »Sie können nichts, aber auch gar nichts beweisen, und ich rate Ihnen, sich nicht in Dinge einzumischen, die gefährlich für Sie sein können. Sie haben eine Firma, eine Frau, nicht wahr?« »Sato, ich weiß, es ist alles schwer zu beweisen, aber ich kann Ihnen das Leben als Biedermann sauer machen. Es gibt genug Hinweise, daß Sie und Kaneda zur Yakuza gehören. Sie können mir drohen, aber Sie wissen sicher, ich habe gute Freunde bei der Polizei, und die interessiert sich sehr für Sie und Ihre Firma. Ich will keinen Krieg mit Ihnen, aber lassen Sie die Finger von Ikeda Industries, für immer.«

Er schaute mich an, sehr lange. Er versuchte zu verstehen, was ich ihm gerade gesagt hatte. Es klang wie ein Geschäft, Sato konnte es immer noch nicht glauben. Er würde darüber nachdenken; sollte er einwilligen oder würde der Spezialist die Antwort übermitteln?

Als ich im Aufzug stand, schlotterten mir die Knie. Vielleicht war ich doch einen Schritt zu weit gegangen.